獨寵

앙앙

Anan

外傳

그웬돌린
Gwendolyn
插畫 KSS凱蘇

contents

First.act

冷酷無情但充滿愛

Hard-boiled but love

早晨的陽光特別安寧。

從行道樹下經過的男人瞇著眼，望著從樹葉縫隙灑落下來的日光。陽光美得無邊無際，宛如救贖的光芒。陽光太美又安穩無比，彷彿只要伸出手，那些光就會立刻消失。男人停下腳步開心一笑，真幸福啊。當他輕聲低語時。

「嗚啊啊！」聽到不遠處突然傳來孩子的哭聲，男人肩膀一僵。

媽媽著急地對孩子輕聲安撫。

「別哭，拜託你不要哭。不行，你看媽媽，不可以看那邊。」

男人「呼！」地嘆了一口氣。

隔著太平洋的某位總統說，人到了四十歲要自己為自己的外貌負責。該國某位專欄作家甚至表示，這年齡要下修到二十五歲。男人心想，那他又該怎麼辦？

男人搖搖頭，為了不讓孩子繼續哭下去，他加快腳步走到公寓裡。

男人名叫金奎元，身高一百九十七公分，長得一臉凶神惡煞。上一份工作是傭兵，現在是夜店社長。這男人擁有一張笑嘻嘻的孩子會瞬間哭出來，連獲救的人質都慘叫竄逃的凶狠長相，唯獨對某個人來說……嗯嗯，總之，就是那個男人。

金奎元對看慣他長相的警衛行注目禮，把信箱的東西都拿出來後，本來朝著電梯邁進，但他步伐一轉，改朝樓梯前進。電梯前站了一位年輕婦人——看起來是目送孩子出門後準備上樓——跟她共乘電梯彷彿是什麼對不起她的事，他實在無法跟她一起搭電梯。

金奎元爬樓梯回到九樓，伸手觸碰電子鎖。經過指紋辨識及輸入密碼兩道程序，門終於開了。剎那間，奎元因為從陽臺照射進來的陽光蹙眉，房子果然要買坐北朝南的，奎元頓時嘖了一聲。

不曉得是不是因為坐西朝東，早上陽光都會照進屋子裡，到了下午就幾乎照不到日光。要不要看看新房子呢？奎元思索片刻，就笑著放棄這個想法了。

這是花英買的房子，是花英為了跟他一起生活才買的家。不論這個房子面向哪個方位，這個家都是奎元唯一的天堂，也是甜蜜的監獄。

奎元先站在玄關打開鞋櫃的側門。這裡被改裝成衣櫃，讓奎元脫下衣服可以掛在這裡。可是他穿的衣服都是從臥室衣櫃裡拿出來的，所以這個衣櫃總是只掛著脫下來的衣服。

奎元今天也是一邊脫衣服，一邊看著鏡中的自己，揚起嘴角。脫掉外套跟白襯衫，露出赤裸的身體。那是具有男子氣概的體魄，更擁有六塊腹肌的完美身材，但他的乳頭戴著閃亮亮的飾品，這是他的主人尹花英去年為他換的乳釘。這個乳釘是用耳環改造的，材質為白金，上面點綴著小鑽石。當然，這是某天「玩遊戲」(做愛)時收到的禮物。

雖然因為戴著乳釘，奎元平日連外套都不能脫，但這種程度的束縛對奎元來說不過就像配戴婚戒而已。

奎元脫掉褲子跟內褲，他的身體光滑無比，腋毛自是不提，這副身體上連陰毛都剃得乾乾淨淨。基於花英的命令，他在除毛這方面不敢怠惰。

每次看到鏡中赤裸的身體，他都不自覺地咬緊唇，閉上眼睛。他的身體變成這樣的狀態已經三年了，這段時間，奎元變了很多。雖然他的整個生活都改變了，卻也多了一點從容。他覺得自己很幸福，時時期盼明天也能像今天一樣美好。

這不是戀愛，奎元跟花英在一起並非因為愛情。花英對奎元的意義過於龐大，只說是「戀愛」不足以形容。

奎元把衣服掛進衣櫃裡，然後拿起掛在裡頭的頸鍊。講得好聽是頸鍊，其實就是狗項圈，但這又跟單純的狗項圈截然不同。這條狗項圈也和乳釘一樣，是花英買的，奎元當初還因為花英買的這條鮮紅色狗項圈慌亂不已。但是摸過項圈的皮革後，奎元似乎明白了花英是以什麼標準挑選的。

這是一條用羊皮製成的狗項圈，似乎不是在韓國買的，而是在國外網站購買的，寄件地址是美國。這不像為人灑脫的花英會做的事，一看就非常用心，讓奎元很感動。

奎元戴上項圈，關上衣櫃門後朝廚房走去。經過被陽光照得明亮無比的起居室後踏入廚房，奎元開始準備早餐。如果不幫花英做早餐，他會在路上一邊走一邊吃三角飯糰，所以奎元一定會幫他做早餐。

奎元把昨天傍晚出門上班前備好的食材加熱、快炒，準備好餐點後走到臥室。房門打開一看，花英還在睡。花英躺在加大雙人床上，身旁散落著一堆文件，還放著筆電。看來他昨晚也工作到睡著了。

奎元幫花英將文件按照頁碼排好，連同筆電一起放到床邊桌上。接著把桌子推開，奎元才鑽到被子裡。

這是他每天都會做的事。奎元褪下花英的運動褲，深吸了一口氣。他每天這麼做的時候都很緊張，因為他抓不準花英的反應。花英總是維持著一貫的警覺性，不，準確來說，是他不喜歡讓奎元感到安心。他不是一個會放任奎元放下心來的男人，就像現在。

奎元還以為自己沒吵醒花英，花英卻一把抓住他的脖子。輕輕壓下奎元的喉結，花英懶洋洋地問候道：「早啊，哥。」

奎元立刻無法呼吸，但花英沒有手下留情。視線開始模糊，奎元差點不自覺地做出反擊，但他握緊拳頭，戰勝了那股衝動。

當他眼前就快陷入一片漆黑時，花英抓準時機放開他的脖子，接著奎元便低頭含住花英半勃起的性器。花英輕拍奎元的頸部，光是方才被掐住的脖子被輕輕拍打，奎元的性欲馬上就湧上來。當花英再次勒緊奎元的脖子，奎元「唔」了一聲，從喉嚨發出呻吟。

‡

「就說我可以不吃早餐了。」

花英看著準備好的早飯，咂嘴一聲。雖說早晨被口交喚醒是如同SM教科書的生活，但用餐稍微偏離了這個範圍。花英自己也非常清楚，許多奴隸會這樣投餵主人，但他一點也不喜歡讓徹夜工作後返家的人做飯給他吃。

花英這麼說著低頭看向餐桌，然後噗哧一笑。餐點是一人份，意味著奎元要吃他的特殊早餐，花英輕輕吹了聲口哨。奎元望著花英剛洗漱完的臉上滴下水珠，然後靜待花英的動作。

花英從容地從櫥櫃中拿出一個玻璃碗，倒入玉米脆片，接著把牛奶倒入碗裡。他拿來一條地毯，鋪在自己用餐的座位底下，然後把碗擺在地毯上。

「過來。」

在渲染著早晨陽光的廚房裡，奎元看到花英的手勢後，在那個位子趴下。雖然慢慢爬過來的奎元面無表情，但是花英輕鬆察覺到奎元的眼角泛紅。在花英的腳邊，奎元安靜地把臉湊近玻璃碗。

花英確認奎元開始吃飯了，這才拿起湯匙吃飯。奎元吃飯是細嚼慢嚥的類型，花英也可以悠閒地用餐。他聽著腳邊傳來的細微聲響吃飯，看到對面空蕩蕩的座位，忽然笑出聲來。他本來想玩個簡短的遊戲，但最終還是放棄了，因為他馬上就要換衣服出門上班了，沒時間。

不過，花英一邊用餐，一邊低頭看向腳邊像野獸一樣吃飯的奎元髮旋。他們已經一個星期無法玩遊戲了。雖然他總是在奎元的早晨服侍中達到高潮，但憨直的奎元應該連常見的自慰都沒有，只等著花英。

如果另一半擅自自慰，花英的個性會阻止對方，並想宰了戀人。奎元熟知他的脾氣不踩線，所以花英覺得他很「憨直」，然後想起今天的事。多虧昨晚把工作帶回家做，他今晚似乎可以空出一點時間。可是晚上奎元會很忙碌，花英猶豫片刻，伸出手撫摸奎元的髮絲。

「您今晚有空嗎？」

聽見花英的話，奎元抬起頭。

看見奎元銳利的眼眸中浮現詫異的光彩，花英講了一個確切時間。

「大約……晚上八點。」

只要主人想要，奎元無論如何都會空出時間，但他抬頭望著花英，取代回答。

花英見到奎元的嘴角沾著牛奶很色情，本來想伸手替他擦掉，但又把手收了回來。因為他如果幫奎元擦掉嘴角的牛奶，接下來不可能不餵他喝下面的牛奶就出門上班。

「我可以。」

奎元慎重地回答。

聽見奴隸貓溫馴鄭重的嗓音，花英輕笑出聲。奎元簡短的回答裡蘊藏著許多含義。他是沒問題，但是他擔心花英是否也沒問題。不過他是奴隸，不能潑主人冷水，因此表達得非常鄭重。

花英很喜歡這樣的奎元。老實說，他一開始是被奎元的外表迷倒了，但他現在十分喜歡奎元的一切，甚至想不起當初迷上他的契機了。而且花英也只能選擇喜歡他，若說奎元是為花英量身訂做的另一半也不為過。奎元是按照花英的喜好受到調教、訓練的，他本身就是花英的理想型，再加上花英的細心調教，完全變成了花英完美的理想型。

花英這輩子大概再也找不到這樣的人了，也無需去找。

「那就八點見。」

這麼說完之後，花英按下奎元的頭。確認奎元在吃早餐，花英從位子上站起身。奎元依照花英按下頭的姿勢，像野獸一樣吃著玉米脆片。當他把玉米脆片吃完時，性器也直直立著。

光是像野獸一樣用餐就讓他背脊發麻，性欲竄了上來。雖然有主人會讓奴隸吃真的狗飼料或貓飼料，但花英不肯這麼做。作為奴隸度過三年，加上花英在這個圈子的名聲太響亮，奎元不得不跟某些人建立人際關係，也聽說了一些事。

據他所知，花英的朋友具成俊或姜勇佑就會讓自己的臣服者吃寵物飼料。不過花英對那樣的行為嗤之以鼻，直言沒有任何效益。奎元不是絲毫沒有挑戰寵物飼料的念頭，但花英講這件事情的語調輕蔑至極，所以這念頭剛萌生就被抹滅了。

奎元整理餐桌時，花英走出房間。奎元偷瞄了一眼花英的打扮，把揚起的唇角壓下去。不出所料，花英穿著最顯眼的衣服出來。為了花英，奎元特意只把他挑選好的衣服擺在正中間，把其他衣服推到兩邊，不過花英每次都不曾違背奎元的預想。對服裝儀容毫不在意的花英總會拿起他最先看到的衣服，不論是外套、襪子還是內衣褲，這是服侍者隱密的樂趣。

「我出門了。」

奎元想送花英出門時，花英眉頭一蹙。

「離門邊遠一點。」

聽花英這麼一說，赤裸的奎元連忙讓開。

「我出門了。」

花英又說了一次後想走出門，卻突然低聲罵了一句粗話，讓奎元頓時臉色蒼白。

有哪個奴隸看到主人在自己面前罵粗話不會緊張的？

「想做到快瘋了，突然有種獨守空閨的感覺，唉，該死。」

又講了一次「我出門了」，花英燦爛一笑。

雖然從初次見面時，奎元就這麼認為了，可是花英真的很美。雖然花英身上那股自信滿滿、瀟脫的態度也很有魅力，可是對奎元來說，花英的魅力是一股特有的傲慢。不論他做了什麼，都只能原諒他的男人——過去短暫當過花英玩伴的男人，曾對奎元這麼說。

『主人傲慢又美麗，而且很強大，為人又不錯。你霸占了臣服者們夢寐以求的男人，感覺如何？』

當時奎元沒有回答他，只是笑了笑。這時，男人低聲道：

『他是具有致命吸引力的男人，彷彿不論他做了什麼都無所謂。我是個受虐狂，但我也是個珍惜自己人生的變態，可是我卻覺得，無論是在現實還是夢裡，單純地被他踐踏也不錯……就算要拋棄一切也沒關係。只是這個夢寐以求的主人，喜好讓我有點意外。總之，我很羨慕你。』

奎元確切地領悟到男人的那句「我很羨慕你」，是大約兩小時過後。男人的主人並非只帶他一個奴隸來，那男人的主人還帶了三個奴隸。奎元這才環顧四周，全場只有花英一個人只帶了一名奴隸，而且眾人的目光也離不開花英，尤其是還沒有主人的臣服者，目光特別炙熱。他們覺得花英不可能只收一個奴隸，下一個奴隸會是誰？會是我嗎？——那些目光充滿這種期待。

「路上小心。」奎元對花英道。

花英跟奎元有時候會公開玩遊戲，其中有許多考量，最重要的是為了安撫花英的諸多粉絲。他們需要讓大家知道，花英是個SM玩家，而他跟奎元依舊是愉虐關係。雖然不告訴大家也無妨，但花英是這個圈子的偶像，如果他無緣無故開始潛水，可能走夜路都會被人套布袋。

奎元對帥氣又受歡迎的主人露出微笑，他的主人真不錯。

花英打開玄關門之前揮了揮手，奎元就躲得更裡面一些。花英出門後，玄關門也闔上，他的早晨和往常一樣既有愛又幸福。

‡

尹花英抵達公司時是八點十五分。花英習慣性地從公司入口就向人問早，一路移動到辦公室。而說是隔壁組，但距離有點遠的同事姜炳浩一把抓住花英。

「喂，尹組長，你聽說了嗎？」

「聽說什麼？」

「李課長晉升部長落馬了。」

原本李珠熙是二組組長，是花英的直屬上司，她在兩年前升為課長，管理所有組別。部長的位子一空下來，公司的人都在傳說那個位子會是李珠熙的，但聽到炳浩說這都是竹籃子打水一場空，尹花英眉頭一蹙。

公司又沒有其他特別的候選人，除了她以外，到底還有誰能坐上那個位子？

「那有說部長會是誰嗎？」

「外部人士。」

花英「啊？」了一聲。因為放著李珠熙這種對公司瞭如指掌的人不用，非要從外面請人來坐這個位子，感覺不太好。

姜炳浩也壓低聲音說：「聽說是上面有點戒備李課長，一來她是女人，二來，李課長的能力本來就很好吧。聽說她年底的時候終於忍不住在崔理事的辦公室摔文件，那大概就是關鍵了吧。」

花英想起崔理事的面孔，皺眉道：「做錯事的一定是崔理事。」

不僅是個年紀比自己小的女人，學歷又比自己低的李珠熙在公司裡得勢，崔理事向來將她視為眼中釘，她對崔理事摔文件，崔理事一定會阻撓她晉升。李珠熙明知這一點卻還是跟對方硬槓，所以讓他們倆之間的關係更加惡化了。

其實李珠熙剛進公司時，還是單身的崔理事很喜歡李珠熙，四處嚷嚷著沒有她，他活不下去。結果，如今他們變成了恨不得殺死彼此的關係。

「是沒錯，但課長怎麼不忍忍？明知崔理事的脾氣還那樣惹他。說真的，我們也常覺得崔理事很討厭吧？」

姜炳浩用眼神問花英：尤其是你，你不是更討厭他嗎？

花英忍下低吟，只笑了笑。

對女人極其熱情的崔理事總是想帶花英去酒吧，然而對花英來說，「正常的女人」就跟立在路上的行道樹沒兩樣，所以他向來都拒絕崔理事的邀約。我有事情、我戀人在等我、家庭聚會等等，花英總有各式各樣的藉口。

「是啊。」

花英喃喃低語後，姜炳浩看著他繼續說：「現在怎麼辦？晉升的事打水漂，如果從外面找人進來，她根本不可能在短期間內升為部長吧。」

「唉，她自己會看著辦吧。」

花英聳聳肩。不管李珠熙做什麼、有沒有晉升，都跟他沒關係。

聽見花英這麼說，姜炳浩說：「你有點冷漠耶。」然後走掉。

花英瞥了一眼姜炳浩的背影，走進自己的辦公室。「你有點冷漠啊」這句話，花英聽別人講過很多次。因為花英平常十分平易近人，所以會讓人感覺到更明顯的反差。但不論如何，花英只聳了聳肩，繼續忙自己的事。

走進辦公室，脫掉大衣並開啟電腦後，李珠熙在遠處喊了聲：「尹組長！來找我一下！」

「好的。」

花英去找珠熙時，繞進休息室想沖杯咖啡，剛拿起桌上的紙杯，新進來的女員工就撒嬌地搶走花英的杯子。

「我來幫您泡。」

「哇，只幫尹組長泡？水晶，妳真的太過分了吧？」

另一個新進員工對金水晶這麼說完，金水晶吐了吐舌頭。

「那請您也長得跟組長一樣美啊，我還會做便當給您喔，真的。」

聞言，那位新進員工誇張地說著太過分了，與此同時，花英小心地不碰到對方的手，再次搶回杯子。

突然覺得手裡一空，金水晶抬眼看向花英。

「組長？」

「我喝咖啡的喜好比較特殊，我自己泡就好。」

說完，花英從她身邊走過，身後傳來劉泫雅代理的斥責聲：「別搞些有的沒的，自己的咖啡就該自己泡，為什麼說要幫人家泡咖啡？妳是來公司泡咖啡的嗎？」

花英單純只是不想接受女人無謂的好意，不過他希望聽劉泫雅代理這樣說完後，金水晶不會再做這些沒有意義的事情了。花英走進課長室時，李珠熙正在看資料。

「課長？」

花英喊了一聲，李珠熙抬起頭。

「啊，尹組長。你也聽說了吧？新上任的部長下週會來。」

李珠熙的心情看起來跟以往沒兩樣。

花英點點頭，李珠熙就抱起雙臂問：「真讓人傷心呢，花英？」

自從花英升為主任，李珠熙總是稱呼他為「尹主任」、「尹組長」，但偶爾只有他們倆的時候會稱呼他為「花英」。花英知道，她想講比較私人的事情時會這樣稱呼他，因此點點頭，珠熙就輕拍了一下他的手臂。

「我就喜歡你這點，不會裝作你什麼都懂的樣子。」珠熙這麼說完後低下頭。

「……大家本來就知道那是個畜牲，您別太傷心。」

聽見花英的話，李珠熙低著頭輕輕笑了，「謝了。」

李珠熙笑了一會兒後跟花英道謝，花英聳聳肩。

她再次抬頭看向這位臉蛋美麗的下屬。眼前這位與其說是身型修長的花美男，更像一位美人的下屬咧嘴笑著。

即使沒有言明，但他斷言那位離他很遙遠的上司崔理事是畜牲，讓珠熙感到很爽快。雖然不曉得是誰拿下了這個男人，但她真的很羨慕那個女人。李珠熙止住笑意，嘆了一口氣。

就她自己的喜好來說，尹花英是非常美，但其他女性都被花英的美貌蒙蔽了雙眼。新進員工都在討論該怎麼讓尹花英看到自己，每次女員工們去吃午餐，尹花英一定會成為她們討論的話題。不過，珠熙總是希望其他員工不是因為尹花英長得好看而喜歡上他。不是因為花英風度翩翩又帥氣，而是因為他會設身處地為人著想。

但花英本來就很受歡迎，似乎不需要增加他的優點。想到這邊，珠熙又笑了。

花英靠牆站著，見珠熙不說找他有什麼事，就開口問珠熙。珠熙一聽才低吟幾聲，把花英交給她的文件遞給他。

花英接過的文件夾裡夾著文件，他低頭查看。確認過簽名後，花英闔上文件夾打算離開時，李珠熙像突然想起什麼似的問他：

「話說回來，花英你不結婚嗎？」

花英站在門前，以一臉「怎麼突然講這個？」的表情反問：「什麼？」

見狀，李珠熙戲弄他似的噗哧一笑，「怎麼了？我是說你那像貓一樣性感的戀人啊。」

「啊啊。」

「我還以為你今年會請我喝喜酒，結果卻沒消沒息的。」

講完之後，李珠熙「啊」地低吟了一聲。雖然她之前沒想到，但他們可能已經分手了。萬一他們分手了，她這樣不是很失禮嗎？李珠熙講不出話，花英卻燦爛一笑。

「啊啊，我的戀人啊。」

那張表情上毫無陰霾，方才才因為他們可能已經分手而愧疚，感到自我厭惡的李珠熙問：「你就那麼喜歡她？」花英笑得更開心了，一副理所當然的表情。

李珠熙的腦海裡瞬間閃過幾個喜歡花英的員工面孔，又不動聲色地問：「不過，你怎麼不結婚？」

花英「嗯」地低吟一聲，調皮地皺起眼角，「就是說啊，他不答應我的求婚。」

「啊，你求婚了？」

「那當然，我們倆會交往也是我一直纏著他才在一起的。」

「天啊，看來是一位高傲的小姐呢？」

花英暫時想起奎元的樣子，呵呵笑著。雖然李珠熙看起來很訝異，但花英不在乎。

高傲啊……高傲的奎元感覺也很可愛。雖然花英是虐待狂，看到高傲的人就會想折斷對方的羽翼，不過如果對象是奎元，他似乎可以接受，反正玩遊戲時，他應該高傲不起來。

沒錯，他覺得必須具備奎元哥的美貌，他才能容忍高傲的態度。花英搖了搖頭，覺得如果別人聽到搞不好會胡亂想像。

「他一點也不高傲，是個很慎重的人。」

「慎重？」

「是的，他十分謹慎，也很替我著想。他明明可以不用那麼做。」

通宵工作回到家後還為他準備早餐，那真的好像在虐待他。可是奎元是受虐狂，很喜歡犧牲奉獻，是一個希望將花英照顧得無微不至的男人，所以花英願意滿足他想做的每一件事。不過花英有時候也會害怕自己把這些視為理所當然，結果把兩人之間的關係搞砸，因為現實生活與遊戲截然不同。

花英認識好幾對情侶「想作為受虐狂過日子」，可是在現實中，他們身為常人當然必須應付日常生活的巨大壓力，這兩者起衝突，最終走向分手這條路。所以花英對此非常注意，而奎元不曉得是不是知道這一點，更是把自己完完全全交給花英。

「所以，你求婚被拒絕了？」

「嗯，是啊。」花英點點頭。

「花英，你今年幾歲？」

「三十，馬上就要三十一了。」

「那你該結婚了呢。」

花英想像了一下奎元穿婚紗的模樣，笑了。雖然不曉得有沒有婚紗適合一百九十七公分的奎元，但他如果穿上一定很美。不過，花英應該會因為太過喜歡，就在舞臺上侵犯他吧。而且婚紗不是白色的嗎？這樣感覺就像在求他把白色婚紗弄髒。先把他壓在身下，然後撕破他的婚紗、用燭臺插進他的肛門……啊，該死的，他真的欲求不滿嗎？

當花英一副若無其事地在腦海裡進行各種想像時，李珠熙問：「看來你想結婚了呢。」

聽見李珠熙的話，花英撓撓頭。結婚啊，這是他這輩子都不曾想過的字眼。

不過，花英現在的生活跟已婚人士又有何不同？不對，這反而是已婚人士夢寐以求的生活。另一半賺錢養家，又會做家事，房事技術還一流……這麼一想，好像跟已婚生活沒什麼兩樣。

「是，我想結婚。」

如果可以結婚，他當然想用法律把他定下來。花英露出苦笑。可以的話，如果這是大韓民國法律允許的事，花英不論使出什麼手段都會跟奎元結婚。在玩遊戲時叫他在結婚申請書上簽名蓋章是一定要的，如果這樣不行，那他就算鬧得要死要活，都一定要把奎元的戶籍遷進自己的戶籍裡。但是很可惜，這些不可能實現。

「如果對象是你，一定有很多女人想跟你結婚，你女朋友太謹慎了。萬一你跟其他女人結婚該怎麼辦？」

「他應該很有自信吧。」

花英笑著離開辦公室。回到自己的座位，他咂嘴一聲。

結婚啊……他才剛滿三十歲沒幾個月，就已經冒出結婚話題了。大部分的人在三十歲之前，家裡就會開始催婚，但因為花英的兩個哥哥也沒結婚，所以家裡不曾給他結婚的壓力。跟女人談戀愛的兩位哥哥都還沒結婚，家裡怎麼可能會對跟男人同居的他施加壓力。

花英輕鬆地心想，反正近年來單身人士有增長的趨勢，不管怎樣他都能蒙混過去。他現在只想趕快把今天的工作做完，然後回家抱他的奎元。想到要虐待那副強大又具有威脅性的身體，花英連指尖都發麻，表情看起來比平常更有活力。

金奎元從睡夢中醒來時，一如往常是下午兩點四十分。他頂著像沒睡著一樣有精神的表情坐起身，確認一下手機，發現有訊息。以為是免費通話時間或通知領包裹之類的通知訊息，想漫不經心地掃過的他瞪了大眼。那是花英傳來的訊息。

花英是有事會直接打電話，沒什麼事就不會打電話的類型，所以奎元很訝異。奎元趕緊確認訊息內容，結果內容很簡潔。

『**快瘋了，我正在脫衣服。**』

奎元樂不可支。花英是性欲比較強的人，就算每天早上射在奎元嘴裡還是很想做愛。雖然他幾乎不會表現出來，但如果禁欲時間超過一週，花英的態度就會變得更殘酷。光是今天掐脖子的力道就比昨天重，昨天的力道又比前天重。

奎元的雙唇輕碰上手機，對敬愛的主人拋出收不到的飛吻後又笑了。他幸福得令他不敢置信，這份幸福越來越濃烈，感覺沒有任何人可以打破。能夠帶給他這種幸福的人，只有名叫尹花英的男人。奎元笑了笑，把嘴唇從手機上移開，回覆訊息。

『**是的，花英先生。**』

奎元簡單地回覆訊息後站起身，今天有很多事要做。奎元開始打掃家裡、準備晚餐，期間還處理了許多雜事，並在五點前出門上班。一抵達夜店，奎元就見到了花英的二哥尹驥英。

尹驥英或許又換了女伴——看起來又是陪酒女郎，年紀比上一個更小——他正摟著一個陌生女子，悠然自得地喝著酒。

「您來了。」

看見奎元走進包廂向他鞠躬，尹驥英噗哧一笑。尹驥英懷裡的女子嚇得驚呼「媽呀！」，然後鑽進尹驥英的懷裡，看似十分害怕。

看慣這個反應的尹驥英跟金奎元絲毫不驚訝，毫無反應，女子這時才悄悄抬起頭。那一刻，清楚看見女子長相的奎元喃喃低語：「請別帶未成年人來這裡。」

「未成年？誰？你說她？」

尹驥英笑著摟緊女子的腰，女子就「呀啊！」地叫了一聲。

「她二十三歲。」

「她看起來是未成年。」

「她說她二十三歲啊。妳不會欺騙哥哥我吧？嗯？」

聞言，女子笑著搖頭。她的表情看起來非常不安，奎元露出曖昧不清的表情，連尹驥英也看著女子的臉咒罵：「妳他媽的……」

就在尹驥英的手揮向女子的那一刻，奎元不自覺地抓住他的手腕。

「你搞什麼？臭小子。」

「這樣觀感不好。」

「靠，這乳臭未乾的臭丫頭騙了我，你要我就這樣算了？」

這時，女子迅速躲到奎元身後，似乎忘了自己不久前才看著這張臉尖叫。奎元抓著驥英的手腕回答：「您就放過她吧。」

尹驥英瞪大眼說，「那如果我不放過她呢？」

驥英的口吻像在說「就憑你居然敢攔我」。

奎元沉聲道：「我會告知花英先生的。」

那一刻，尹驥英眼裡的金奎元看起來就像惡魔，然後他的耳邊開始自動播放花英會講的話。花英首先會笑，他會發出「噗哧！」的嗤笑聲，接著語帶笑意地喊他一聲「二哥」，然後他一定會這麼說。

『哥，拜託你清醒點，你都幾歲了，還去碰小孩子。哥，你的眼睛長在哪裡？被一個小丫頭騙了就該感到羞愧啊。是，你被騙了，然後你惱羞成怒就揍了她？那個女孩只有一個拳頭大，你是要揍她哪裡？哥，你最近不舉嗎？還是你沒力氣？你是太監嗎？沒力氣到只會打婊子出氣嗎？』

腦海裡響起弟弟笑著講這些話的優美嗓音，尹驥英咬牙切齒道：「動不動就提起花英，你要用花英威脅我到什麼時候……」

「我會一直提起他的。」

「喂！」

「我真的會跟他說。」

尹花英既是尹氏家族最大的弱點，也是奎元的神，只要提及花英的名字，奎元就樂觀地認為自己會獲勝。

尹驥英當然嚇得顫了一下，罵了句該死就往後退。

不管弟弟的戀人從事過什麼工作，尹驥英都不怕，老實說，就算奎元過去的經歷輝煌，都得打一架才能見真章。而且要論打架，尹驥英可是韓國數一數二的高手。但尹花英——弟弟的鄙視……以前得知花英喜歡男人的時候，家裡鬧得天翻地覆，花英最後拒絕進食，結果花英的哥哥，同時也是驥英哥哥的尹震英幾乎哀求著花英吃飯。

『我不管你要跟男人在一起還是跟狗在一起，拜託你吃飯吧。』

當時，花英扯著喉嚨大吼：『男人跟狗怎麼能相提並論！大哥你瘋了嗎！』

尹震英至今聊到那件事仍不斷搖頭。而且驥英很了解震英的想法，如果是他遇到這種事，他也會不曉得該怎麼辦。

不論面對什麼樣的女人、什麼樣的人類，尹驥英都坦蕩蕩的，可是花英不一樣。就算花英只說了一句話，他的心都會怦通直跳。花英年幼時總是很溫柔，是個體貼的孩子，但他終究是個小孩，偶爾也會鬧脾氣。當花英鬧脾氣，要驥英把收到的新機器人扔掉的時候，就算驥英非常捨不得他的機器人，也比不上花英的一滴眼淚，因此還是欣然把機器人拿去丟了。尹花英就是這樣任意擺布他們兄弟的人，他不可能不害怕。

「你敢跟花英分手試試看，到時候我會宰了你。」尹驥英低吼。

金奎元感覺到女子在他身後顫抖，再看看眼前驥英殺氣騰騰的模樣，露出苦笑。

被花英拋棄啊……奎元懷疑到時候驥英是否還需要殺了他。倘若花英拋棄了他，他應該會馬上死去。或許不是自殺，而是會當場心臟停止。

這不是戀愛，他對尹花英的感情不像戀愛。就算花英不喜歡他了，就算花英不抱他了，這份感情也沒辦法結束。這是無條件的敬愛，這份宛如烙印一般的敬愛是不會消失的。所以如果被花英拋棄，他的心臟應該會停止跳動。他是這麼想的，而且肯定是那樣。

「我走了。」

尹驥英嘴裡說了句掃興，轉身就走。

奎元彎腰恭送這位大人物，也是夜店資助者的尹驥英離開，一直躲在奎元背後的女子不禁也一起彎下腰。等包廂裡只剩他們倆，奎元就對女子說：「您回去吧。」

女人猛地抬起頭想說什麼，但是她看到奎元的長相，又迅速低下頭。

「我、我沒有錢。」

即使如此，女人仍說出了自己想說的話。奎元默默垂眼看著她。

「是那位黑道大哥帶我來的，我、我連包包都沒帶。」

這女孩讓人越看越無法理解。十七歲？十八歲？總之奎元唯獨確定她肯定還沒成年，可是她沒去上學，大概是因為沒錢吧。即使如此，她手上卻戴著卡地亞經典的 trinity 戒指，讓人越看越搞不懂，因此奎元嘆了一口氣，轉過頭。

「您住哪裡？」

「我要回店裡。」

奎元點點頭。他剛開始經營夜店的時候，也曾多管閒事，送未成年者回家。可是這樣的孩子永無止境，奎元早就看膩了。他也不是什麼道德高尚的人，所以只要這些未成年人不會對店裡造成影響，這些孩子要做什麼，他都不在乎。因此奎元打開門，對女子搖了搖頭。

她拖著尺寸有點大的高跟鞋，一臉害怕地慢慢走出包廂。只看她的表情就像害怕奎元會把她賣到哪座孤島一樣。

奎元無情地說：「我會幫您叫計程車，您回去吧。」

聽見奎元的話，女人，不對，女孩瞪大眼睛，「真、真的嗎？」

女孩躊躇地問完，奎元點點頭。奎元陪女孩子一起走出夜店時，員工們竊竊私語。所有推測性發言一如往常地令人無言，奎元也不在乎。

把女孩子送上計程車後轉過身時，奎元突然在車子的另一邊發現一張熟悉的面孔。

他是花英的朋友，也是曾喜歡過花英的男人。他一臉茫然地看著奎元，而奎元稍微轉頭看了一下周遭，因為他不確定那個人是在看自己，還是在看他身邊的人。不過，對方好像就是在看他。

就算從正面看著他，具成俊看起來也一臉憔悴，狀態不是很好。奎元猶豫了一下自己該不該裝作不認識他。花英不喜歡奎元私下跟其他支配者交談，而且奎元骨子裡就是個奴隸，如果主人不喜歡，不論別人再怎麼叫他去、再怎麼攪和，他還是很忌諱靠近具成俊，因此忍不住咂嘴一聲。

兩人隔著車道對望，卻又不是看著對方。奎元不是在看具成俊，而是在思考自己是否應該靠近他；具成俊的視線也不是看向奎元，似乎是看向奎元的身旁。

奎元知道具成俊本就是一個極為傲慢的男人，所以在心裡掂量是不是別裝作不認識他比較好。

此時，正好感覺到手機震動，奎元拿出手機一看，是一條訊息。

『我要下班了，你做好準備，在家裡等我。』

被這封訊息嚇了一跳，奎元一看時間，才發現快七點了。奎元轉身背對具成俊，走回店裡。花英應該馬上就會到家了，他得在那之前回到家裡才行，明明有非常多事情要做，腦袋卻一片空白。奎元沒有走進夜店，反而直接朝停車場走去。上車前，奎元再次轉頭看去，剛才要上樓去夜店的男人莫名眼熟。

是誰？雖然奎元歪了歪身子，想看清楚一點，但對方已經消失在轉角處，看不到了。奎元心想，他分明在哪裡看過那張臉，接著搖搖頭，把這個想法拋到腦後。現在不是想這件事的時候，他美麗殘酷的主人正在回家的路上，而他必須在主人抵達前回到家。

奎元一回到家就拿著浣腸劑苦惱。花英要他準備，是叫他先浣腸的意思，還是要他別浣腸？花英不太喜歡浣腸遊戲。雖然他確實很享受讓奎元忍耐的樂趣，但他只是喜歡看奎元忍耐某種羞恥行為的模樣，並沒有特別喜歡浣腸，所以奎元不曉得自己該不該浣腸。

久違地玩遊戲，心臟怦通亂跳，奎元不斷深呼吸，然後呆愣地垂眼看著浣腸劑。不管他有沒有浣腸，最後應該都會受到懲罰，因為這就是遊戲。

奎元想到花英正在返家的路上，深吸了一口氣。明明已經第三年了，他還是會緊張。就算挨打會讓他感到快感，但他大概永遠都會對這種行為感到緊張。這銳利的緊張感會帶給他快感與恐懼，奎元呆愣地望著占據了起居室一整面的鏡子。

鏡中的男人長得凶神惡煞，看不出任何纖細的一面。有人說他長得像惡鬼，看在審美眼光高的奎元眼裡，也覺得自己長得很可怕。將近兩百公分的身高只會令人感到壓迫，完全沒有任何美感。巨大的手腳十分粗獷，以傷痕與肌肉武裝的身體與其說是人類，更像野獸。

奎元從鏡子別過臉。花英明明不在，他沒必要刻意自虐，玩羞辱遊戲。

他轉回頭來，不透過鏡子，直接低頭看著自己的身體，奎元苦笑著用手蓋住左邊乳頭。戴在乳頭上的乳釘是花英親手戴上去的。花英替他戴上乳釘，百忙之中也一定會幫他消毒。

『你想試試看刺青嗎？』花英用他慵懶的聲音問。

如果花英想要，別說刺青了，就算要奎元斬斷手腳也不會猶豫，但是他覺得這不太像花英的喜好。大概是花英本身就擁有強大的力量，所以他不喜歡在某人身上留下占有欲的印記，花英想要的，反而是對方自發性的屈服。

花英最享受的是對方感到羞恥，又壓抑著羞恥心向他低頭下跪的那一刻。就連玩穿刺遊戲，花英喜歡的也不是針刺上對方身體的那一刻。當奎元在拿著針的花英面前挺出胸膛時，花英會露出最美、最殘忍的笑容。他享受的是奎元挺起胸膛，死心般閉上眼的那一刻。
這樣的花英居然會問他要不要刺青。奎元一露出訝異的表情，花英就笑道：
『這當然不是我的喜好，但是看著你的身體，就會讓我想在上面烙印，宣示所有權。』
不是虐待，而是想彰顯所有權。花英這麼說的嘴唇過於迷人，奎元想起自己曾望著那雙唇怔愣不已。
奎元下定決心，果然還是先浣腸比較好。他瞥了一眼時鐘，七點二十分，奎元不再猶豫地走進廁所。
尹花英一抵達玄關門前，就簡短地深吸一口氣。他握緊右手又鬆開，讓浮躁的心沉澱下來，表情冷酷無比。他要控制自己，絕對不要對奎元留下沒必要的傷害。玩遊戲的時間越長，欲求不滿的情況會越嚴重，這點會表現在遊戲強度上。當然，奎元的體格強健，不會輕易被他玩壞，但花英從小就知道人類的肉體看似強壯，實則脆弱。
奎元就在這道冰冷的大門後面，若是讓尹花英來形容，奎元會露出就算餓死也很幸福的神情，是他尹花英唯一的奴隸。這男人彷彿是為了花英而生，只牽過花英的手，是只會對花英哭泣，專屬他的貓咪。

尹花英最後深吸了長長的一口氣，然後把手放上門把。經過指紋辨認、輸入密碼，大門傳來裝置解鎖的聲音。花英確認過走廊上沒有任何人後，把門打開。

他的奴隸跪在門口，從他泛紅的臉頰來看，他似乎也很期待。花英先走進家門，關上門後低頭看向奎元。要對他做什麼呢？花英用冷靜的表情咧嘴一笑。

他把手裡的公事包往起居室隨手一扔，解開領帶。換作平常，他會無視跪在門口磁磚地板上的奎元，走進房間換一身舒適的衣服再出來，花時間凌辱奎元，可是現在著急的是花英。

花英在奎元面前把公事包隨手一丟，解開領帶。跪在門口瓷磚地板上低著頭的奎元繃緊神經，留意著上方的花英。他不曉得花英會做什麼，他的心臟發瘋似的怦通狂跳。他會遭遇什麼樣的對待？花英會讓他哭得多慘？雖然羞恥的行為會讓他發情，但是這不代表他沒有了羞恥心。因為不曉得會經歷什麼樣的事，連指尖都像在燃燒一樣發痛。

奎元跪在地上，而花英靠上他對面的鞋櫃命令道：

「試試。」

聽見花英的話，奎元用膝蓋跪著走向花英。包裹著花英纖細雙腿的西裝褲莫名頹廢，視線沿著西裝褲的摺痕往上，奎元用嘴唇解開花英的褲頭，咬著拉鍊往下拉。舌頭舔舐龜頭，奎元抬眼確認花英的表情。纖長的睫毛落下一道陰影，奎元看不到他的眼睛，讓花英看起來更殘酷。此時，花英鮮紅的嘴唇慵懶地勾起。

啊，是現在嗎？奎元閉上眼的那一刻，花英的性器撕裂奎元的小巧唇瓣，深深頂進去。滑溜溜的性器頂入深處，像要使他窒息，奎元閉著眼抬起脖子，盡可能把嘴巴張到最大。雖然口水不停滴下來，但沒有人在意。

「唔，唔……」

奎元的臉頰泛紅，明顯沒辦法呼吸。每當他用鼻子吸氣，都會發出快窒息的聲音。明明已經把嘴巴張到最大，甚至感到頭痛了，但奎元沒有逃避痛苦，反倒拚命含著花英的性器。因為花英沒有允許，所以奎元沒有觸碰花英的身體，只使出全力用嘴巴滿足他的樣子很可愛。

他不停流下生理性的淚水，弄得一團糟的臉比任何一張漂亮的臉都討喜。

「這段時間對你太好了嗎？為什麼做得那麼差勁？」

花英這麼說完，又往奎元嘴裡插得更深。

奎元瞪大了眼，他的嘴唇撕裂流血了。櫻桃小嘴的奎元含住花英的性器時，時常會像這樣流血。他以為那個感覺就像喘不過氣，但現在他才明白那只是句玩笑話，花英現在是真的堵住了他的氣管，連想用鼻子呼吸都非常痛苦。

他的咽喉被花英的性器填滿，只能靠花英性器與咽喉之間狹小的縫隙呼吸。但奎元還是用他的咽喉夾緊花英的性器，同時不忘用舌頭愛撫。他盡了最大的努力，花英的性器變得更大，幾乎把他的氣管都堵住。在奎元的視線開始變模糊的那一刻，花英巧妙地把性器往外抽。空氣進入肺部深處的瞬間讓奎元感到困惑，想跟上花英的性器。

在氧氣毫無阻礙地進入肺部的那一刻，束縛消失，看到奎元不自覺地選擇追上束縛他的源頭，花英笑得樂不可支。

「總之你就是騷。嗯，就這麼喜歡這個？」

「喜歡……」

奎元以輕飄飄的聲音回答。依舊跪在地上的奎元張開嘴，伸出舌頭，這模樣不管怎麼看都像野獸。花英像在誇獎他可愛似的伸出手，撫摸他的下巴，奎元就「喵～」了一聲。

花英彎下腰，直望著奎元的臉。

「你的腰不應該動啊。」

這溫柔的聲音反而讓奎元感到羞恥，他這才發現自己含著花英的性器，不對，是把花英的性器塞進咽喉深處，擺動自己的腰肢。奎元滿臉通紅，但花英正看著他，他實在無法迴避花英的視線，努力讓自己的屁股乖乖黏在腿上。花英輕聲嘲笑他，奎元就夾緊後穴，咬緊牙關後僵住身體。

那一刻，花英扯了一下奎元的乳釘。

「哈啊！」奎元發出熟悉的慘叫聲，渾身發抖。

「你不是還在扭腰嗎？你得老實一點啊，聽話點。」

嘴裡這麼說，花英繼續玩弄乳釘。每當花英拉扯乳釘，奎元的身體就會跟著往前；花英往後推，奎元的身體就會被推開。與此同時，奎元美麗的腰線像野獸一般擺動。雖然他雙腿之間的性器已經直直立起，但是只要沒有獲得花英的許可，這副身體別說自慰，連射精都不能。

花英用穿著皮鞋的腳踩上奎元的性器。

「老實點。」

聽見花英的話，奎元咬緊牙關，努力讓自己乖乖跪坐在地上。但是受到侮辱的身體已經渾身顫抖，渴望著快感。

這段時間，花英每天早上都會在奎元的服侍下射精，但是奎元一次都無法射，就連自慰也做不到，即使他每天舔舐花英的性器也無法射精。一開始接到命令、舔舐花英的性器時，奎元也勃起了，結果花英說「這算什麼服侍？」，懲罰了奎元。花英說著「服侍不是為了娛樂自己，而是取悅他人」，奎元遭到鞭子鞭打，後穴被塞入跳蛋，性器則被戴上延遲射精套。

跳蛋在他體內有規律地跳動，每當他好不容易壓抑住勃起的性器試著入睡，跳蛋又開始跳動，奎元再次勃起，最後他什麼也做不到，一直哭泣，之後在趁午休回來的花英手中達到高潮。這樣的懲罰持續好幾次後，奎元終於可以控制自己不勃起了。不過他只是不勃起，並不是不感到興奮，所以奎元服侍花英的這一個星期來，欲求不滿到了極點。

「別表現出淫蕩的樣子。」

光是花英的體香跟命令的語調就讓奎元渾身發熱，他居然要他別表現出淫蕩的模樣。奎元渾身顫抖，仍用盡全力深吸一口氣。花英冷酷的殘忍視線讓他快瘋了。他好想立刻抱著花英的腿，求他抱抱他。

奎元壓抑著內心的衝動，不斷吐出溼熱的氣息。他小心翼翼地抬起眼，花英那雙細長的雙眼笑著。那是凌遲他人前，充滿殘暴瘋狂的表情，這正是花英在奎元面前興奮的證據。

奎元愣了愣抬眼看向花英的瞬間，花英用手背打上奎元的臉頰，響起的不是可愛的拍打聲，而是響亮的啪一聲。嘖，花英咂嘴一聲，未經允許就抬起頭的奎元臉蛋瞬間發燙。

「需要懲罰你嗎？」

花英詢問的那一刻，奎元悄悄咬住嘴唇。光是「懲罰」這個詞就讓他興奮了。

花英抓住奎元的項圈，把他拉起來，接著走向起居室，奎元就依舊彎著腰，步伐搖晃被拖著走。把奎元扔到地毯上後，花英道：「上去。」然後打開櫃子。

櫃子裡從手拍到鞭子，應有盡有。花英故意在櫃子前站了一陣子，第一，他在給奎元爬到檯子上的時間，第二則是為了他自己。這是一場久違的遊戲，他也很興奮，但現在奎元要承受這一切還是很危險。他的身體本來就很敏感，雖然這三年來經過調教，已經學會忍耐了，但他今天完全沒辦法忍。而且，他這副模樣當然會激起花英的性欲，真令人為難。

花英想起以前自己失控，結果把奎元逼到極限的事，發出喀噠聲響，選了鞭子。如果對方只是玩伴，他的壓力反倒會少一點，可是奎元不是玩伴，是他的奴隸，還是真的願意為花英做任何事的奴隸。他會把自己的身體坦誠地交給花英，所以一旦花英失控，就意味著奎元會受傷。玩遊戲當然是一種刻意使對方受傷的行為，可是非本意的受傷也會造成危險。

花英花了點時間拿出鞭子，然後轉過身。

奎元爬到平時當作沙發邊桌使用的桌子上，抓著裝在牆上的把手蹲在上面。花英叫他上去的那個平臺是奎元做的，當然，在牆上裝把手的也是他。這個平臺通常會擺上玻璃板，當作裝飾櫃，可是它的用途其實是這個——這裡是奎元的「反省臺」。

奎元蹲在上面，露出臀部。這個姿勢可以看見後穴，只要姿勢稍微不對，就會被打上幾十下，最後奎元完全適應了這個姿勢。

花英舔過嘴唇，望著奎元的後穴。那裡不僅溼了，更不斷收縮。花英走到反省臺前方，拿出藏在窗簾後面的鐵鍊，綁上奎元的項圈。奎元閉著眼小聲地「喵~」了一聲。

「不行。」

請求原諒的叫聲當然被花英拒絕了，奎元又「喵～」了一聲。花英把拿著鞭子的手舉到空中，使出全身力氣用力一揮，奎元的身體瞬間僵住。

在奎元因鞭打的疼痛而無法出聲時，花英揮下第二鞭。呼嗯！奎元咬緊牙，喉嚨裡發出跟女人一樣高亢的聲音，如同妓女的下賤呻吟在屋內迴盪。

奎元盡力忍耐著。

「後穴給我夾好，根本沒夾緊啊。」

聽見花英的話，奎元收緊後穴。看著穴口出現層層皺褶，花英用鞭子前端撫過奎元的臀部。只被打了兩下就出現兩條鮮紅痕跡的巨大臀部微微顫抖，可是後穴依舊緊緊夾著。

奎元瑟瑟發抖。按照慣例，挨打時屁股要放鬆。可是為了夾緊肛門，臀部只能用力，這樣被鞭子鞭打一定會更痛。鞭打的力道比奎元想的還要大力，花英毫不留情地用力鞭打，這代表花英十分興奮。

奎元拚命冷靜下來，開口：「兩下，謝謝您……」

「是一下吧？」

花英這麼說完，奎元再次回答：「一下，謝謝您。」

「重來。」

然後花英開始猛烈鞭打他。疼痛馬上轉化為炙熱，奎元忍受著那份痛楚，直到那股炙熱的溫度升高。他對自己說「再忍一下」，忍著因為鞭子而發燙的臀部。

熱度逐漸升高，頭也開始發燙。一股近似疼痛的熱意擴散至全身，使奎元難以招架。奎元沒發現自己正「呼……呼唔！」地哭著，不曉得自己抓著牆上把手的手用力到泛白，冒出青筋，也不曉得他正淫蕩地擺動臀部，他只感受到花英賜予他的熱度。

「二十……七……呼！謝、謝謝……哈啊！二十八……唔啊！」

奎元的臀部不停顫抖。他已經有點神智不清了，可是仍不忘記數數、表達感謝，然後緊夾著後穴。對順從的奴隸感到滿意，花英更大力地揮下鞭子。

這時，奎元開始哭著請求原諒。「喵～」奎元拚命撒嬌，絲毫沒有羞恥心，不覺得自己撒嬌的模樣很蠢。他沒有那份餘力。他的臀部被打到滲血，戴著延遲射精套的性器不僅發疼，更開始發麻。奎元哭著請求花英仁慈，請他原諒他，「喵～」了好幾聲，哭得很淒慘。就連「請您原諒我」都不能說，他只能模仿野獸的哭嚎。

然而，花英不允許，再次揮下鞭子。熱意湧上，再次轉為疼痛，那股疼痛又變成炙熱。就在如此反覆的過程中，畫出相同曲線的感覺轉眼間爆發。

「哈啊啊啊啊！」

奎元的身體向後仰起，發出慘叫。看見奎元幾乎翻起白眼，花英扔下鞭子，強制抓住奎元的身體，插入流著血的後穴。他又急又粗魯地插入，一口氣頂到底的性器讓奎元叫得更大聲了。從後面侵犯奎元的花英抓住奎元的下巴，在他耳邊焦躁地低語。

「咪咪啊。」

眼前一片模糊，感覺不停來來去去，讓他完全搞不清楚——那到底是疼痛、是炙熱還是快感。這就像來回泡溫泉、冷泉，讓身體麻痺一樣，可是奎元的感覺沒有麻痺，反倒像完全擴散了。所有感受被放大，無法辨識那是什麼感覺。這時，他聽到花英的聲音，說著咪咪啊。

「咪咪啊，噓！是我啊，來……你聽得見我說話吧？」

聽見花英溫柔的嗓音，奎元拚命深呼吸。

花英的性器稍微往後退出，但又深深頂進去。頂撞到最深處的性器讓人無法喘息，可是那股熟悉、令人喜愛不已的感覺讓奎元得以轉頭看向花英。他眨了幾次眼，模糊的視野恢復為原本的色彩。

花……

奎元張開嘴巴的那一刻，花英開始粗魯地擺動。奎元依舊張著嘴，斷斷續續地發出叫聲。花英怕奎元不小心掉下反省臺，雙手緊緊抓著奎元，不斷頂進他體內。粗暴的動作很快就迎來終點，當奎元張開嘴發出慘叫時，花英豎起牙齒咬上奎元的後頸，達到高潮。

眼前一片白茫茫，然後粉碎散落，當視線再次恢復清晰時，血腥味在花英嘴裡擴散。他抱著奎元，享受著餘韻，同時伸手把勾著奎元項圈的鐵鍊解開。花英把鐵鍊扔到牆邊，發出匡啷聲響，逐漸消失，接著花英又咬上奎元解開項圈後赤裸的脖子。

當奎元的頸部緊緊繃住的那一刻，花英大力咬下。花英感受到牙齒下方的血管，咬破血管的感受也很鮮明。享受過極致快感後的這個小舉動讓花英非常滿足，如同晚餐後甜蜜的飯後甜點。

「射吧。」

花英的嗓音低沉。心滿意足的餘韻蓋過沙啞的嗓音，奎元細細呻吟。

聽見花英的話，奎元把手伸向自己的性器。他著迷地在快感與痛苦之間徘徊，處於感覺認知崩潰後的狀態，因此非常疲憊，手僵硬地動著。他要拆掉延遲射精套卻手滑了好幾次，每次手滑，敏感點就會受到刺激，讓奎元發出呻吟。花英輕聲笑著，每次奎元失敗，花英就會啃咬奎元的耳朵。在花英惡作劇地時而輕啃，時而用力咬的期間，奎元總算成功拆下了延遲射精套。他拆掉延遲射精套後一動也不動，花英再次命令他：「射吧。」

「喵~」奎元叫了一聲。

「怎麼了？」

「我想做……善後處理。」奎元低沉的嗓音道。

每次眨眼，奎元的眼睛就會發出眼皮黏膜碰撞的聲音。

花英讓奎元從反省臺下來。就算奎元的體力像鐵人一樣，長時間蹲著仍會造成感覺紊亂，所以還是小心為上。花英把奎元扶下來後坐到沙發上，奎元就用膝蓋跪著走近，含住花英的性器。花英靜靜地看著奎元緩慢、深情地用舌頭滑過他的性器。

奎元閉著眼，虔誠地舔舐著花英的性器，甚至抬起花英的性器，俯下身清理性器下方，花英見狀，咧嘴一笑。最近奎元太過用心服侍花英，忽視了自己也有射精的需求。奴隸們時常會出現這種狀況，太過著迷於主人而忘了自己，就連自己的快感也置之不理。

花英悠哉地把身體往後靠。他本來想讓奎元慢慢享受，但太久沒玩遊戲，心急地把奎元逼到了極限。奎元一下子就累了，看來今天不能再繼續了，真可惜。花英如此心想，把奎元拉到腿上。

奎元順著花英的力量被拉起來，理所當然地認為花英會命令他把性器放進去，所以緩緩把手繞到後面，等著花英的命令，但花英一把抓住奎元的後腦並拉近。

看見奎元瞪大雙眼，花英輕輕地覆上雙唇。兩人目光相對，花英舔舐著奎元的口腔內側並笑出聲。而奎元閉上眼，依舊張著嘴巴，不斷顫抖。隨著接吻的時間拉長，沒辦法及時做出反應，奎元皺起眉，用不知所措的表情接受著這個吻，並且渾身僵硬，真的就像一隻貓。

花英溫柔地搔了搔奎元的下巴，又講了一次：「我說你可以射了。」

至此，奎元才安心地放鬆身體。他彷彿肌肉的所有螺絲一口氣鬆開來，意亂情迷，但仍用自己的手接住自己的精液。

「哥，您最近怪怪的，為什麼老是迴避？」

聽見花英的話，趴著的奎元歪過頭，仰望花英。

迴避……？奎元聽不懂花英在說什麼。他臉上閃過一陣慌亂，花英稍微歪頭又問：

「您在遊戲中都不常射精呢。」

「啊，那個……」

「只有我高潮不是有點掃興嗎？您怎麼不射精？是我的玩法不怎麼樣嗎？」

明知道不是那樣卻還是這樣問的花英十分壞心，不過他替奎元滿是血跡的屁股抹藥時，手法很溫柔。

奎元答不出口，花英便將指甲刺進奎元的臀部。

「哈啊！」

奎元忍下慘叫似的呻吟後，花英催促他回答。

可是奎元還是說不出口，花英就咂嘴一聲。他將奎元的臀部塗滿藥膏，接著跨坐到奎元的腰上，將奎元困在雙腿之間並低下頭。他從後面抱住奎元，又問：

「我是不是太墨守成規了？」

雖然跟奎元相比，花英華麗的遊戲資歷令他很自豪，但他不曾像這樣跟同一個對象維持這麼長久的關係，因此開始有點擔心。他是不是真的太墨守成規了？但奎元的反應太敏感了，他的身體非常敏感，甚至偶爾會讓花英失控。

奎元是與生俱來的受虐狂，他將痛苦轉換為快感的時間非常短，這副很容易產生極端感受的身體偶爾會強烈地反抗，讓奎元在遊戲中失去意識過好幾次，因此若要說他墨守成規，奎元的反應依舊相當敏感。

「沒有。」

奎元否認道，一臉「那怎麼可能」的表情，花英瞬間就完全放棄了「再提升遊戲強度」的念頭。

他們倆都很忙，作息時間不一樣，常常連面都見不到，所以比起慢慢享受，花英更喜歡在短時間將奎元逼到極限的玩法。他會這麼想有兩個原因，第一，奎元的身體很快就會發燙，肯定沒辦法堅持太久——這點花英自己也一樣——第二則是因為他們倆真的沒什麼時間。

花英花時間跟奎元玩遊戲，就是想跟奎元度過溫柔的時光。奎元服從於花英，就算花英不在身邊，他的日常生活仍在花英的支配之下。難道是因為這樣？

即使花英不在身邊，奎元看起來也很幸福，讓花英看不慣他那幸福的模樣。他只有奎元在的時候才會幸福，唯有奎元在他身旁呼吸，唯有奎元的聲音觸及他耳朵時，他才能感受到那股幸福感。可是對奎元來說不是這樣，花英覺得自己吃虧了。花英壞心眼地皺起眉。

「那您為什麼不射精？」

花英的話讓奎元眨眨眼，慢慢睜開又閉上的眼皮讓花英覺得很性感，輕吻上奎元的眼尾。

「與其說是……不射精，不，要說我不射精也沒錯。」奎元慎重挑選用詞，「我比較喜歡看您射精。」

奎元沉著嗓音道。音量雖小，卻十分清晰，讓人聽得很清楚，花英聽著他說話。

第一次見到奎元時，花英覺得自己遇見了不可能存在於這世界的人。這男人跟他朦朧幻想過的理想型沒有絲毫分差，他當時受到的衝擊難以言喻。可是，現在過了三年，花英發現了當時他不曉得的奎元長處，其中之一就是這副嗓音，音域豐富的男中音。

他以前曾未想過奎元的聲音會如此清晰響亮，可是如今他發現，他之所以會這麼想，或許是他至今都沒有察覺到，還是奎元的聲音變了？如果這些原因都不對，難道是奎元的嗓音並非在這個空間中迴響，而是只在花英的耳朵跟心裡響盪？

「我真的很喜歡服侍您。」

他們現在沒有在玩羞恥遊戲，奎元卻臉紅了。雖然如此，奎元講話也毫不遮掩，也沒有別開視線，接著道：「我想多看您高潮的樣子。」

花英對上奎元炙熱的目光，不禁笑了。奎元愛他，而且崇拜他。每當花英看見他炙熱的眼神，背脊就會發麻，另一方面又切身體會到他們永遠無法對彼此抱有相同的感情。不過，正因為是他們兩人，才能互相擁抱啊。因為對對方懷抱著的感情不一樣，所以更加熱切。花英這麼心想，在奎元身邊躺下後伸出手臂。

「過來吧，咪咪。」

聽見花英溫柔的嗓音，奎元移動身體，小心翼翼地投入花英的懷裡。

花英抱住奎元整個人，感覺就像抱著一頭野獸。這個男人完美符合花英像美洲豹的理想型，他緊緊抱著感覺紊亂、因遭到鞭打而微微發燙的身體閉上眼，奎元則依舊渾身僵硬，努力不讓自己造成花英的困擾。

這時，花英像察覺到了這件事，緊緊抱住奎元。

「人生真美好……」花英低語。

花英的話就像用力擁抱他的手臂一樣堅定，奎元也閉上眼。他並非不曾想起店裡的事，可是他現在只想在主人的懷裡閉上眼。就像神一般的主人慵懶低喃，人生真的很美好。

‡

他是在地鐵站裡接到電話的。花英下班回家的路上，在地鐵站裡盯著路線圖，苦惱著要不要去奎元店裡時，感覺到手機震動便拿了起來，螢幕上顯示著「姜勇佑」這個名字。

花英猶豫了片刻要不要接電話，可是躲也躲不了一輩子，因此他把手機放到耳朵旁。

「喂？」

聽見花英的聲音，對方用帶著笑意的嗓音問：『好久不見，過得好嗎？』

「我們不是兩個月前才見過嗎？哪門子好久不見了。」

『喂，以前我們不到一週就會見面，但你現在談了戀愛，也太不關心其他人了吧？』

「如果我不關心你們，就不會接哥的電話了。」

聽見花英的話，姜勇佑只是笑了笑。花英抬頭看著地鐵路線圖，聽到快門聲，就皺眉轉過頭。

只見一個女高中生拍了他的臉，但一跟他對到眼，就迅速把手機收起來。為什麼不說一聲就隨便拍別人？花英皺起眉，但女孩似乎因為太過吃驚，沒有存下照片，所以他再次看向地鐵路線圖。

這時，勇佑止住笑意開口道：『你為什麼不接電話？』

「哥只有有事情的時候才會打電話，而你的要事幾乎都是要我做事。」

『聰明的小子。』

勇佑的話讓花英噗哧一笑，花英問「所以是什麼事？」，勇佑聲音中的笑意便消失了。

『你也差不多該來地牢了吧？』

「啊啊。」

『……反正你會來參加公開遊戲不是嗎？你不玩交換伴侶嗎？』

花英的臉瞬間沉了下來。這時，他的臉前再次亮起閃光燈，花英轉過頭瞪著那個再度拿出手機對他拍照的女高中生。他盯著她，並問勇佑：「怎麼了？」

『成俊似乎對你的臣服者有點興趣。』

「哥不是說你喜歡他嗎？那你為什麼要打這種沒用的電話？」

這麼說的時候，花英走到女高中生面前。當女高中生不知所措地低下頭時，花英一把搶走女高中生手裡的手機。刪除相片後花英拆掉電池，只把手機本體還給她。女高中生瞪大了眼，但一跟花英對上視線就躲開。因為花英的眼神冰冷無比。

花英搶走女高中生的手機電池後放進口袋裡，彷彿什麼事情都沒發生似的再次走回門邊，抬頭看地鐵路線圖。

『那種東西叫愛啊，尹花英。』

「你這是白費工夫，算哪門子愛情啊。」

『總之……不行嗎？』

花英沒有回答，也沒有回答的必要，因為他覺得要他回答的話，他會破口大罵。

花英不發一語時，勇佑低聲道：『不行對吧？抱歉，我多嘴問了這件事。』

勇佑的聲音小到幾乎聽不見，讓花英皺起眉，「你為什麼要這樣？具成俊怎麼了？」

聞言，勇佑頓了一下，委婉地道：『他的狀況有點不好。』

「怎麼不好？」

『很不好。』

聽見勇佑果斷的回答，花英抬眼看向地鐵路線圖的左邊。搭上這條路線的話，也可以到具成俊家，但是他不太想去。具成俊是花英的朋友，是很久以前就認識的老朋友，也可以說是帶花英踏進這個圈子，讓他接受自己真實樣貌的恩人。

花英對待成俊也十分真心，如果維持現在的狀況，他們應該可以維持良好的關係。花英欠了成俊一次人情，而成俊背叛了他。如今不管是對成俊還是花英來說，他們都得在這互不相欠的情況下維持這種不好也不壞的朋友關係。這是花英可以為他做的事情。

可是對具成俊來說比起友情，他的眼睛似乎被其他東西蒙蔽了。

「不行。」花英果斷拒絕。

『……反正就是玩遊戲嘛，也不是要你把臣服者讓給他，很多人都這麼做，你之前不也經常這樣玩嗎？』

「那是因為他們不是我的奴隸。不過，我不會讓別人碰到我奴隸一根汗毛。」

『花英啊。』

「他是我從頭調教出來的。」尹花英冷漠地道，「他是我一手培養出來的，你在跟我開玩笑嗎？讓別的支配者染指他？讓別人碰我按照我的方式，完美調教出來的奴隸？」

車廂門正好開啟，雖然還沒到目的地，但花英還是先走下車，因為他完全不想一直在地鐵車廂裡講「調教」這個詞。

花英下車走到月臺一角的期間，勇佑安撫花英道：

『這又不是什麼稀奇的事，只是交換伴侶而已，只是測試忠誠度時很常聽到的一道命令。』

「我一直覺得那道命令很可笑。」

『花英啊。』

「不管其他人要怎麼對待自己的奴隸，那是他們的方式，我無權評論對錯，也不想管。同樣的，我想怎麼對待我的奴隸也全看我的意思。」

勇佑嘆了一口氣。

『喂，我不是那個意思。』

「總之你記住，你們不能動我的奴隸一根汗毛。」花英果斷地說。

『……知道了，我知道了，我說我知道了！』

勇佑最後煩躁地掛斷電話。接著，花英也把口袋裡的電池扔向戶外鐵軌的遙遠一處。

雖然這是奎元不曉得的事實，但有幾個支配者在覬覦奎元，花英早就知道了這件事。看到奎元那副強健的肉體服從於花英，像女人或貓咪一樣呻吟，支配者的支配欲當然會滾滾沸騰。讓一個曬得黝黑、渾身肌肉的巨大身軀服從自己，會比讓一個白皙乾瘦的肉體服從自己更有成就感。可是那些覺得辦不到而選擇放棄的傢伙們，都盯著奎元垂涎欲滴。

花英咬牙切齒。主人之間會撇開奴隸，產生微妙的心理戰。不過花英本就是個獨斷專行的人，他根本不在乎別人怎麼想，他反倒覺得別人覬覦奎元讓他很火大。

花英的腦袋裡沒有透過展示奴隸，提升自我價值這種思想，準確來說，在一個根本不覺得自己需要向他人展現自我價值的個人主義者眼中，覬覦奎元的傢伙們都是飢餓的狼，只是雄性競爭者。

「啊，最近為什麼老是覺得諸事不順？」

這種時候果然還是去見奎元比較好，剛好他很久沒有準時下班了。花英摸著下巴，苦惱了一下要去哪裡。下一班列車即將進站，他是搭上那班列車回家比較好，還是……花英想了一下，然後咧嘴一笑，下定決心。

這種時候就得去見奎元——他獨一無二的理想型，只專屬於他的奴隸，讓他的人生變美好的男人——如果見到奎元，他的心情應該也會變好。

這時，列車剛好進站。

‡

花英奔向奎元時，奎元正從自己的辦公室站起身，走向包廂，因為服務生跑來告訴他有位客人鬧得很凶。雖然大部分的麻煩都會由服務生或經理處理掉，可是他們都無法處理時，最後都會由奎元出馬。只是身高一百九十七公分、充滿壓迫感的臉龐出現，所有麻煩都會停下來，而服務生會貼著因為自尊心，不肯退讓半分的客人喊「大哥、大哥」，把客人拉走，以免傷害到客人的自尊心。

奎元認為今天當然也是這樣，反倒是前幾天被花英打得皮開肉綻的臀部又痛又癢，他想快去快回。

當奎元打開包廂門的那一刻，一個男人正揮拳打上另一個男人，然後抬起頭。

兩人的目光對上一瞬。奎元面無表情卻感到不知所措，不過對方開心地笑了。

『隊長！什麼啊，你在這種地方工作嗎？』

聽見對方說英文，服務生們一致抬頭看向奎元。這個說跟自己對上眼的女人走進了其他包廂，然後追過來毆打另一個男人的可疑男人，似乎和社長關係不錯，他們一起皺起眉頭。

居然跟這種傢伙交情不錯，大概也能想到你過去是什麼樣子了。

奎元低頭瞥了一眼擺出這種表情的服務生們，對以前的同事勾起笑容。

『呀啊！隊長，你那骯髒的微笑還是老樣子啊！』

『查克，你來韓國幹嘛？』

查克．強森，這個乍看之下像韓國人，卻連一句韓語都不會講的男人笑著走近。稍微高過一百八十公分的查克像個女人一樣撲上去抱住奎元，奎元也抱住他。

『為了工作啊。早知道會遇到隊長，我就把克里斯也帶來了。隊長離開後，那小子不知道哭得有多慘。』

『又胡說八道。』

聽到擺明知道克里斯不可能會那樣的奎元如此嘟囔，查克離開奎元的懷抱，嘻皮笑臉地說：『這是我的專長啊。不過，那傢伙在隊長離開後很無精打采是事實，因為他跟了隊長很久啊。』

奎元一句話都沒說什麼，查克聳了聳肩，又對服務生們說：『把人帶走吧，我心情好，就放過他吧。』

可是服務生們當然聽不懂語速這麼快的英語，他們的視線理所當然地看向奎元，於是奎元找了個簡單的解決方式，沒有讓服務生們在查克面前把被打得要死不活的屍體拖走。

『走吧，查克，請你喝咖啡。』

『喔，好啊。』

查克跟著站好，奎元轉過身帶頭走在前方。這一刻，殺氣從背後襲來，奎元反射性地彎下腰，轉身抓住對方的腰，像牛一樣往前衝。查克跟奎元糾纏在一起，衝撞上牆壁，順勢滾到地上。占上風的是奎元，壯碩的身軀身手敏捷又柔軟，大家都像在看電影一樣呆愣地看著。站在最後面，剛抵達的花英也一樣。

然而，其他人和花英的表情截然不同。其他人看到這宛如動作電影的場景張大了嘴，花英則像在看色情片一樣，輕咬著嘴唇。

『你幹嘛？』奎元聲音低沉地問。那道嗓音讓看熱鬧的眾人身體一顫。這個聽起來總是索然無味的聲音，令人皮膚泛起密密麻麻的疙瘩，刺上耳膜。當其他人覺得刺耳時，尹花英的內心燃著烈火。

「媽的，這可不行啊。」

花英開心地笑著，穿越人群走過去。

『開個玩笑。』

查克笑了笑，轉頭看去。當他轉過頭時，奎元已經從他身上站起來了。

奎元看到花英，面露驚慌，花英則直盯著那張臉看。那張明顯慌張的表情，不知不覺間露出了一絲笑容。發現奎元是真心為自己的到來感到高興，花英心想著「這樣我很為難啊」。花英很想立刻叫奎元躺下來，貫穿他的身體，尤其是他看見自己的貓咪剛才還壓制著某人，但看到自己的那一刻就順從地垂下眼尾，讓他更難壓抑。

果然看見這張臉，我的人生就會自動變得很美好。

花英笑得一臉溫柔，對奎元喊了一聲「奎元哥」。這時，員工們連忙別過目光。

他們知道這位美麗又十分傑出的會計師是他們凶狠社長的情夫，兩人是強制性的關係。因為每當他來店裡，社長的表情會比平常更凶狠，緊緊關上門的社長辦公室裡也會傳出宛如女人嬌喘聲的慘叫聲。

「花英先生。」

「我來你這裡玩。這是誰？」

『嘿，隊長，這是哪來的男妓，長得不錯嘛。』

那一刻，在奎元用散發出殺氣的目光瞪向那傢伙之前，花英先回答了。

『我是會計師。』

然後查克沉默了。

『你就是「隊長」的室友吧？天啊，完全沒想到你們是這麼健全的關係。』

聞言，花英笑著不語，而奎元的殺氣瞬間四散。

居然說「健全」，用字遣詞太讓人無言了，但查克就像沒有察覺到一般，對花英伸出手說：『真是了不起的美男子呢。我是查克．強森，是元的前同事。』

花英握住那隻手的瞬間，查克加重手勁，像要折斷花英的手指。同時，他似乎認為奎元當然會插手制止，但奎元沒有。花英是他的主人，如果沒有花英的命令，這時他在一旁等待才是正確的。

發現奎元沒有動作，查克．強森想起奎元長相凶狠，卻對人和善的性格，面露訝異。他又加重了力道，奎元還是沒有動作，而花英依舊面帶微笑。

查克看著花英的臉蛋，稍微瞪大了眼，花英這才帶著好笑的神情笑道：『你如果繼續用力，我也不得不反擊了喔。』

『反擊啊。』查克老實地放開花英的手，『那我會很困擾的，因為我們隊長很嚴格。』

查克的話讓花英聳聳肩。花英一離開，奎元也理所當然似的跟著離開，而查克．強森跟在奎元身後，望著眼前魁梧的背影。

奎元還沒離開前，他曾仰望過奎元的背影好幾次。金奎元是冷靜睿智又有能力的軍人，可是同時，他也有相當神祕的一面。他總是與人劃清界線，跟別人也處得不太好。那敏感的神祕主義者總要別人勸上好幾次，才會一臉不情願地配合其他人，這樣的他卻自然地跟在美男子身後，查克覺得既神奇又彆扭，皺起眉頭。

他們來到辦公室，這間辦公室非常寬敞又乾淨，華麗程度恰到好處。

美男子在單人座沙發上坐下。

『對了，我忘了自我介紹。我叫尹花英，姓尹。』

『尹恩啊因？』

『尹，花英。你也可以叫我英。』

花英用韓語補了一句「雖然聽了會讓人起雞皮疙瘩」，奎元就輕輕笑了。

查克就像看到神奇的畫面，抬頭看著奎元的臉。雖然不曉得這個自稱為「英」的美男子又講了什麼，不過這是他第一次看到正經又面無表情的隊長不是客套，而是真心地露出笑容。看來他們關係非常要好。查克做出這個結論時，奎元開口問：

「花英先生，您要喝什麼？」

「隨便來杯冰的就好。」

「那我去幫您準備。」

奎元這麼說完，接下來跟查克說話：『喂，查克，我現在只有即溶咖啡，可以嗎？』

『好啊，只要是咖啡，不論是什麼都好。不過，隊長跟英是在哪裡認識的？』

回答查克的是花英。也不是非得由花英來回答不可，是因為奎元去拿飲料了，只能由花英來替他回答。

『我被跟蹤狂騷擾時，他擔任我的保鏢。』

『保鏢？他有可能去當保鏢，不過，你會需要保鏢？』

花英乍看之下身材苗條，但查克沒有被他的外表騙倒。他看出了尹花英身上有股獨特的氣質，以操作鍵盤和鉛筆的手來說，他的手出奇地粗糙，關節很突出，那是雙會打架的手。這種男人必須為了應付跟蹤狂而僱用保鏢，讓查克感到疑惑時，花英燦爛地笑道：

『我要是打死了那傢伙會很困擾啊。』

『……原來是為了保護跟蹤狂才僱用保鏢的啊。』

『就當作是為了保護我的未來才僱用保鏢的吧。』

花英這麼說完，理所當然似的脫掉外套，扔到旁邊的沙發上。他身上只有白襯衫時，肌肉線條更明顯了。確實是一個能運用肉體的人，查克輕鬆地做出結論。

『你跟你的外表差很多。』

『這個嘛，我就當作你在稱讚我了。』

花英笑著說，同時身體不安分地往後倒去。

『不過你為什麼要當會計師？你的身材看起來非常好。』

聽見查克的話，花英稍微拉高聲音笑了。他這麼說，聽起來好像身材好的人去當會計師是很不可思議的事。

『因為錢多？』

『當傭兵也賺得很多。』

『雖然會計師賺得跟傭兵差不多，但性命有保障，退休金跟加薪也幾乎都有保障。」

花英這麼說完，叼起一根菸。這時，正好走進辦公室的奎元把托盤放在桌上，拿出打火機點燃，恭敬地遞到花英的香菸前面。

查克覺得奎元的動作宛如一名男公關或管家，而花英用奎元的火點燃菸，說了一聲「謝謝」。其實，如果只有他們在，花英不會道謝，但奎元見花英顧慮到查克．強森在，對他說了聲謝謝後，又笑了。

奎元的表情看起來既難為情又開心，因此花英溫柔地看著他，內心覺得自己快瘋了。他好想立刻頂到奎元的嘴巴深處，瘋狂抽送到那張櫻桃小嘴被撕裂。

『明明是一名會計師，身材卻能練得這麼好，真神奇。』

查克這麼說完，啜了一口奎元端來的咖啡。

當然得管理身材啊。花英哼笑一聲。他養了一隻像奎元這樣的貓，怎麼能疏於管理身材呢？奎元偏重，為了在遊戲中任意地把他翻來覆去，花英也需要相當大的力氣。

即使不是為了這個，花英也是會時時管理好身材的人，這是他從小養成的習慣。對於在成長過程中常面臨綁架威脅的花英來說，這是攸關性命的問題。

『話說回來，隊長，你在這邊工作不是當守衛啊？』

查克問道，奎元搖了搖頭。換作別人，對方一定會笑出來或是回應怎麼可能，然後趁機炫耀一番，可是奎元十分耿直地搖頭，很像他會有的反應。

花英一臉心情愉悅地看著他道：『他負責管理這家店。』

這句話聽起來太像下屬了，花英改口道：『他是這家店的社長。』

『社長？這麼大一間夜店的社長？』

查克驚訝地問，奎元就用有點尷尬的表情點頭。結果查克更驚訝了，大喊道：『你之前賺了這麼多錢嗎？多到可以開一間這樣的夜店？』

『啊啊，他是領月薪的社長。』花英糾正查克的誤會，『你就當作是信任他的人把夜店交給他代為經營，收益平分吧。』

花英沒說「信任他的人」就是他哥哥，隨口說道。

查克一臉傻愣地看著奎元，問道：『隊長，你幹嘛整理英丟下的外套？』

聞言，奎元的手一頓。

在慌張的奎元開口之前，花英用慵懶的嗓音回答：『如果不這樣，他沒地方坐啊。』

花英的話讓查克轉頭看來。查克坐在三人座沙發上，花英坐在單人座沙發上，而花英的外套胡亂擺在另一張單人座沙發上。是這樣嗎？查克說服自己或許是這樣，雖然奎元不是只把外套拿去其他地方放，而是折得整整齊齊。

奎元在那張單人座沙發上坐下，查克在花英跟奎元之間來回看了一會兒。據他所知，奎元是個界線分明的人，他很訝異奎元會讓室友一起跟自己的老朋友相見。

查克對奎元說：『隊長，我想跟你單獨聊聊。』

花英笑得一臉燦爛：『他先跟我約好了。對吧，奎元？』

查克．強森也跟著花英，看向奎元，然後他還是覺得很不可思議。

金奎元彷彿聽到了什麼難以置信的話，接著馬上露出著迷的眼神點點頭。怎麼回事？這是被威脅了嗎？查克面露沉思的時候，奎元露出燦爛的笑容。

凶狠的臉龐勾起微笑，散發出令人毛骨悚然的氛圍，但總之，查克知道奎元那樣明顯是笑得一臉明媚燦爛，於是他再次看向花英。

接收到查克的目光，花英問：『怎麼了？』

『隊長笑了，讓我很驚訝。你說了什麼，隊長才會笑？』

『韓國的文化不會直呼對方的名字，所以我平常不會只喊奎元的名字。』

『你不是說你們是室友？』

『總之，韓國不會直呼年長者名字。』

聽見花英的話，查克哼笑了一聲後問：『那你是第一次喊隊長的名字？』

花英糾正他：『是第一次直呼他名字。』

在他們交談的期間，奎元用神奇的目光看著查克跟花英。

他們明明是第一次見面，對話卻非常自然。奎元藏起自己慌張的心思，同時有點興奮。這是花英第一次用英語跟他交談，而且他稱呼他為「奎元」，那個自然的口吻讓他心臟怦通跳。他們締結愉虐關係之後，花英跟他講話比以前隨意，可是還是十分恭敬。

『你說你們有約了……？真傷腦筋，我還想久違地跟隊長談一下工作呢。』

查克的話讓花英微微一笑，『什麼工作？』

『是會計師大人不了解的事。』

『我更好奇了。』

聽見花英的話，查克說了句「不行」，將正好喝光的杯子放在桌子上。

『隊長，下次有空的時候見一面吧。我也想問你的電話。』

奎元從辦公桌抽屜拿出名片，查克收下來後，開玩笑地拍了一下奎元的肩膀，『明明很久沒見了，真可惜。』

查克的話讓花英聳聳肩，『我是想把時間讓給你，但我也有急事。』

『你們明明可以在家裡碰面就好了，真搞不懂為什麼還要特地約時間見面，不過嘛，這也沒辦法。隊長，下次見。』

奎元回答：『好。』

看著奎元站在沙發後面說話，花英笑得很開心，走到奎元身旁，把手臂搭在奎元肩膀上。

查克沒有被他們更進一步的肢體接觸嚇到，畢竟他們看起來關係很好。種種因素讓兩人看起來很不相配，如果不是查克了解奎元，可能會誤會他們是奇怪的關係。

可是金奎元不是同性戀，查克從未見過金奎元跟哪個男人或女人交往。他總是獨自一人，看起來十分自在，所以不管那個名字不好唸的男人再美，金奎元都不可能跟他有什麼，他們絕對不會是那種關係。

這一刻，金奎元瞪大了眼。

『隊長？』

『沒……沒事，慢走，查克，下次見。』

查克往身後看了看，『什麼都沒有啊，你是看到了什麼，那麼驚訝？』

奎元仍瞪著眼睛，再次跟查克道別，查克聳聳肩後說「我再打給你」。

他剛離開，奎元就「呼唔！」一聲低下頭，他雙手緊抓著沙發，渾身顫抖。

花英咧嘴一笑。他的手在沙發後面握住奎元的性器，指甲刺了進去。

「咪咪的朋友？」

「呼唔……我們以前待在同一個部隊……」
「傭兵，嗯，原來是這樣。你們很要好？」
花英一邊說，指甲一邊搔刮奎元性器的前端。
尖銳的疼痛讓奎元倒抽一口氣，勉強回答：「沒有很要好……只是普通的……」
「普通的？」
「下屬……呼唔！哈啊！」奎元咬著唇，扭動身體。
花英平時幾乎不會觸碰奎元的性器，主人不碰奴隸的性器是一件稀鬆平常的事，而且奎元的身體常常因為太過敏感而發生問題。由他自己抓住性器堵住、防止射精就如同家常便飯，因此正確來說，應該是花英很少有機會觸碰奎元的性器。
當花英好不容易鬆開手，奎元立刻跪到地上。他的性器發燙，即使痛個半死也已經半勃起了。
奎元一跪下，花英立刻道：「脫。」
奎元跪著解開領帶。當他脫掉白襯衫，顯露出挺立堅硬的乳頭。看著懸掛著寶石、閃閃發亮的小巧乳頭，花英的嘴角上揚。
『又不是要玩什麼特別的遊戲。』姜勇佑的聲音在耳邊迴盪。
『只是交換伴侶而已，只是測試忠誠度時，很常聽到的一道命令。』

交換伴侶？要他把這副身體交給其他人？還是他從小就認識的具成俊？

花英放下原本碰上領帶的手，心情變得很糟。

任何人，沒錯，任何人都不能干涉花英怎麼對待奎元。這個名叫金奎元的男人是花英的，他是一名受虐狂，只要他還認定花英是主人，就連奎元都不能說要把自己交給他人，更何況姜勇佑是個外人。

「咪咪啊，幫我脫衣服。」花英慵懶地命令道。

奎元用震驚的目光看著花英。在花英面前脫衣服是家常便飯，不是指像日常生活，而是理所當然的事。只要回到家裡，奎元能穿的服裝就只有狗項圈。他必須在玄關脫掉所有衣服，在家裡只能戴著項圈。奎元是花英的奴隸，是他的貓咪，他會聽從花英命令到他身邊，然後依照花英想要的方式被他擁抱。

奎元非常努力地遵守花英的命令。他站在花英面前會拚命扭動身體，為了討花英歡心，他會依照花英想要的方式爬行、跪地、服侍他，可是，他未曾真正脫過花英的衣服。

手心流汗，奎元神情慌張地站起來，看到花英像在說「還不快點脫在幹什麼？」的表情，他猶豫地伸出手。

花英的臉蛋既白皙又美麗，總是掛著從容的微笑。花英點頭催促奎元，奎元不得不解開花英的領帶。這是他替花英挑選的領帶，是他買回來的。花英身上穿的所有衣物都是他安排的，不過，雖然他替花英精心挑選了這些衣物，卻從未想過會由他親手替花英脫掉。

奎元緊張地把花英的領帶掛在沙發上，然後解開襯衫的釦子。

每當他解開一顆鈕扣，熱氣就會凝聚至指尖，發燙到令人不解。他覺得自己能觸碰花英的身體是極大的光榮。

「我……我可以吻您嗎？」奎元悄聲問道。

花英輕輕閉上眼。

奎元的嘴唇貼近，花英輕啟雙唇。奎元偶爾，真的很偶爾會提出親吻的請求，那個吻就跟奎元給人的感覺一樣，溫柔且鄭重。比起熱情的親吻，只是小心貪圖一點甜頭就能滿足的那種吻確實會讓人心情變好，但也僅只如此。花英閉著眼睛，品嘗這個吻。

雖然這個吻不會讓他興奮，但奎元主動的吻確實讓他的心情暖洋洋的。奎元偶爾像這樣提出接吻請求時，花英都會像以往一樣，施虐欲會不知從何發出神經一根根斷裂的聲音，一直忍到忍不下去為止。

雖然花英覺得這樣的奎元很可愛，可是他想立刻把奎元推到地上，插進他的身體裡。忍耐著不上不下、曖昧且讓人心癢的短暫時刻，花英終究還是抓住奎元的脖子，他那不多的耐心終於消磨殆盡。

那一刻，奎元神情恍惚地閉上眼，而花英露出利牙。花英只穿著鬆垮垮的白襯衫，把奎元扔到地上。

「打開。」

只因為這句話，奎元就脫掉褲子、趴在地上把臀部打開，姿勢完美得無可挑剔。但是奎元的性器已經直直挺立，不停滴落前列腺液。

花英一把抓住奎元的頭髮，「元，只要我想做點什麼，你就一直流出淫水啊。」看著奎元被往後拉起的臉，花英露出殘酷的微笑，「浣腸劑，去拿來。」

「社長。」

敲門聲讓奎元肩膀一顫，花英噗哧一笑。

雖然奎元在花英面前吸了一口氣，身體顫了顫，可是他沒有轉頭看去。看見調教的成果，花英燦爛一笑。交疊雙腳坐在被稱為辦公椅的厚重椅子上，花英調皮地轉了一圈，命令奎元：「坐下。」

「社長。」外面傳來呼喚聲。

花英只是稍微解開了襯衫，但奎元是脫光衣服的狀態。花英用鞋子碰上奎元的下巴後，奎元低下頭親吻皮鞋，那模樣看起來順從又討喜，向後梳起的頭髮往前滑落，遮住他的臉，甚至讓他看起來很可憐。

「社長，我是李健宇。請問我可以進去嗎？」

奎元就像完全沒聽到似的，把嘴唇貼在皮鞋上。他一副被人發現也無所謂的態度讓花英的施虐心燃起。花英滿足地笑著，抬起頭道：「讓他等等。」

花英下令。奎元依舊將嘴唇貼在花英的皮鞋上，揚聲說道：「請稍等。」

門外傳來充滿困惑的聲音結結巴巴地道：「……什麼？是，社長。」

奎元依舊親吻著花英的皮鞋，彷彿花英不下其他命令，他可以永遠這樣親下去。然而，花英非常清楚他不可能永遠保持這樣，果不其然，奎元猛地睜開眼。奎元依然親吻著皮鞋，然後閉上眼，不過跟剛才有點不一樣，他的眼皮劇烈地顫抖著。

「你也忍得夠久了。」

花英笑得很燦爛。門外依舊有人的動靜，奎元的感覺應該比花英更清晰。首先，奎元對人的動靜很敏感，其次，因為他現在顯然比平時更敏感。

「一開始我以為你過五分鐘就會哭了，做得很好嘛。」

聞言，奎元咬緊嘴唇，用臉頰磨蹭花英的皮鞋。他的肚子痛到極點，經理顯然正在門後等待，而奎元在浣腸的狀態下親吻著花英的皮鞋，狂冒冷汗。

「把衣服穿上，你得像社長一樣聽下屬跟你報告啊。」

「……您、您是說……在這個狀態下？」奎元瞪大眼睛問。

聽到花英命令他含著浣腸劑穿上衣服，奎元的臉色變得蒼白。不過他馬上就站起來，開始穿衣服。

花英愉快地欣賞奎元著裝的樣子。奎元的手頓了一下，彎下腰抱著肚子。看著奎元為了忍住間歇性湧上的便意而咬緊牙關，花英很是愉悅。久違的浣腸讓他大飽眼福，花英欣賞一番後瞥了一眼時間。

注入浣腸劑後過了六分鐘……奎元最多可以忍到二十七分鐘左右，但他覺得今天最好不要拖過十五分鐘，再次看向奎元。

奎元正好穿好了所有衣服，看著花英。花英搖了搖頭，示意門口，奎元含糊不清地說：「但是花英先生，您的衣服……」

花英「啊啊」了一聲，咧嘴笑著，「算了，讓他進來吧。」

花英的話讓奎元的臉色稍微沉了下來，不過奎元沒有繼續多問，依照花英的話做。

「進來吧。」

語畢，門被打開，李健宇走了進來。

看見解開襯衫的花英和穿得端端正正的奎元，他連忙別開視線。

「那、那個，還是我待會兒再來吧？」

「不用，說吧。」

聽見奎元的話，李健宇不知該如何是好。看社長的戀人解開襯衫，坐在椅子上的模樣，似乎是做那件事情做到一半，他十分後悔自己進來打擾了。剛才社長要他稍等的時候，他應該馬上說他晚點再來，然後離開才對。不過都進來了，他也不能跑掉，李健宇就看著地面，走到桌子前放下文件夾。

「社長，這些是今天要付款的資料。」

語畢，李健宇退後一步的那一刻，聽見奎元彎下腰「呃」了一聲，他喊了聲：「社長？」

奎元咬緊牙關，他的肚子好痛。那股本來好轉，卻再次壓迫腸子的浪潮，讓奎元很想立刻抱住花英的腳，學貓叫哀求他。

雖然不是時隔許久才浣腸，但是花英親手注入浣腸劑時，的確比現在難忍好幾倍。不管怎麼說，他會自行浣腸是因為有需要，所以注入浣腸劑後計算時間，再排泄出來可以了，但是花英替他浣腸就不是這樣了。

花英浣腸的方法會巧妙地折磨人。從打開穴口到注入浣腸劑，花英自始至終都在折磨奎元。只要他的臀部稍微用力，花英就狠狠地揮下手掌，折磨他。若是一次打進去倒還好，可是花英會一點一點慢慢注入。每當花英注入一點浣腸劑，他就會感到已經注入的液體在搖晃，讓他胃裡翻騰。可是另一方面，奎元很興奮，興奮到不斷有液體從他勃起的性器上滴落，讓花英斥責他沒規矩。

「天啊，您沒事吧？」

花英站起來走到奎元身邊，抬起他的臉問。與此同時，花英壓低聲音威脅道：「別扭腰，還是要讓你在下屬面前排泄？」

奎元緊咬著牙，身體一僵。

「……這……」想說點什麼，可是聲音很沙啞，奎元乾吞了幾次口水後開口：「我批好之後會連繫您。」

聽見奎元的話，在這個圈子身經百戰，很機靈的李健宇回答：「好的，好的。收到您的連繫後，我會馬上過來。」然後手忙腳亂地離開辦公室。

即使如此，他仍不得不偷瞄一眼社長和推測是社長情夫的上班族。社長大概是覺得做愛時被打擾了，看起來心情非常差，而他的情夫只帶著禮貌性的微笑。今天好像也會做一場，應該又會有哭喊慘叫的聲音滿天飛了吧。雖然那種慘叫聲跟他不相配，不過這個男人真的很美，作為社長的情夫也沒那麼奇怪。

不過，他們倆真的很不配啊，就像美女與野獸。李健宇這麼心想，然後關上門，在心裡祈禱那位美麗的男人——又是社會菁英——可以平安出來。

辦公室裡只剩下察覺到奎元的下屬有所誤會又多管閒事，因此噗哧一笑的花英，以及完全沒有心力管這些事的奎元。奎元跪在花英面前，用臉頰磨蹭花英的皮鞋。

「喵～」

求求您，求求您允許。

奎元竭盡所能地模仿貓咪的叫聲。拜託，拜託，他的身體不得不扭動起來。看到奎元的腰緩慢、撒嬌似的扭著，花英笑得很開心。瞥了一眼時間，差不多過了十五分鐘。

花英把奎元扶起來，隔著白襯衫抓住乳頭上的乳釘一扯，奎元為了忍住慘叫而咬緊嘴唇，並跟著站起來。

花英一拉扯乳釘，奎元就被拉著走。一步又一步，每走一步就冒冷汗。花英終於走到社長辦公室附設的洗手間前，點頭示意。

「乖乖地拉。」花英道。

花英的態度和玩遊戲時一樣，一副公事公辦的樣子。當奎元從雙手抱胸的花英身旁走過，那一刻，花英尖銳的聲音傳來。

「我不是叫你乖一點嗎？」

聞言，奎元轉頭看著花英。乖一點？然後他像恍然大悟般，再次脫光衣服、趴在地上。只是趴下來，他的重要部位就毫無保留地裸露出來，就連他拚命收縮的後穴，肯定也赤裸裸地展現在花英眼前。奎元努力爬上馬桶，像要抱住水箱，面向後方坐下。

花英的腳步聲走近，然後用手指輕撫過奎元的髮絲。

「真乖。」

花英開口的同時，奎元排泄出來，然後隨著「嘩啦」聲響，水從頭頂流下。

奎元抬頭一看，花英將蓮蓬頭放在他的頭頂上方。因為水流，奎元的眼睛都快睜不開了。奎元瞇起眼，望著水柱。他覺得那道水柱就像雨一樣，不，他覺得那就是雨。花英是神，而他灑下來的水是雨，溫暖的雨。奎元微微張開嘴巴，喝下水。

花英低下頭。美麗的花英，奎元閉上眼。感受到花英的嘴唇觸碰他嘴唇的那一刻碰到了牙齒，然後被咬了一口。

當奎元趴在廁所地板上，接納花英進入體內時，他終於忍不住開始哀求。

「啊嗯！請、請您允許我……呼唔！啊嗯！呼！」

花英咬上奎元的脖子，直到奎元的眼前一片白茫茫的，並將慘叫聲吞下肚。

花英低聲道：「夾緊一點。」

奎元的後穴用力，花英就發出「唔」的一聲呻吟。奎元的黏膜用力夾上來，像要將花英夾碎一般。花英剎那間差點射出來，他一邊忍耐一邊輕撓奎元的下巴。

做得好。這句話讓奎元渾身繃緊。在花英射精前，奎元不能射精，這是他們之間的規矩。如果奎元忍不住，就會哀求花英讓他用自己的手堵住性器。不過，有時候花英不會允許他這麼做。

「別那麼淫蕩地流個不停，稍微忍忍啊。你要用手堵到什麼時候？嗯？」

「我、我不……呼啊！啊——啊嗯！啊——呼啊！」

看到奎元蜷縮起身子忍著快感，花英用舌頭舔過嘴唇，腦袋開始發燙。

被扔到角落的蓮蓬頭不斷噴灑水柱，兩人全身都溼透了。花英深深頂入奎元刻意收緊的後穴，使奎元的慘叫聲跟哭聲越來越大，接著花英更咬上奎元的脖子跟肩膀。

嘴裡嘗到血的味道，讓他更加瘋狂，掐緊奎元的腰肢粗暴地抽送，奎元努力想跟上花英的動作，同時頻頻哀求，但是花英不肯答應。

不行，不行——奎元像發燒一樣，高聲大喊。

「不行？你放肆地說什麼不行？」

花英從後面勒緊奎元脖子的那一刻，奎元大聲慘叫，同時黏膜緊緊夾住花英的性器。

花英感受到奎元高潮了，噗哧一笑。那細微的笑聲讓奎元不停發抖。居然比花英早射精，他明明幾乎不會再犯這種錯了。

花英抓住奎元的臀部，開始打他。只是含著花英的性器就已經很痛苦了，又遭到拍打，奎元將臉頰貼在地上流淚，慘叫出聲。明明這麼痛苦，奎元的性器卻再次站了起來。

「你應該要感到丟臉。都接受訓練三年了，居然還比主人早射。」

奎元滿臉通紅，最讓他感到丟臉的是無法完全做到花英的命令。奎元不斷流淚，花英搞不好會對他失望。這麼心想，奎元覺得自己得想辦法跟花英道歉。但是如果花英不給他機會，他連道歉都做不到。

「再收緊！好好擺動你的腰，你在幹嘛？給我好好動！」

奎元咬著唇，擺動腰肢。花英用牙齒撥開奎元咬到撕裂而流血的雙唇，而奎元無視自己高潮後肌肉放鬆下來的無力感，為了讓花英感到快感，使盡全力扭腰擺臀。

當花英高潮的那一刻，奎元的性器重新找回了力量。奎元不斷在磁磚地上磨蹭臉頰，為了不讓自己射精，拚命掙扎，然後努力夾緊後穴，希望花英高潮。

他不能失敗第二次。

花英射出白液。射在體內的熱液讓奎元閉上眼，一邊喘息一邊哭。就算這樣的行為是種「遊戲」，奎元也確實感到心痛，他依舊感到羞恥，總是覺得受到了凌辱。但是，奎元在這樣的行為中粉碎後重組。花英在他體內射精時，他覺得自己重生了。

在奎元顫著肩膀哭泣的期間，花英也在奎元上方，腰部微微發顫。花英一把性器抽出來，奎元就轉過身，用臉頰磨蹭花英的性器。

「對不起……對不起，我、我本來想忍住……」

花英沉默不語，讓奎元感到害怕。花英這次真的對他失望了嗎？奎元渾身顫抖。

雖然全身都在隱隱作痛，可是那都不是問題。他的主人對他失望了，假如調教他三年的主人對他失望，那他會怎麼樣？臣服者們「被拋棄的恐懼」超乎想像，這點奎元也一樣。

「對不……對不起，對不起。」奎元哭著趴在地上哀求。

為了進廁所，花英把皮鞋跟襪子都脫掉了。花英見到奎元仔細地舔舐自己的腳，不斷道歉的模樣，用沙啞的聲音命令道：「善後處理。」

「謝謝您。」奎元不禁大喊。

如果花英要拋棄他，就不會讓他做善後處理了。可是花英要求奎元做善後處理，奎元這才放下心來，用嘴唇含著花英的性器舔舐，盡力舔得甜美一點。花英的性器對奎元的舌頭而言真的很甜，那股腥味對奎元來說是世界上最甜美的食物。

花英對舔著他的性器，連睪丸和背面都舔過的奎元說：「夠了。」然後咂嘴一聲。

咂嘴聲讓奎元身體一僵。

「你自己自慰。」花英再次要求。

奎元如坐針氈，用手碰上自己的性器，僵硬地動著手，同時全神專注於在他頭頂的花英身上。性器虛無地射出來後，奎元趴在花英面前，那一刻，花英罵了一聲「媽的」。

「哥，快點起來。」

花英把奎元扶起來。

咦？奎元傻愣地看著花英時，花英放下馬桶蓋，讓奎元坐在馬桶上。

「我受不了了。」

花英這麼說完，從廁所角落拿出所有毛巾，開始替奎元擦拭身體。

「花、花英先生？」

奎元還以為會挨罵，但是別說責罵，遊戲反倒突然結束了。當奎元呆愣地坐著，心想「奇怪？他應該受到處罰啊」的時候，花英開始急忙替奎元擦乾身體。

「媽的，對不起。唉……真是的，尹花英你這個神經病。」

尹花英最後開始咒罵自己。奎元還沒搞清楚狀況，花英就立刻走回辦公室，翻了翻自己的公事包，然後拿著急救箱回來。

「哥，您朝後面坐著。」

聽見花英的話，奎元轉向後面，像抱著馬桶水箱坐著。剎那間，奎元的臉色通紅，因為剛剛排泄時，他也是這樣坐著。雖然排泄物已經被水沖掉，不見蹤影了，但他還是會感到害羞。

正當奎元雙頰脹紅發燙的時候，花英站在後面查看奎元的狀態，很想掐死自己。

奎元的後頸跟側腹上全是牙印。當然，那些牙印不是只留下了一點痕跡，都瘀青了，問題是還流血了。花英先替奎元擦掉血跡，接著開始小心翼翼地替奎元上藥。

奎元轉過頭，看向替他灑上止血藥粉的花英，又喊道：「花英先生？」

「哥，您流血了，對不起。」

花英用蒼白僵硬的神情說完，奎元搖搖頭，「不，我沒事。」

如果花英說想砍斷他的四肢，甚至會主動送上脖子的金奎元答得理所當然，花英卻搖了搖頭。

「這哪裡沒事了？就算您對我說『尹花英，你死定了』都不為過。哥，您別轉頭，您的脖子在流血。」

花英說完，替奎元灑上止血藥粉。止住血後，花英擦上消毒藥，甚至在內出血的部位貼上藥膏。

「對不起。」

奎元抱著馬桶水箱，看著花英一臉陰鬱地道歉。

花英全身都溼了，衣服跟臉龐都溼透的花英美得令人窒息。怎麼會有這麼美的男人？他到底為何會選擇自己？那一刻，奎元不得不這麼心想。

看見花英溼漉漉的頭髮黏在臉頰上，奎元呆呆地說：「我沒事。」

花英皺起眉苦笑，「哥，您別太縱容我，就是因為您老是縱容我，我才會失去控制……媽的，我現在居然還怪別人。啊，對不起，哥，真的對不起。您有辦法站起來嗎？」

聽到花英這麼問，奎元站了起來。雖然身體隱隱作痛，但不至於痛到不能動。花英應該非常清楚奎元的肉體有多強壯，卻還是滿臉擔憂。

奎元站起身，花英連忙攙扶他。

「我可以自行走動。」

「但是搞不好會引起休克，內出血有點嚴重……雖然哥應該看不到。」

「我沒事的。」

「我貼了藥膏，應該不會引發細菌感染，但為了以防萬一，您先去沙發上躺著吧。我去幫您拿毯子。」

每當這個時候，奎元都覺得花英是一位溫柔的虐待狂。

雖然傷害別人會讓他興奮，但他對意外造成的傷口會非常歉疚。不管是不是刻意造成的傷口，花英都會盡力替奎元治療，也會對意外造成的傷口道歉，可是奎元知道，實際上不是所有虐待狂都跟花英一樣。

奎元被花英帶到沙發上躺下，蓋著花英為他蓋上的毯子。奎元之所以覺得沒必要這麼做卻還是乖乖照做，是因為唯有這樣，花英才會開始照顧自己。直到現在，花英才在奎元面前脫下衣服。

走進廁所，脫掉襯衫後擰乾的花英看起來很帥。奎元當然喜歡跟花英玩遊戲，但他也喜歡欣賞這麼日常的花英。

有很多臣服者跟花英玩過遊戲，光是地牢裡的臣服者，就有超過半數的人跟花英身體交纏過。但是，都沒有人看過日常生活中的花英。

將襯衫擰乾後，花英就這樣把皺巴巴的襯衫披在肩上，接著脫掉褲子擰乾，然後他穿上皺巴巴的褲子，撿起散落在廁所地板上的其中一條毛巾，隨便擦了擦頭髮、擦擦臉再擦腳。

「原來我剛才有脫襪子。」

真是神奇。花英喃喃自語，撿起襪子穿上後套上皮鞋。

這副模樣看起來應該很像淋了雨的流浪漢，可是花英就像被水浸溼的模特兒，他的人生就像一幅海報。看見花英朝他走來，奎元暗自感嘆。

花英看見這樣的奎元，低下頭跟他額頭相貼。

「發燒了嗎？」

「沒有。」

即使奎元回答了，花英依然沒有退開，再次抬起手測了奎元的額溫，然後才命令道：「真的沒發燒，不過您還是躺著休息一下吧。」

奎元點點頭，花英就開始忙碌。他整理好廁所，將溼掉的毛巾折得整整齊齊地疊在角落，出來後大致收拾一下凌亂的桌面，等他再次回來時，奎元已經陷入了淺眠。花英沒有非要靠近奎元吵醒他的打算，只遠遠地看著他。花英雙手抱胸看著奎元，表情非常複雜。

尹花英愛著金奎元。

這個事實無庸置疑。見到金奎元的那一刻，花英就發現了自己尋尋覓覓的人是他。兩人交往越久，時間過得越久，花英就對金奎元更加著迷，希望一輩子都跟他在一起。

尹花英當然會對金奎元發情，奎元對他來說十分迷人。每當花英看到奎元，他就想推倒他跟他做愛。

而且，尹花英是虐待狂。

花英俯視著因為太疲憊而睡著的奎元，無聲地揚起唇角。花英是一名虐待狂，他越喜歡對方，就越想傷害對方，會因太過亢奮而失去理智，回過神時，對方早已渾身是傷地昏過去了。

但只有受傷嗎？花英把奎元逼到極限時，奎元總會像昏過去一般睡著。這也無可厚非，肉體承受的痛苦相當強烈，甚至讓他不停在快感和痛苦之間徘徊。臣服者們經常說再這樣下去，會有一瞬間感受到不是快感也不是痛苦的感覺。那令人非常著迷，卻必須忍受與死亡這個詞很相似的那種感覺。

再這樣下去，他會殺死一個人的。

花英用輕笑代替嘆息，他怕自己嘆氣會不小心吵醒奎元。可是，他心情相當苦澀。奎元離他越近，越是把自己交給他，在花英心底的那股施虐欲就越暴露無遺。

他想溫柔、深情地對待奎元。雖然奎元比花英高，身材也比花英好上許多，可是花英一直很想守護奎元，他想將他擁入懷裡，溫柔地……

啃咬他。

這股矛盾的心情會變成怎麼樣？會讓本能跟理智產生衝突。欲望跟期望會緊緊掐住彼此的脖子，哪一方會獲勝呢？

呼。花英不自覺地嘆了一口氣。

那一刻，奎元倏地睜開眼。一次，兩次，然後最後一次，奎元眨了三次眼，徹底從睡夢中清醒過來，坐起身。

「哥，您還不能起來……」

「嗯？我的身體沒事。大概是剛才睡了一下，清爽多了。不過花英先生，您穿著溼衣服會感冒的。」

「我不會感冒。」

他從沒感冒過。聽到花英這麼說，奎元笑著點頭，同時很好奇花英到底是怎麼看待他的。

奎元也不曾感冒過，搞不好奎元的身體比花英更強壯。但只要奎元受一點傷，花英就會大驚小怪的。

「我回家了。今天……那個，我今天心情不太好。」花英低聲為自己辯解，「真的聽到了有點不好的話，不……我不是想把氣出在您身上。」

奎元心想，您可以拿我出氣啊。

「我只是因為心情很差，覺得見到您，心情就會變好才過來的。我也不是非得跟您玩遊戲，不過哥跟那小子黏在一起……啊，我在說什麼啊？」

花英咂嘴一聲，腳尖在地上踢了一下。

「總之，對不起。」

聽見花英的話，奎元笑了。花英根本不需要對他道歉，這都是他自願的，是他們雙方都同意的行為，所以花英完全不用感到歉疚。而且，其他臣服者經歷過各種更狠毒的對待，花英卻總是對自己無意間做出來的所有行為誠懇地致歉，這點也很棒。奎元笑著搖頭。

「沒事的。」

花英抬眼瞥了他一眼，奎元笑得更開心了。他大概無法露出像花英一樣開朗美麗的笑容，不過花英一定會回應他的笑。

花英輕笑出聲，然後露出開朗的笑容，「哥長得很好看，心靈也很美。」

……雖然他的眼睛有點問題，不過臉蛋很美，身材又好。奎元覺得他長得這麼帥，眼睛有點問題也無妨。

見到奎元尷尬地笑著，花英笑得更開心了，然後拿起他的外套。

「我走了。」

「我不能讓您這樣離開，外面很冷。」

奎元說完，開始穿上衣服。即使花英說他有大衣，制止了他，但是奎元不聽，整齊地穿好衣服後穿上大衣，接著服侍花英把大衣穿上。

花英一臉為難，然後把手伸進奎元拿著的大衣裡。好吧，奎元要送他一程當然好。花英決定想得輕鬆一點，兩人能盡量多待在一起也不錯啊。

『你說明天要舉辦公開遊戲？』

聽見久違的聲音，花英咂嘴一聲。

具成俊的聲音聽起來真的很不好，他就是這麼固執，花英搖搖頭。

具成俊喜歡尹花英，那份感情維持了十年，周遭的人都稱具成俊為「眷戀皇帝」。他沒有正式展開猛烈的追求，放任自己的身體流連於花叢，卻連自己的感情都無法釐清，這個綽號果然很適合他。

他喜歡花英時，花英很驚訝他為什麼要做那麼多無謂的事，但並不覺得礙眼，反正他們倆是不可能的，因為他們兩個都是虐待狂，羅密歐跟茱麗葉的關係反倒比他們更簡單。但這樣的具成俊喜歡上奎元就非常礙眼了。奎元是受虐狂，具成俊是虐待狂，他們之間沒有阻礙。

就像大部分的虐待狂，花英也有病態的強烈占有欲，當然會討厭具成俊這副模樣。如果他們不是朋友，他早就跟具成俊打上無數次了。

跟天生外表的形象不同，花英不喜歡和人吵架，但是具成俊是他的朋友，而他這位朋友正在受苦，花英也只能態度曖昧地在一旁看著。

「對。」

『幾點？』

「九點？十點？大概那個時間吧。」

聽見花英的話，具成俊支吾地說：『好……』

彷彿能輕易想到成俊複雜的心思，花英在心裡嘆了一口氣。他希望具成俊盡快整理好感情，花英也不希望每次連絡他就湧上怒火。

「你會來嗎？」

聽見花英的話，成俊再次低喃一句：『這個嘛……』

這樣一點也不像他，一副天底下沒有人敵得過我的傲慢姿態才是具成俊，但他居然如此意氣消沉。他明白姜勇佑為什麼會打那通電話了。

『你要玩什麼？』

「我不打算玩什麼特別的，反正目的只是讓人留下深刻的印象。」

如果他沒事帶著奎元在公開遊戲玩了很不得了的遊戲，然後引來更多覬覦的傢伙，那可不行。

花英咂嘴一聲。反正這個圈子很小，A的臣服者在某天變成B的臣服者也很常見。不管輪流交往是不是圈內人的喜好，他們無可避免在同一個圈子裡認識對象、談戀愛、分手，花英待在這樣的圈子裡，一直盡量保持著警惕。

本來奎元這種類型的臣服者不怎麼受歡迎，因為虐待狂想支配受虐狂，受虐狂越柔弱，越能滿足虐待狂的支配欲。可是當他們看到強壯的受虐狂順從主人的模樣後，最近身材壯碩的受虐狂也開始受歡迎，甚至臣服者們突然開始運動了。地牢的型錄裡除了「浣腸奴隸」、「排泄專用奴隸」之外，還新增了「肌肉奴隸」。

『喔，那你說不什麼特別的玩法是什麼？』

你那麼好奇幹嘛？好奇的話就來啊。

花英本來想這麼說，但還是耐著性子回答：「頂多打屁股和做愛，我不打算玩太久。」

反正花英成為別人的人也過了三年，當初那些聽聞花英調教出一個比自己還壯碩的奴隸後，十分懷疑的目光如今也消失了。花英心想，他或許可以把這次當作最後一次，以後都不用再玩這種沒效率的遊戲了。

他本來就不喜歡公開遊戲，就算在別人面前壓制臣服者，會有什麼不同嗎？雖然偶爾會有臣服者因為他人的目光感到更加羞恥，可是如果在地牢打滾一兩年，大家幾乎都會對他人的目光無動於衷，他無法理解那些依然堅持要在眾人面前玩遊戲的主人們。

為什麼？是要在他人面前支配臣服者，彰顯自己的能力嗎？他們不覺得這種行為既寒酸又下流嗎？如果他們讓自己的臣服者坐上電椅，那還有點看頭，但又不是。

「你問那麼多幹嘛？」

『……我也在考慮明天要不要玩公開遊戲。』

「公開遊戲？」

『我收了一個新奴隸，覺得應該讓他玩一次。』

新奴隸。

花英「喔喔」一聲，吹了聲口哨。

「你什麼時候要去？我們不要同時去比較好吧？」

『是啊，反正他是新手，堅持不了多久，大概三十分鐘。』

「嗯。」花英低吟了一會兒，然後問：「你希望我在你前面玩嗎？還是……」

『在我前面玩吧！這樣才能看到優秀範例。』

「真意外，你在培養新手？在哪裡遇見的？」

花英這麼問道，從座位上站起身。

他覺得他應該要喝杯咖啡，盤算著是不是應該把工作拿到床上做，同時心煩意亂地垂眸看向文件散亂的桌面。不行，照他這個狀態，如果把工作拿到床上處理會無法工作，直接睡著。花英搖搖頭，朝廚房走去。

即使如此，他也沒掛掉電話。他用耳朵跟肩膀夾著電話，拿起水壺倒水，等著成俊回答。

成俊心不在焉地回答：『在地牢，他是第一次來。』

聽他的聲音，似乎不是很滿意這個奴隸，那他究竟為什麼要收這個奴隸？又不是單純當玩伴。

「你喜歡他哪裡？」

『外表。』

回答得真果斷。花英說了句「喔，是嗎？」咂嘴一聲。

本來成俊挑選奴隸就有點隨便，若是聽到陌生的臣服者介紹自己是「奴隸」，常會讓支配者有點不悅。「奴隸」這個名稱只不過是受選者的名牌，什麼都不懂的菜鳥一來就這樣介紹自己太荒謬了，但花英身邊的人都不太在意。

首先，李基煥的喜好太過明確，不僅沒有幾個人可以忍受他，他對菜鳥也沒什麼興趣。李基煥的奴隸們身上幾乎就像蜂巢一樣，因為李基煥喜歡穿刺。他還有奴隸光是性器就穿了超過十個環，所以他的奴隸不是想當就能當的，尤其穿刺會形成「永久性傷口」。

至於姜勇佑，他本來就喜歡折磨臣服者，對菜鳥而言難度太高了。他們之中，就屬具成俊跟尹花英會喜歡菜鳥——成俊之所以這麼受歡迎，是因為有傳聞說他是財閥家的次子，而花英是因為很多人被他的美貌迷得團團轉——而且他們倆比較好親近。

不過，花英對遊戲玩伴以外的人事物都不感興趣，相比之下，具成俊就常常收奴隸。成俊不僅不會對那些自稱「奴隸」的臣服者表露不悅，他有時真的會把那些人當作奴隸。

「那明天見。」

水正好燒開了，花英關掉瓦斯這麼說完後，成俊沒有回答。

『花英啊。』

直到花英沖好咖啡，要往房間走的時候，成俊才用沉重的聲音喚了花英一聲。

花英拿著杯子回道：「嗯。」

他覺得成俊會講些他不想聽的話，眉頭一蹙。

『我，之前真的很喜歡你。』

接下來要切入正題了吧？花英做好了心理準備。

『晚安。』

搞什麼，講完了？

花英慌張地問「就這樣？」，成俊回了一聲「嗯」。

花英本來想再問一次，可是電話掛斷了。花英覺得有點不對勁，隔天看到具成俊帶來地牢的奴隸後，花英明顯帶著嘲笑。

男人比花英矮一點，不對，說不定跟花英差不多，而且身材相當壯碩。知道具成俊喜歡的是「小白狗」類型的花英，絲毫不掩飾自己的嗤笑，抬頭看著成俊。

「我怎麼覺得不太像你會喜歡的類型？」

聽見花英的話，成俊的奴隸肩膀一縮。雖然如此，他還是不停偷看花英。

其實他接觸SM只過了一年，即使地牢很有名，可是真正進出這裡的人不多。首先，地牢的年會費非常貴，所以會員更少，因此地牢的優勢就是傳言這個圈子的王牌都匯聚在這裡的評價。總之，這個地方聚集了買得起會籍的大人物。

具成俊不發一語，直盯著站在花英身後的男人。前幾天，他們曾在街上相遇，可是這男人看見他後馬上轉身離開。

『如果你認為一疊鈔票可以擋住子彈，那就錯了。』

曾那樣大聲喝斥，宛如猛獸的男人順從地跟在花英身後，金奎元連衣服都沒脫，除了黑色襯衫敞開至胸口，露出他戴在脖子上的項圈以外，比起臣服者，奎元更像個支配者。不過如果仔細看，會發現他是一名臣服者。

他正低頭看著花英。成俊看向奎元時，兩人的視線雖有短暫交會，可是奎元馬上帶著恭敬的注目禮，將目光再次轉回花英身上。望著花英一舉一動的奎元眼裡只充滿著敬愛。

「具成俊。」

花英喚了一聲，成俊這才從奎元身上收回視線，看向花英。

花英大概是下班就直接過來了，神情有些疲憊，看在具成俊眼裡都覺得一個疲於工作的男人鬆開領帶，捲起袖子的模樣很性感。

成俊的新奴隸也一直偷看花英。雖然聽說地牢有很多有錢人，但男人似乎沒想到會有這麼美麗的男人。

「尹花英，讓我看看你的實力。」

成俊噗哧一笑後，花英微微皺起眉。

「我為什麼要對一個連臣服者都不是的傢伙展現我的實力？」

他的意思是，我為何要做這麼無謂的事？

成俊笑了笑，再次將目光轉向奎元。金奎元的脖子上有瘀青，是被打的？……不對，那是被咬的。成俊輕鬆猜到了奎元的傷是怎麼來的。他剛才看起來行動不便，也許他們在來這裡之前已經先玩過一輪了。

「我們是朋友啊。」

聽見成俊的話，花英抬起頭，只揚起唇角，「朋友。」

覆誦一次成俊的話後，花英咂嘴一聲，說：「又是賭博又是做愛的……你對朋友的要求怎麼那麼多？」

花英低喃著轉過身，跟奎元正面相對，之後隨意抓住奎元的襯衫，褪至肩膀以下。

「轉過去。」

聞言，奎元轉過身。花英確認過奎元背部的狀況後咂嘴一聲，奎元的傷還沒完全好。

反正他不曾在公開遊戲中失去理智，也不覺得自己會重蹈覆轍，但他不想再和身體滿是傷痕的奎元玩遊戲。明天是週六，雖然花英休假，卻是奎元忙碌的日子。

花英暫時陷入沉思時，奎元回頭看來，「我可以的。」

奎元堅定地說。

「那由我來決定。」花英用生硬的嗓音說完，奎元閉上嘴。

‡

尹花英是眾人公認的大懶人，即使偶爾公開玩遊戲，也只追求點到為止。他向來秉持著一個態度，講好聽一點是乾淨俐落，講難聽一點就是只做該做的，除此之外就不關我的事了。不過，近年來完全看不到他的這副模樣。首先，他只跟他的奴隸玩；第二，他對自己的奴隸而言不是那種敷衍的類型。

就拿現在來說，花英正在臺下親手替全裸的奎元戴上眼罩。

當人們的目光聚集而來，害羞的奎元慌張得全身僵硬。

花英道：「你只要想著我就好。」

「是，花英先生。」奎元大口吸了一口氣，這才回答花英。

他的聲音聽起來很不安，花英再次抓住奎元，用強硬的語調喊道：「咪咪啊。」

「是，花……」

奎元馬上就挨了一巴掌。

響亮的巴掌聲響遍整個空間，觀眾都還沒坐到工作人員搬來的椅子上，就對臺前投以興致盎然的目光。回過頭來的奎元在不久後小聲地叫了一聲：「喵～」

「很好，咪咪啊。」

「喵～」

「會碰你的人只有我，所以不管是只有我們，還是在很多人面前玩都一樣。你也懂吧？」

花英每次進行公開遊戲時，都會在眾人面前對奎元這麼說。他總是會跟奎元解釋，反正只是在大家面前玩，行為的本質是一樣的。

雖然只要花英命令奎元，奎元應該都會照做，可是如果花英要把他交給其他人……奎元想都不願想，內心湧上一股宛如刀割的抗拒感。

他對公開遊戲的恐懼只有這件事。公開遊戲經常發展成跟多名奴隸一起玩遊戲的多人運動，主人會在眾人面前展現奴隸的品質，然後推薦其他人嘗試。可是花英從來沒這麼做過，他也總是跟奎元說，他不會那麼做。

「喵～」

「很好。」

花英這麼說完，開始用粗繩綑綁奎元的雙手。

雖然稱為粗繩，但只是SM專用的柔軟綿繩。這種繩索是地牢的常備道具，但最近大家都用比較方便的皮手銬，很少有人用這個。日本那邊對粗繩情有獨鍾，可是韓國還是比較喜歡手銬。綑綁需要非常好的技巧，綁得太鬆沒有意義，綁得太緊血液會不流通，可能會引發問題，因此，許多臣服者只允許主人使用手銬，久而久之粗繩就被淘汰了。

不過，公開遊戲只是用來炫耀的，所以花英選擇了粗繩。而且粗繩不好處理，會綁的人就知道粗繩綁起來比手銬好多了，跟手銬相比，粗繩姑且還有點柔軟度。

「除了哥以外，綁得最好的大概就是這小子了。」

姜勇佑說完，李基煥就聳聳肩，「我綁人是講求快速又實用，沒辦法那樣綁。他那個真的只是為了展示才綁的啊。」

每當基煥的手指一動，站在基煥身旁的奴隸就嚥下悲鳴。每次基煥玩弄剛穿上的環，鮮血就會不停滴下。基煥瞥了一眼，看見奴隸勃起後用力扯了一把。奴隸一發出小小的慘叫，基煥就吼道：「閉嘴！」一副像在訓狗的態度。

具成俊沒有專心聽他們在講什麼，盯著花英綑綁。

握在花英手中的白色粗繩越過奎元黝黑的肉體。花英的態度看起來像在綑綁貨物，可是在綑綁的過程中一邊打結，一邊調整鬆緊度。

「花英今天的狀態好像不錯？」

「他上次的公開遊戲一團糟啊，打沒幾下就馬上射精結束了。雖然我知道他覺得很麻煩，但還是可惜了他的名聲。」

聽見成俊的話，勇佑跟基煥對視了一眼。愛花英愛到無法自拔的具成俊，這次深深迷上了花英的奴隸早已是眾所皆知的事。

勇佑交換交疊的雙腳後，在他腳底下當踏臺的奴隸後背不停發抖。

「嗯，是這樣沒錯……但我有時候很好奇。」

每當李基煥玩弄奴隸身上的環，掛在奴隸身上的無數個環就會相互碰撞，發出叮鈴聲響。李基煥無視那些聲音，開口問：「成俊啊，你是喜歡花英，還是想成為像花英那樣的人？」

姜勇佑看著基煥，而基煥聳聳肩。他的表情是真的很好奇。

具成俊轉過頭來問：「你在說什麼啊？哥。」

「因為你隱約有點固執，我就大方地問了。你是真的喜歡尹花英嗎？你是真的喜歡那個成為尹花英奴隸的男人嗎？是嗎？你想像花英那樣，跟那個男人做愛？」

具成俊的臉色一沉，李基煥就擺擺手道：「當我沒說。」

在這期間，奎元被花英拉到臺上。聚在這邊的男人中，坐在椅子上的人赤裸裸地發出揶揄跟歡呼聲，站著的人則用著迷的眼神，熱情地盯著臺上。

花英從這個被稱為舞臺的高臺頂端降下鉤子，然後將奎元被束縛的手臂掛到鉤子上。

奎元有點站不穩，因為鉤子的高度有點高，奎元必須踮起腳尖。即使他不安地在半空中搖擺，花英也沒有把他放下來。

「他會速戰速決。」

踮著腳尖站立無法撐太久，花英一開始就這麼做，意味著遊戲的強度會很高。聽見勇佑的話，李基煥「嗯」地低吟一聲。

「這個嘛，通常來說是這樣，可是他是尹花英。」

「也對，他是花英啊。」

看見姜勇佑微笑，李基煥也愉悅地笑了。

花英曾讓那個奴隸坐上電椅，他是真的認為對方能撐過去嗎？看著那張臉，他很懷疑，因為連花英這麼堅強的男人都失去理智失控了。花英會做什麼，只有花英自己清楚。

「害怕嗎？」花英問。

燦爛的笑容很迷人，但對臣服者來說，在半空中試著揮舞的鞭子大概比那張臉更迷人。

奎元搖搖頭，他的眼睛被遮住，身體被綁住，唯一能辨認的只有花英的聲音。可是奎元知道既然走到這個舞臺上，不論是什麼，只要是主人的要求都得做到。

花英很討厭丟臉，奎元也知道自己跟花英不配，所以更想做到主人的要求。他想得到這樣的評價——因為他有這樣的肉體，所以他可以做到那個程度。

他想讓花英不後悔選擇自己。

「喜歡嗎？」

伴隨著花英的話，有東西碰到了乳頭，奎元在眼罩底下眨了眨眼，專注於那股觸感。應該是皮革……

「……呼唔！」

奎元的身子一晃，在他做好覺悟之前，鞭子已經打在奎元的胸口。第一下伴隨著劇痛，就連聲音都叫不出來。接著挨了第二下、第三下，奎元這才發出呻吟。

鞭子前端準確地打在乳頭上，每挨一下，嘴裡就迸出一聲呻吟。接著又挨了好幾鞭，不過才幾鞭而已，奎元就馬上想求饒。他想哭著求花英別打了，但他不能這麼做，雖然他看不到，但奎元知道肯定有很多人正注視著花英。

淚水不停從眼罩下流出，揶揄跟歡呼聲都已經消失了，觀眾們屏住呼吸。身材如同野獸的奴隸甚至打了乳釘，雖然沒有流血，但想必痛苦不已。支配者們的施虐欲受到那具忍受著虐待的身體刺激，望眼欲穿，臣服者則是緊閉著雙眼，不看向舞臺。

劃破虛空的聲音很猛烈。公開遊戲的強度勢必會影響到以後的遊戲，臣服者們不得不擔心起以後自己會變得怎麼樣。而且，如果他們忍不住將自己帶入舞臺上的奴隸、哭了出來，他們的主人也不會放過他們。

「勃起了……」有人喃喃低語。

所有人都看著奎元的性器。他的胸口受到鞭子鞭打，有幾道鮮紅交錯的痕跡，看起來很可憐，主要遭到鞭打的乳頭更是腫得不得了。不過，奎元的性器直挺挺地站著，頂端溼滑。

花英用鞭子的手柄抬起奎元的下巴。

「只是挨打就流個不停嗎？你不管是上面還是下面，都很沒規矩呢。」

「對不起……」

「這不是一句對不起就帶過的事啊。」

花英這麼說完，再次揮下鞭子。鞭子的前端碰到奎元性器的前端，奎元往後仰起身子，霎那間，伴隨著嘩啦啦的聲音，有液體從奎元的臀縫間流下來。

……浣腸。

直到這一刻，眾人才明白奎元剛才為什麼會行動不便——花英先讓奎元浣腸才帶他來的。

而且不只浣腸，似乎還塞了許多玻璃珠進去，那些玻璃珠隨著液體一起掉到地上。

玻璃珠掉落的聲音很吵，奎元大口喘著氣。不僅乳頭，連性器都遭到鞭打，原本後穴含著的東西就吐出來了。如果知道那份痛楚有多難熬，就會明白奎元忍得多好。

花英轉頭看向工作人員，指著旁邊的東西，沉浸在遊戲中的工作人員看向花英指的物品。

那是一張空著的椅子。花英彎彎手指，指了椅子後，用手背搧了奎元一巴掌。奎元的身體往旁邊晃了晃，膝蓋彎起。那一刻，奎元發出「呼唔」的聲音。因為膝蓋彎曲後，體重都轉移到了手腕上。

「你現在是想讓我丟臉嗎？」

聞言，奎元搖頭。

「那這個你打算怎麼辦？」

成俊確認了一下奎元流出來的液體，看起來是乾淨的食鹽水，而且玻璃珠是黑色的。這代表花英肯定是打算這樣玩，所以才讓奎元浣腸完才帶他過來。

「不、不論您要我做什麼都行。」

奎元沙啞的聲音帶著迫切。

他不是第一次玩公開遊戲，但花英今天特別嚴厲。奎元喘著氣，用力踮起腳尖。他的腳尖太痛了，阿基里斯腱也太過難受，腳都快麻了。

他快不行了。正當他覺得腳好痛，會從膝蓋斷掉時，手腕的束縛突然鬆開了。感覺有利刃觸碰到手腕，但利刃割斷粗繩後離開了。

奎元的頭往左右轉了轉，因為不能拿掉眼罩，他感覺不到花英在哪裡。

「你後面有椅子，坐下。」

聽見花英的話，奎元的手向後摸索，確認椅子的位置。天鵝絨的觸感確實是地牢使用的椅子，這是單人座沙發。

確認到沙發後，奎元坐上去時，「嗯……」地小聲呻吟。這是因為還稍微張開的肛門受到了刺激。

「抱起腿。」

奎元聞言，慢慢抬起腿。他小心留意，以免椅子往後倒，同時雙手牢牢抱著堅實的大腿，嘴裡流出甜蜜的呻吟聲。

「別表現得那麼淫蕩，好好撐開你的腿！」

花英的斥責讓奎元咬緊唇，盡力張開雙腿。比普通男人更雄偉的性器，和在其下方喘息的肛門都赤裸裸地露了出來。

露出肛門的瞬間，有人發出呻吟，有人落淚，有人發笑。大家都注視著奎元的後庭。他的後庭不僅完全敞開，還腫起來了。而做了浣腸卻只會流出食鹽水，就意味著他已經反覆浣腸好幾次了，所以肛門才會腫起來，變得很敏感。許多人都雙眼通紅地盯著那個敞開的洞口看。

「我叫你撐開。」

奎元都把腿張開到極限了，花英還是厲聲說道。

奎元不曉得該怎麼辦時，花英便用冷靜的聲音斥責他：「你連洞都無法好好撐開嗎？別故作清高了，打開到可以看到裡面！」

聞言，奎元慢慢將手往下伸。他碰上神經變得很敏感的入口，然後慢慢插入兩隻食指。

奎元的手指很乾燥，可是他的穴口是溼的。剛才排出來的食鹽水其實是混合了食鹽水跟潤滑液的液體。看著奎元依舊不曉得這個事實，小心翼翼插入手指的樣子，讓花英對在身後喘息的人感到煩躁。

我又不是什麼藝人，為什麼非得每一季都來這裡娛樂眾人？

奎元的手指硬是撐開後穴，露出漆黑的甬道。有人達到高潮的聲音傳來，奎元的穴口顫了一下。

花英好想拋下控制，任憑欲望操控自己，但他不想在外人面前露出自己的真面目。雖然這個圈子都是這樣，可是對花英來說，做愛是非常私人的行為。不管是勃起還是射精，他隨隨便便就可以做到，不就是大家一起看色情片，掏出性器搓弄嗎？可是，毀掉自己就另當別論了。

這點對奎元來說也是如此。雖然奎元常常昏過去或失去理智地哭喊，但他不曾在臺上發生過這種情況。

「動。」

聞言，奎元動了起來。不曉得是不是因為太悲慘，奎元的眼罩下方一直流下淚水。不過奎元還是沒有反抗，擺動著臀部。

看見奎元收縮又放鬆的動作帶著遲疑，花英從舞臺的抽屜拿出蠟燭。不是紅色的低溫蠟燭，是白色的蠟燭。具成俊倏地站起身。

「等……！」

阻止成俊的人不是花英，是姜勇佑。

「你瘋了嗎？現在他們在玩遊戲。」

「但那不是低溫蠟燭……！」

「我用低溫蠟燭還是一般的蠟燭，跟你有什麼關係？」花英冷淡地問。

他連看都沒看向成俊，視線直盯著奎元的肛門。花英看起來不打算在玩遊戲時看向成俊。

成俊看向花英，看向奎元，又看著花英手中的蠟燭。那不是低溫蠟燭，成俊咂嘴一聲。雖然他很想立刻把奎元從舞臺上拉下來，但他不能這麼做。

他只能向後退。

「隨便你。」成俊冷冷地說道，然後低頭走出大廳。

成俊的奴隸們趕緊追了上去。大門發出巨大的聲響，緊緊關上，室內一片寂靜。

眾人來回看著面前的舞臺和後方的大門，慌張不已。此時，引起大家注意的聲音響起。

啪嚓！是劃過火柴的聲音。

眾人的目光看向舞臺，花英漫不經心地點燃火柴。燃燒的白色蠟燭一傾斜，臺下就傳來臣服者的抽氣聲。白色蠟燭在性器附近傾倒，大家怔怔地望著熱蠟堆積。

那個高度太近了，姜勇佑沉吟了一聲。如果不是低溫蠟燭，當然得隔一點距離，必須抬高蠟燭，讓蠟液冷卻，然而花英卻在即使是用低溫蠟燭也很近的位置，傾斜手中的白色蠟燭。

燭淚終於聚集，慢慢落下。

「哈啊！」奎元尖叫出聲。

可是只有第一滴叫出來，接下來他就沒有再出聲了。

「那是虐待了吧？」

李基煥喃喃自語。他雖然把臣服者們變成了蜂窩，但是不曾強迫過拒絕的人。他們會阻止具成俊，是因為金奎元這個男人沒有拒絕花英的遊戲，但照這樣下去，不阻止不行。

聽見基煥的話，姜勇佑低聲道：「不過那男人感覺就快射了。」

奎元依然很興奮，這樣的話，誰都不能干涉這場遊戲。雖然不曉得這份痛楚是不是他們都同意的，但至少金奎元很順從。既然他沒有被束縛卻忍著，那麼任何人都不能插手。

白色燭液覆上奎元的兩側大腿和股溝。明明過了非常久，卻沒有人說話。每當金奎元咬緊牙關掙扎時，臣服者們都瑟瑟發抖。

那男人一定會燙傷，不對，是已經被燙傷了。可是就算如此，他的性器依舊挺立。彷彿只要是尹花英虐待他，不論是什麼痛楚都能轉換為快感。

在那之後，花英撕掉冷卻凝結的白蠟，殘忍地逼迫他。最後花英插入時，奎元哭了，不過他還是大聲呻吟。

「啊嗯！啊！好舒服，好像要被翻過去了……啊！啊啊、啊嗯！屁股、啊嗯，好燙……等等，啊、啊啊啊啊！」

在這樣大聲哭喊的奎元身後，花英粗魯地抽送，把指甲刺進奎元腫脹的乳頭。

一場性愛結束後，花英立刻抱住昏過去般靠在椅子上的奎元，扛到一邊肩膀上，然後對受到他們的遊戲刺激，彼此糾纏的眾人說：

「就像隱退演出一樣熱血吧？」

然後聳聳肩，立刻消失在大廳裡。

‡

奎元一直繃緊神經，直到花英射精之後，低聲告訴奎元可以射精了。奎元射精的同時，幾乎昏過去了。

他知道花英將自己扛在肩上，卻一根手指也動不了。一走進房間，花英立刻開始做包紮處理。奎元愣愣地抬起臉看著他後，花英對他溫柔一笑，親了一下他的嘴唇。

「你忍得很好。」

單憑這一句話，不管是骯髒無力的身體還是暫時留下傷口的身體，都無所謂了。奎元閉上眼。

花英替奎元全身上完藥，做完包紮後躺上床，將手臂放到奎元的頭下，將他擁入懷中。

「對不起，有點太過分了。」

「我沒事。」

「我在想我們得做這種事到什麼時候……也許下次開始就不用了。大家都有點膩了，而且看到今天這樣，他們應該都嚇到了。」

花英的懷抱裡散發出溫暖的香氣，這股香氣混合著奎元買回來的沐浴乳香以及花英的體香。奎元把鼻子埋在花英懷裡，花英則撩動奎元的頭髮，掩著嘴唇低聲道：

「您以後不必在我以外的人面前這麼做了。」

「……是因為我表現出了討厭的模樣嗎？」

奎元低沉地問完，花英輕聲笑道：「我也不喜歡。」

這是在說表現出厭惡的事。奎元輕輕嘆了一口氣，而花英牢牢地抱著他，但仍盡量不去刺激到奎元的傷口。

「中間是不是發生了什麼騷動？」

「啊啊。」

花英猶豫了一下。這件事是告訴他比較好，還是不要告訴他比較好？站在他的立場，他會選擇後者，但奎元確實有知道的權利。

花英抱著奎元開口：「是成俊。」

具成俊？奎元把臉埋在花英懷裡，覺得訝異。具成俊居然在花英的公開遊戲中途離席，這不讓人意外嗎？

此時，奎元瞪大雙眼。花英的手指插入了不僅紅腫，也很敏感的甬道。

「花、花英先生？」

「你喜歡成俊這種類型的？」

具成俊這種類型？奎元因為花英的手指發出呻吟，努力回想具成俊的樣子，可是，他無法想起具成俊完整的模樣。

「我不知……」

「不知道？」

「我不知道……啊，我想不起來……啊嗯！花、嗯……」

看到奎元輕輕搖頭，花英很滿意，溫柔攪弄奎元的甬道。

奎元已經經過鍛鍊的甬道像在渴望、央求花英的性器，不停縮緊又放鬆。花英嚥了一口口水，抽出手指後嘆了口氣。

「真的快瘋了。」花英喃喃低語。

奎元抬起頭看向花英的那一刻，視野突然翻轉。花英騎到奎元身上，用舌頭舔拭奎元的唇。

「再一下子。」花英輕聲道。

溫柔的表情漸漸消失，只留下看起來很冷酷的神情。這是花英興奮的前兆。

如果只看花英的臉，會以為他正面對著一輩子的仇敵，但他的胯間變硬了。

「剛才無法好好做，所以現在還覺得有點不夠。」花英悄聲細語。

奎元慢慢抱起雙腿，然後抬起來。

看著奎元將腰彎折起來，露出後穴，花英大笑出聲。面無表情的花英笑了片刻，還是低下頭來。隨著「啾～」一聲可愛的聲音，柔軟的部位觸碰到奎元的穴口又離開。

「真可愛，真美。」花英笑著將指甲刺進奎元的性器，「是不是還不滿足？」

「哈嗯！」

奎元的身體微微顫抖，花英稍微低頭看著奎元的身體一陣子，乳頭的模樣淒慘，大腿看起來也很嚴重。看來實在不能從正面來了，雖然奎元喜歡看花英高潮的表情，但這也沒辦法。

「試試看浣腸姿勢。」

聽見花英的話，奎元撐起了身體，可是他一臉訝異，不曉得該怎麼做。

花英「啊啊」了一聲，面無表情地揚起嘴唇。花英最近會要求奎元擺出別的姿勢。

本來的姿勢是趴著打開雙腿，用雙手撐開臀部。那是基本姿勢，高高翹起臀部，臉頰貼著地板，其實不難，所以大部分的初學者都會擺出那個姿勢。不過隨著時間過去，就會有自己喜歡的姿勢。花英是沒有喜歡的姿勢，但他很喜歡讓奎元擺出他會特別羞恥的姿勢。

最近讓奎元丟臉到快發瘋的姿勢是蹲著。如果脫光衣服、蹲在地上，肛門當然會張開。而奎元不是在地上做那個姿勢，是在桌上或是反省臺上，所以更難為情，因為屁股會伸到桌子外面，使奎元的臉變得更紅。假如在清晨的餐桌上這麼做，他的臉幾乎就像著火了一樣。

「趴著。」

聽見花英的話，奎元趴下來。他慢慢張開雙腿，臉頰貼在床單上後翹高臀部。

花英握住奎元的腰，粗暴地頂進去。
「嚇啊啊！」
奎元向後仰起頭。
「怎麼黏糊糊的？別再夾緊了。」
花英總是讓他夾緊，今天反倒嘲諷這一點。奎元緊抓著床單，搖搖頭。
「太大了……」
「剛剛不也做過了嗎？」
「但是我有點……呼、我有點想吐……呼——嗯啊，啊！」
花英輕輕在穴口滑動。這摩擦的行為讓甬道裡面開始被其他液體，而非潤滑液或浣腸劑濡溼。
花英「呼」地輕輕吐出呻吟。
「你好像很期待。」
花英伸出舌頭舔舐奎元的耳朵。
花英今天會特別溫柔，是因為剛剛在臺上玩得太過火，有罪惡感嗎？
奎元愣愣地這麼想著時，花英將手指插進奎元的後穴。手指一進入因為花英的性器，擴張到沒有一絲皺褶的地方，奎元的身體就顫了一下。來地牢前就連續浣腸過好幾次，又因為一直玩遊戲而神經緊繃的地方過度擴張的感覺，讓奎元直冒冷汗。

花英抽出手指，用舌頭舔弄奎元的後頸和耳邊的傷口，低聲道：

「頂著一張可愛的臉，淨做些淫蕩的行為。」

平常奎元聽到這句話，會一如既往地心想「其他地方都很好，就是眼睛不太好……（以下省略）」，不過他現在沒有餘力想那些。奎元腦袋發燙似的大喊：

「哈！啊，啊啊啊啊——我、我好像要射了——」

「你剛才很乖，所以可以射喔，你可以盡情射出來。不……」

花英調皮地咬住奎元的耳朵。不過要說是惡作劇，他咬得很大力。

「讓我看看你能射出多少。」

然後花英抓住奎元的腰，一口氣頂到最深處。

「哈啊啊啊！」

奎元彎起腰，倒在床單上。

花英伸手摸了摸奎元的性器，確認他射精後咧嘴一笑。他抹到奎元的臉頰上，留下一條長長的精液，並說：「第一次。」

然後再次動了起來。花英精準地攪弄著奎元會感到舒服的地方，舔著奎元的耳朵、不停玩弄奎元的性器，並將手指刺進他的肋骨間。奎元不知所措地哭了出來。
「你做出了一個水窪，就不覺得羞恥嗎？」
聽見花英的話，奎元抬起頭確認。
床單上，奎元射出來的精液形成了一個小水窪。
「哈唔……看到自己製造出來的水窪，興奮了吧？嗯？」
「啊，又要射了……啊，好大，因為很大，嗯、啊——只插著那邊，啊，好燙……花、花英先生……呼！啊嗯！啊啊啊——哈啊！」
奎元渾身打顫又全身繃緊，忍受著快感的浪潮。
看到奎元忍耐著，等待高潮的浪潮過去，花英腦袋一熱，一掌拍上奎元的臀部。
那一刻，奎元「啊啊啊！」地大喊，第二次射精。同時，花英也終於在奎元體內射了第一次。
他緊緊按住最喜歡的地方，噴濺在奎元體內後，奎元哭著夾緊臀部。
「很熟練地……吃下去了呢……？」
聽到花英稱讚，奎元在床單上磨蹭臉頰。
這可憐兮兮的動作是想努力打起精神，花英卻輕聲笑了。
雖然奎元感到難為情，修長的腰肢卻有韻律地擺動著，他的內壁吸吮著花英的分身，簡直就像在請求花英多射入一點。

「我的肛門……」奎元罕見地開口問。

如果是平常，由於正在進行調教，氣氛不許身為奴隸的奎元提問，不過現在他會這樣詢問，大概是因為氣氛久違地十分溫和。

花英心情愉悅地「嗯？」了一聲，示意他繼續說。

「我、那邊……有、有讓您滿意嗎……？」

奎元的語氣聽起來真的很擔心，花英不停舔著奎元的耳朵。

「我舒服到快瘋了。你的全身上下都很害羞，為什麼只有這個洞這麼奔放呢？嗯？你遇到我之前，怎麼有辦法不跟任何人交往？明明就這麼飢渴。」

陰莖摩擦著內壁，花英咬上奎元赤裸的背脊。

這個姿勢看不到奎元的表情，卻是這副完美身材看起來最帥氣的姿勢。大腿的肌肉鼓起，夾緊臀部的模樣赤裸裸地展現出來。

「哈嗯！哈啊、花英先生——！」

奎元第三次射精，同時難受地哭了，性器隱約開始發麻了。不過，花英打算等奎元射精四次才放過他，而且奎元的臉頰貼著床單不停哭泣，邋遢地張著嘴、流著口水，這副失魂落魄的表情宛如破碎的洋娃娃，讓花英的性欲更加高漲。

看見奎元無法再繼續似地喘氣，不斷哭泣，花英馬上動了起來。奎元再也撐不下去了，其實奎元在臺上的時候就撐不下去了，但花英玩完那麼重口味的遊戲還無法得到滿足，所以才提出了這麼過分的要求。

花英機械式地在奎元體內射精，然後小心翼翼地退出來。兩人一分開，奎元的身體就倒在床上。

‡

花英整個週末都在玩弄奎元的身體。雖然有傷口，無法玩高強度的遊戲，但不曉得是不是因為這樣，花英更加執著於後穴。

奎元當然一直光著身體，只要花英說「大」，奎元就必須像個要被打屁股的孩子，趴在花英的大腿上。他在家裡各處撐開臀部，受到侮辱，哭了好幾次。

每當他哭，花英就會斥責他沒耐性，然後狠狠打他屁股。

「花英，你在幹嘛？」李珠熙在他身後問。

花英關上窗戶回答：「我在確認快遞送到哪裡了。」

「快遞？什麼快遞？」

花英咧嘴一笑。

這個東西叫做「氣球」，但李珠熙聽到後無疑很疑惑，問說：「是工具？玩具？」

花英刻意不回答，只笑了笑。李珠熙罵他在笑什麼的同時，姜炳浩走進辦公室。

「喂，尹組長，走……哦？課長。」

走進辦公室的姜炳浩詫異地瞪大眼後，李珠熙露出什麼事情也沒有的表情笑著，輕拍了一下尹花英的肩膀。

「路上小心，尹組長、姜組長。你們知道在哪裡吧？」

「知道，在樂天酒店。」

「嗯，先帶他來公司吧，之後還得送他回家，知道嗎？」

花英從座位上站起來，輕聲嘀咕：「一定要兩個人去嗎？」

明明一個人就夠了。

聽見花英的話，姜炳浩回答：「因為你沒有車，所以我才來充當司機的。本來應該是由你自己去啊。」

花英咂嘴一聲後想離開時，喚了一聲劉代理。

「劉泫雅代理。」

用瘋狂的速度敲打數字鍵的劉泫雅抬起頭，看向花英。

「是，組長。」

「那些都做好之後請放到我桌上，然後打給佩爾特物流，跟他們重敲審計時間。」

「關於那間佩爾特，他們好像要換會計軟體。」

「他們不是用DUZON嗎？」

劉泫雅聳聳肩，「是沒錯，可是他們說要換別的。」

「換哪個？」

「……那個，聽說是他們德國總公司親自製作的軟體。」

花英皺起眉，「他們有說什麼時候做好嗎？」

「說快了。」

跨國企業的分公司遍布各國，他們經常想用各種方法遠端操控分公司，在會計這方面尤其如此，所以各企業紛紛開始流行自行製作公司獨家的會計軟體。但這些獨家的會計軟體……無可避免一定會有一堆BUG……

「他們不能等審計結束再換軟體嗎？」

花英的話讓劉泫雅嘆了一口氣，「聽說他們總公司已經派人來了。」

花英搖搖頭道：「那就沒辦法了。」

花英很快就放棄了，劉泫雅代理再次將目光挪回資料上。

花英拿起外套，而姜炳浩走在花英前面。他按下電梯按鈕，花英隨即站在他身後穿上外套。當花英扣上最後一顆釦子時，剛好電梯來了。

兩人走進電梯，炳浩對站在明亮的日光燈下左右扭著脖子的花英道：

「李課長的臉色不太好啊。」

因為情況不妙啊。花英咂嘴一聲，姜炳浩搔了搔頭。

花英的公司是被稱為BIG4的四大會計師事務所之一，除了韓國以外，在許多國家都有分公司。這次新來的部長據說是從香港分公司空降的男人，他當初離開韓國的時候把房子也處理掉了，所以回到韓國後就住在酒店。

開車前往酒店的路上，兩人一直在談論李珠熙的事。

李珠熙因為是個女人，所以才會受到差別待遇吧？難道不是嗎？姜炳浩說公司也有性別歧視，但花英對此抱持著懷疑。不過她是李珠熙，即使偶爾像這樣被人擺了一道，她也能撐過去。

崔理事是個卑鄙的人，如果今天是花英或炳浩，就不可能只是從晉升名單中剔除而已。花英覺得受到性別歧視的不是李珠熙，反而是劉泫雅代理。劉泫雅在同期員工中是公認最能幹的女性，但她卻比同期晚了一年升職。聽見花英的話，姜炳浩咂嘴說著「確實如此」，與此同時，車子抵達了樂天酒店。

來到一二一四號房的門外，花英跟炳浩看著彼此片刻。唉，為了討口飯吃，什麼都得做。他們對彼此露出這樣的神情，然後按下門鈴。

「是，請問哪位？」

「我們是公司派來接您的。」

「啊，等等，稍等一下。」

聲音非常厚實。

花英只用嘴型問「他幾歲？」，炳浩用手指比了四又比了五。

此時，門喀啦一聲開了，姜炳浩迅速把手放下來。門打開後，一名男子走出來……穿著浴袍。

你搞什麼啊？

花英跟炳浩同時露出尷尬的神情，男人不好意思地笑著抬起頭說：「啊，對不起，我睡太晚了，所以洗……」

接著，男人的視線定在花英的臉上。

雖然常常有人像著魔一般看著花英的臉，可是其他人都會馬上別開視線，這個人也盯著他的臉太久了。他的目光炙熱，花英罕見地慌了。這道目光是地牢裡常常看見的那種目光啊。

那溼黏的眼神彷彿已經半沉浸在幻想中，花英瞥了炳浩一眼，炳浩也一臉慌張。

咳！花英假咳一聲，男人趕緊回過神。

「真是一位美男子呢，我嚇了一跳。」男人若無其事地說完，然後轉過身。

花英發現男人的背影有點不穩，皺起眉頭。

難道，他興奮了？他們真的在地牢見過面嗎？花英試著回想自己記得的每一張臉，可是他找不到男人的臉。難道不是？他猜錯了嗎？

花英咂嘴一聲。他不是刻意的，就是習慣性地嘖了一聲，男人的背影明顯一僵。

花英解釋自己的專長時，曾說過自己「擅長辨認受虐狂」。當然，他只在SM玩家之間這麼說。SM玩家雖然會嘲笑這樣的花英，卻有一半認同。花英真的馬上就能辨認出來，一踏進地牢，誰是受虐狂、誰是支配者，他一眼就能分辨出來，從沒認錯過，大家都嘖嘖稱奇。花英辨認錯的兩個人也隨著時間流逝，改變了性向，自此，花英銳利的觀察力就更加受到眾人信賴。

花英也一直很慶幸自己擁有能馬上辨認受虐狂的能力，可是他現在卻希望自己看錯了。同一個職場裡有兩個ＳＭ玩家可不是什麼好兆頭。

「不過，兩位的名字跟職位是什麼？我叫朴奎元。」

居然連名字都叫奎元，更不吉利了。

花英想起自己認識的「奎元」，忍住嘆息。他很想立刻離開這個房間，可是他不能這麼做，只能嘴角露出標準的微笑，把目光轉向炳浩。

因為朴奎元明顯只盯著花英看，姜炳浩慌得不得了。不過姜炳浩接收到花英的視線，硬著頭皮開口：「我叫姜炳浩，是韓國中小企業專家五組的組長。」

男人看都不看向姜炳浩，他看著花英，等著花英開口。

花英努力不對這個油膩又讓人感到壓力的目光表露聲色，並開口：「我叫尹花英，是負責海外企業的二組組長。」

「喔，海外企業。那麼，會幫我的人就是你嘍？」

雖然說話的語氣立刻變隨意是常有的事，可是他這個目光實在不尋常。

花英說：「主要協助您的人是李珠熙課長。」

但朴奎元裝作沒聽到，一直盯著花英看。

輕鬆察覺到對方目光中擺盪著的欲望，在花英想離開房間的那一刻，炳浩忍不住開口：

「我們在車上等您，您下來的時候請打電話給我們。」

「嗯。」

朴奎元一點頭，花英也對他行注目禮。不過行完注目禮的時候，朴奎元對花英說：「你跟我談談吧。」

姜炳浩在旁邊投來詫異的目光，但他或許是無法忍受這個氣氛，就先離開了。花英沒辦法跟他一起離開，轉過身面對朴奎元。

微微一笑，花英的嘴角還是先揚起營業用的笑容。

「你，不對，尹花英先生。」

朴奎元抬頭看著花英。他是一個比花英矮一點，但有著健壯肉體的男人。他笑著敞開自己的浴袍，而花英沒有別開頭，直視著他。

「是，部長。」

「你沒有任何感覺嗎？」

花英瞇著眼笑道：「您是說什麼感覺？」

花英稍微聳聳肩。他知道朴奎元在說什麼，可是他不打算挑逗對方。

花英的話讓朴奎元輕笑了一聲。他的笑容很清爽，但大概是因為老練的皺紋，看起來有些狡猾。

「是嗎？我被拒絕了嗎？」

「我跟姜炳浩組長一起在樓下等您，您整理好時請連繫我們。」

花英儀態端正地彎腰鞠躬，然後轉過身。

朴奎元對著花英的背影說：「我也喜歡白色蠟燭。」

花英狼狽地閉上眼。朴奎元應該看不到花英的表情，卻用愉悅的聲音接著道：「紅色蠟燭是滿好看的，但溫度有點低。」

「我聽不懂您在說什麼。」

花英轉過頭看向朴奎元。察覺到再裝出純真的樣子也沒用，花英講著裝蒜的話，臉色冰冷。

朴奎元咧嘴一笑，「那我們走著瞧，看看你知不知道我在說什麼。」

然後，尹花英很快就知道他是什麼意思了。一週過去，尹花英明顯在躲避朴奎元，而朴奎元明目張膽地使喚花英。

「發生什麼事了，花英？」找花英一起吃午餐的李珠熙直截了當地問。

花英分開魚肉塊，皺起眉頭道：「您在講什麼？」

花英的聲音倏地沉下來，李珠熙就閉上了嘴。

總是態度親切的花英散發出危險的氣息，看起來是真的生氣了。

李珠熙噤聲觀察著花英的臉色，然後嘆了一口氣。

「……我知道這不關我的事。」

「您知道的話。」

就請閉嘴。感覺花英會這麼說，李珠熙猛地抬起頭。不過花英看著李珠熙，沒胃口似的放下筷子。

咬牙切齒的花英瞬間像死了心一般，露出甜美的笑容，一個慵懶甜美的微笑。不過看在李珠熙眼中，他只是在試圖藏起剛才的危險殺氣。

「您都知道還非得拿出來講，果然就是那樣了吧……對，我也快瘋了，我真的不曉得朴部長到底為什麼要這樣。」

花英用撒嬌的口吻嘀咕，不過李珠熙馬上就察覺到花英開朗語氣的背後有翻騰的怒火。

「朴部長的風評不是很好，他本來就有些不好的傳聞了。」

「據說他是同性戀之類的……不管怎麼說，一個能力好、外貌佳的好男人，過了四十歲還單身就是一件很奇怪的事。」

這也不是不關己事，花英也漸漸開始有人跟他說結婚的事情了。

「花英先生，你之前不是被跟蹤狂騷擾過嗎？」

聽見李珠熙的話，花英露出苦笑，他都忘了。花英的脾氣火爆，對於所有先揍了再說的事情都不會放在心上。而且不管那件事怎麼樣，他都很感激那件事，因為那件事，他才能遇到金奎元。

「跟奎元哥相遇」的光環蓋過了一切，重新回想起幾乎從腦海中抹去細節的那件事，花英也不自覺地勾起了笑。

朴奎元在酒店挑逗花英，雖然起初讓他覺得很不悅，可是現在想想，他自己也曾那樣挑逗過奎元。花英再次感謝來到他身邊的奎元，重新拿起筷子。同樣都是「奎元」，怎麼差那麼多？

「花英？你在想什麼？」

李珠熙問道，花英露出心情愉悅的笑容。

「我想到我的戀人了，我是那個時候遇見他的。」

「喔喔！會在床上嚎啕大哭的那位戀人？」

「哎呦，那是我開玩笑的，您還記得啊。」

聽見花英這麼說，李珠熙咂嘴一聲道：「任誰都忘不了吧。」

老實說，花英那麼講的時候，大家都喊著「呀啊～～變態！」帶過了，可是在那之後，女職員們交流感想的時候，都說她們其實嚇到了。一半的女職員對花英刮目相看，說花英只是看起來纖細溫柔，意外地也有剛強的一面，另一半的女職員則認為尹花英果然是個男人，低俗得很。

她們對待花英的態度有微妙的區別，可是不管別人怎麼對待自己，花英都像往常一樣，因此最後其他人又變回了原本的態度。

「可是你說的不只是玩笑話吧？」

聽見李珠熙的話，花英輕輕一笑，「什麼啊。」

花英沒有多說什麼，但珠熙知道這是肯定的意思。

有時候，李珠熙會覺得這位跟她關係要好的溫柔下屬很可怕。他很溫柔卻冷冰冰的，跟任何人都處得不錯，卻不和任何人深交。大家都說花英為人親切又體貼，可是李珠熙有時候會從花英身上感覺到一絲異樣。她不曉得那是從何而來，但她很確定一件事，那就是花英不會對其他人敞開心房。跟每個人都處得來，不論聊什麼都不會冷場的人絕不是真實的。

「說到朴部長。」

聽見李珠熙的話，花英的笑容淡了一些。不過跟剛才不一樣，笑容沒有完全消失。

「是，我們剛才聊到他。」

「你們不認識吧？」

花英回想起朴奎元的話。他明目張膽地進攻。第一天還算紳士，第二天開始就表現得非常露骨。不論是在部長辦公室、洗手間、電梯裡還是在停車場，他都若無其事地說著浣腸、跳蛋、陰莖這些詞。花英每次都只笑了笑，不肯定也不否認，因為他很清楚不管是肯定還是否認，只要開頭，他就真的得回應那些話。

「對，我不認識他。」

不過對方似乎知道他。

這種事情很常見，對方認識花英，花英卻不認識對方——這種事情十分常見，不是什麼特別的事。而且當花英得知這件事時，也就是當他知道「不認識的人認識自己」時，大多都會發生煩人的事情。所以這種事很常見，花英其實不會對此感到害怕或覺得有壓力，他的心思沒有那麼細膩。

其實，他也遇到跟蹤狂很多次，花英向來會選擇無視或是揍人。當然，也有一個棘手的跟蹤狂沒有因此放棄，可是花英的哥哥們出面後，就再也沒聽到任何雜音了。

「可是朴部長是怎麼回事？他到底想從你身上得到什麼？」

浣腸、跳蛋、陰莖還有……性愛，除此之外還有好幾十樣吧。

花英在心裡一次說完，表面上裝蒜地說：「就是說啊，是什麼呢？」花英撐著頭，靠在桌子上。

李珠熙再次催促他道：「你沒有想到什麼嗎？你好好想想，花英。」

花英搖搖頭，「沒有。」

「可是他為什麼要這樣？大家私下都在說他是第二個崔理事。」

「可能他本來的興趣就是挑一個男職員來折磨吧。」然後花英調皮地笑道：「他跟崔理事感覺很合呢，既然如此，他們互相找彼此麻煩就好啦。」

真希望他們不要折磨無辜的人。花英開玩笑地說完，李珠熙笑了。花英又說了幾個玩笑，李珠熙就笑得更開心，午休時間就在說說笑笑間結束了。

走回辦公室的路上，站在地鐵站手扶梯上的李珠熙道：「如果你非常困擾，一定要跟我說喔。知道嗎，花英？」

聞言，花英沒說話，只笑著看著李珠熙比普通女性還肉一點，可是如果花英一使力，肯定會像樹枝一樣被折斷的手臂，然後點點頭。他很清楚她無法採取任何對應方法，因為對方不論從各方面來看都比她強大。不過，花英知道她對他釋出了最大的善意，所以只能對她微笑。

‡

花英最近非常累，分明有什麼事情，可是他不說，奎元只能自己乾著急。雖然花英幾乎沒有表現出來，不過奎元比以往更用心地照料花英的三餐，以及生活上的瑣事。但是花英別說是恢復疲勞了，反倒日益加重。

「人際關係真難啊。」

遊戲結束後，花英替奎元上藥時低喃：「我只要有您就夠了，怎麼煩人的事情這麼多？」

花英直到最後都沒有說他講的到底是工作辛苦，還是有其他事情。是不是該找個機會問一下？奎元估量著開口的時機。

『喂，隊長。』

一個熟悉又陌生的聲音讓奎元抬起頭。查克．強森走進辦公室，看到他沒有人帶路就自己走進來，看來他是悄悄進來的。奎元對他說『快來坐』，歡迎他的同時，內心有些不安。辭掉傭兵的工作後還跟傭兵時期的同事見面，絕對不是什麼好預兆。麻煩發生的機率變高了，奎元勸他在沙發坐下的同時也沒有放下戒心。

『咖啡？』

『不用了，我今天只想來簡單跟你談一下事情。』

有事要談就更不好了啊。奎元雙手抱胸，倚著桌邊，那是有話快說，有屁快放的姿勢。看見奎元這副模樣，查克一臉為難地揚起脣：『隊長，你會不會太冷漠了？』

『不是你說只是要簡單談一下事情的嗎？』

奎元冷冷地反問，查克就搔了搔頭，他在沙發坐下，看著奎元。

冷酷的臉龐、具有威脅性的肉體、與外貌相匹配的實力，他是多年來不允許失敗的傭兵們的希望。他曾想過奎元會不會休息幾年，身手退步了，所以試探了一下，但他依舊令人心生畏懼。雖然不曉得他為什麼回來家鄉當領月薪的夜店社長，但他顯然就是查克認識的那個「金奎元」。

『我不容忍失敗。』

查克的腦袋裡響起某個男人陰沉的聲音。

『我們要的是專家，對方是韓國最大的黑道組織，如果稍有偏差，我們就死定了。』

但假如事情順利，查克就可以拿到一筆鉅款。查克的委託人想要的是專家，一個完美、不容許失誤，而且可以在韓國或日本進行空運的人，這些條件簡直就是在指金奎元。

如果他不曉得金奎元在韓國就算了，沒想到當他在尋找這樣的人時會偶然遇見金奎元，這不就像是神諭嗎？

『你別那麼冷淡嘛。』查克露出淺笑，『這對隊長來說也不是壞事。』

奎元沒有回話。

『只是要幫點忙而已。有某樣東西會在釜山港落地，但聽說會引發一些衝突，我們只要把物品送到安全的場所就可以了。酬勞很豐厚，任務很簡單，怎麼樣？不錯吧？』

『如果那東西不是毒品也不是武器，會引發衝突的對象不是警察也不是黑手黨的話。』

奎元冷淡的回應讓查克咂嘴一聲。奎元說對了，任務是毒品走私，會引發衝突的對象是韓國的知名黑道組織。韓國可以說是他們的地盤，他們不可能允許日本黑道在韓國到處販毒、撈錢。

查克一咂嘴，奎元就立刻說：『我拒絕。』

查克笑嘻嘻地道：『隊長，幹嘛這樣？這又沒什麼。』

查克反問他，他們什麼更過分的事情沒做過？奎元隨即對查克搖搖頭。

『我就是討厭那些事才離開的。』

『啊啊，我懂，我知道，不過你幫一下以前的同事又怎麼了？』查克笑著說。

首先，金奎元是值得信任的人，他會誠懇地幫忙別人，也很能幹……而且他對金錢沒有欲望。查克尤其看中最後一點。因為他是想僱用奎元和他共事，絕對沒有想跟奎元平起平坐、五五拆分鉅款的念頭。

奎元直截了斷地拒絕：『抱歉。』

『為什麼？你就這麼滿意現在的生活嗎？』查克問。

奎元沒有回答。他問他是不是滿意現在的生活？滿意兩個字能概括這一切嗎？這朦朧得宛如夢境的幸福生活，只用「滿意」這個詞就能形容嗎？他為了花英而活，經營著花英家人託付給他的夜店，為了花英的人生犧牲奉獻，受到花英支配。這種生活是奎元求之不得，卻絕對不能期盼的一場夢。

『真傷腦筋啊。』查克喃喃低語。

他正找不到值得信賴的人，十分煩惱，奎元是他目前唯一的人選。雖然韓國是一個臥虎藏龍的分裂國家，但大部分的人離開後都選擇過平靜的生活，幾乎無法找到作為自由工作者的傑出人才。自由工作者多半都是一些不知底細的混混，但如果事情可以交給那種混混去做，對方就不會刻意委託查克了。

乍看之下像韓國人的查克．強森，其實完全沒有韓國人的血統。他是德國日僑，出生在德國，十五歲後成為軍人，二十歲出頭就開始過著傭兵生活，有將近三十年的時間在歐洲漂泊，如今他想在亞洲度過餘生，所以在去年抵達成田。

初次到日本時，他覺得一切都很神奇，也很驚訝，其中最神奇的就是東京這座大城市，這座毫不關心他人的大城市。在這個十分安靜謹慎的都市裡，查克感到很孤單，他努力在這裡尋找自己的居處，為此奮力掙扎。

可是奎元看起來完全不是這樣，奎元有室友，在職場中職位也很高。他看起來像完全不記得自己作為異邦人生活的那段歲月，完美鞏固了自己的地位。

他可以幫幫他啊。查克露出苦笑。

『除了隊長之外，我找不到合適的人選啊。』

『你自己做，不然就把一個不合適的人打造成合適的人選，跟你一起工作。總之我不行。』

奎元冷漠地拒絕。跟他的外表不一樣，奎元很重情義。他會這麼斬釘截鐵地拒絕，就代表這件事情沒有商量的餘地。

查克聳聳肩：『要我放棄的話，時間有點緊迫啊，隊長。』

『你想說什麼？』

『我在想，隊長你能不能眼睛一閉，就幫我這一次嗎？這沒什麼啊，隊長。』

奎元嘆了一口氣，倚在桌邊的身體同時站起，『對話完全沒有進展。』

奎元搖搖頭。只要被扯進這種事情中一次，他就得再回去過那樣的生活，他不想。最重要的是，他不想對他的主人說謊。而且，如果他把這件事情向花英坦白，花英一定會命令他拒絕。反正都有結論了，而且不管怎麼看，奎元跟查克都沒有親近到能讓他做這些違法的事。

不，金奎元搖搖頭。即使他們很要好，奎元也不會幫查克。為了他美麗殘酷的主人，不論是義氣還是友情，無論是什麼，他都做好背叛的準備了。

起初沒有現在這份關係的奎元很孤獨，他無法逃離折磨他的性向，也無法沉淪，只能在身邊築起高牆，必須時時保持戒備。在花英發現他之前，他都無法自由活著。自從花英束縛他以後，他獲得了自由，能為他做到這件事的只有花英。

『總之，我不行。』

聽見奎元的話，查克從沙發上站起來，『就像你說的，對話毫無進展呢。』

查克跟奎元瞪著彼此，先別開視線的是查克，奎元甚至不過問他要做什麼，只像冷峻的法官，用冰冷的目光俯視著查克。

『我今天先告辭了。』查克拿起丟在沙發上的夾克後說：『但希望下次隊長能改變主意。』

查克雖然說對話沒有進展，卻警告奎元下次必須改變主意，顯然是在威脅他。

查克拿起夾克就離開。剎那間，奎元長年以來的傭兵直覺告訴他，如果現在不刺穿這個人的後頸，就會發生麻煩的事。可是奎元無法那麼做，不只是他不想再殺人了，如果他在這時殺人，就意味著要與花英離別。

要是更早一點相遇就好了。

奎元的腦海中浮現無謂的希望，要是可以再早點跟花英相遇就好了。在他當傭兵之前就跟花英相遇，跟他相愛，成為他的奴隸，為了他而活……這樣的話，他就不會有這些無謂的不安。

從他第一天跟花英交往開始，他就想過將來會有這一天。這樣會為花英帶來麻煩，所以他不能待在花英的身邊，但是奎元實在無法甩開花英的手，那對奎元來說是不可能的事。就算知道是他過於貪婪，奎元也無法躲避名叫「尹花英」的夢。

『查克．強森。』

聽到奎元喚他的名字，查克轉過頭看著奎元。

『我們就別給彼此添麻煩了。』

奎元的警告讓查克聳聳肩，『已經變得很麻煩了，再變得麻煩一點應該也沒什麼差別。』

看見奎元的表情逐漸冷下來，查克轉過身。

看著查克離開，奎元閉上眼。他擔心的那一天終於來了嗎？作為傭兵生活的過去絆住他的那一天，還是來了嗎？

奎元搖搖頭。那怎麼可能。

腦中浮現各種光想到就令人厭惡的可怕想像，奎元渾身一顫。或許是他想太多了。

當他沉浸在如此甜蜜的生活裡時，突然掉進地獄？要他離開如此完美的對象，再次獨自生活？不，不可能，查克會找到其他人的。

不論是什麼任務，既然是工作，首先就要盡量減少麻煩，那就跟剛開始創業時，要先盡量降低人事費跟材料費是一樣的意思，查克不會硬抓著不願意參與的奎元不放，只是他現在很著急，一再被奎元拒絕而感到火大，才會威脅他。

沒錯……一定是這樣。

奎元在辦公室裡走來走去，之後拿起大衣。他的主人沒有呼叫他，但他非常想見花英。他會失去花英？會失去這如夢一般的生活？光是想像就讓他渾身發寒。他想被花英踐踏，希望腦袋再也無法思考。他想要嘗到被花英責備，全身被暴露出來，在痛苦與快感之間激烈來回，緊繃的神經被鬆開來的感覺。

奎元的手不停發抖，就像毒品戒斷的症狀。

「社長，您要去哪裡？」

奎元快步走過走廊時，經理李健宇上前小心翼翼地詢問。

「我要外出一趟，有急事打電話……不，我可能沒辦法接電話，您傳訊息給我吧。我看到後會馬上連絡您。」

奎元這麼說完後離開夜店，李健宇一臉呆愣地看著他。

勤奮無比的社長竟然這麼匆忙地離開，李建宇忽然想起那位擁有鮮紅雙唇的美男子。那個名叫尹花英，宛如紅花的男人。他是去找他嗎？

「不關我的事。」李健宇搖搖頭。

電話一響，正看著螢幕，忙著比對資料的花英瞥了一眼話機。

液晶螢幕上顯示的數字是部長的內線號碼。那一刻，花英真的很想拿起話筒，臭罵對方一頓。一天最少兩次，最多四五次，部長的這種異常行為讓他變得很敏感。

另一方面，雖然他脾氣火爆，但被眾人認為為人寬厚的花英都受不了了，那些真的受到跟蹤狂騷擾的人肯定很痛苦。花英雖然遇過很多跟蹤狂，但那時候他之所以沒什麼壓力，是因為他占了上風。不論是臂力還是其他條件，花英總是可以壓制對方。可是，當他無法完全壓制的對象這麼做，花英就非常痛苦。

花英這麼說完，李珠熙就糾正花英說：「這種行為與其說是跟蹤狂，根本是職權騷擾。」

遭到騷擾的花英心情當然很糟，最近二組有東西要交給花英批准時，大家都十分小心。雖然花英依舊很溫柔，但大家都看在眼裡，所以都知道花英氣得要死。連五組組長姜炳浩都說：「就算花英打了朴部長，我還是會站在花英這邊。」

電話響個不停，花英卻只是瞪著話機，見狀，劉泫雅代理小心翼翼地問：

「組長，我幫您接吧？」

「不用。」花英拒絕她後，拿起話筒，「您好，我是二組的尹花英。」

『尹組長？我是朴部長。』

一如往常，沉厚的聲音傳進耳裡，花英覺得自己的耳朵快爛掉了，公事公辦地回答：「是。」

『現在來我辦公室，我有要事要跟你討論。』

「好，我知道了。」

花英說完，毫不迷戀地從座位上起身。

不管怎麼說，對方都是上司。部長再往上一階是理事，升上理事就有資格成為公司夥伴。而且，朴奎元幾乎確定明年會升任理事，他的職位太高了，花英很難對抗他。

當然，只要花英有意思，管他是理事還是社長，他都能把對方揍得血肉模糊，可是如此衝動的前提是他不幹了。花英目前還沒有辭職的念頭，所以他不得不保持著冷淡的態度。

花英朝部長室走去。經過五組時，姜炳浩皺起眉。花英對他露出無力的笑容，然後對部長室前的祕書使了個眼色。祕書也一臉同情地拿起電話，報告：「二組的尹花英組長來了。」

電話另一頭讓花英立刻進去後，祕書對花英露出憐憫的微笑。突然受到公司所有人同情的花英覺得十分不悅，把門打開。部長室裡沒有任何人，桌子後方的窗戶拉下百葉窗，祕書室那一側的窗戶也一樣，辦公室裡面一片昏暗。

為什麼不開燈？正當花英想要開燈，關上門，伸手觸碰後方的電燈開關時，發現朴奎元站在那裡。

那是開門後看不到的死角，他只穿著襪子跟皮鞋，站在那邊。

「您要我幫您洗衣服嗎？」花英問。

他沒有冷嘲熱諷，就是公事公辦的聲音，可是朴奎元聽到這個聲音露出著迷的表情。

「部長。」花英又喚了一聲。

當然，花英也曾夢想在辦公室裡做愛，上班族大多都會這麼做，但是花英曾未想過要跟活了一把年紀還緊抓著不願意的下屬不放、進行騷擾的朴部長做愛。

對某些支配者來說，這種情況或許很刺激，可是對長年以來所有玩法都玩過的花英而言，這只不過是不想看見的醜態。

「我……浣腸了。」朴奎元道。

花英露出「又來了？」的表情皺起眉，朴奎元馬上轉過身，彎下腰，撐開臀部喘著氣。

「已經過十五分鐘了。」

花英一如往常緊閉著嘴。朴奎元已經這樣挑逗他好幾次了，花英一律選擇無視。

看見男人的肛門不停開合，一點一點吐出浣腸劑的模樣，花英皺起眉。這是第一次浣腸，看見咖啡色的液體在入口產生氣泡，不時出現，花英心情煩躁地把湧到嘴邊的咒罵聲壓下去。

「如果您沒什麼事，我先告辭了。」

「花、花英大人。」朴奎元只抬起頭看向花英，向來傲慢的眼裡泛著淚，「請您允許我排泄。」

「這與我無關。」

花英冷漠無情地打斷他的話，打算離開。這時，朴奎元趴到他的腳邊。

「我在地牢看到你了。」

我想也是，看到你像香港老奶奶找著白色蠟燭、紅色蠟燭就知道了，不過花英依舊裝作什麼都不知道，只將雙手揹在背後，看著趴在地上的那個男人，像在看待無生命體。

他快吐了。站在花英的立場，這是性騷擾，只因為是SM玩家，就像這樣被有相同性癖的上司死死糾纏。

花英不發一語時，朴奎元哀求道：「我每天都覺得自己快瘋了。」

花英就像站在上司面前，只站得端端正正。

「我每天都想被你打，想到現在都失去了理智。」

花英默不吭聲，朴奎元就爬過來，想要親吻花英的皮鞋。

那一刻，花英第一次做出反應。花英輕輕往後退，不讓朴奎元的唇碰到他的鞋子。

朴奎元一抬頭，花英就咂嘴一聲。他本來打算不論朴奎元做什麼都一律不回應，但是想到那張嘴會碰到他身上的任何一個部位，花英就覺得噁心，他不得不閃開。

「我有交往對象了。」

最後，經歷這種事情超過兩週後，花英終於開口了。

「小的豈敢妄想跟花英大人交往。」朴奎元依舊把頭磕在地上道：「我只要當花英大人在公司的奴隸就滿足了。」

花英不回應，朴奎元就心急如焚地說：「我只要當花英大人在公司的奴隸就可以了，只要花英大人想要，我隨時都能為您撐開後穴。我會把自己打理得乾乾淨淨，讓您能隨時使用。您想要什麼，我都會做好準備，要我喝尿、吃屎也會照做。還請您將我這個卑賤的奴隸當成馬桶。啊啊，花英大人，花英大人——」

「朴奎元部長。」花英用冷漠的聲音喊道。

從那道嗓音裡聽出拒絕之意的朴奎元抬起頭，花英則面無表情地俯視著他。那張表情就像是那天在地牢裡，和壯碩男人玩樂的冷酷男人露出了本性，不過，那張表情中明顯帶著拒絕。

「如果您沒什麼事，我先離開了。」

朴奎元呆愣地抬頭看著他，花英開口：「基本上，我都是由我選奴隸，不接受奴隸選我，不管什麼時候都一樣。」

「你不怕影響到你的人事考核嗎？」

卑鄙的畜生。花英嗤笑一聲，沒有把沸騰的怒火表現在臉上。

「希望我不是在這麼沒有自尊心的人底下工作。」

語畢，花英打開門。門喀嚓一聲打開的瞬間，朴奎元的身體猛然發顫，同時射精了。看見朴奎元噴濺出精液，並用力夾緊屁股的模樣，花英咬住嘴唇。不曉得是不是因為名字的關係，他好想他的貓咪。他想立刻見到他，咬到他嘴唇流血；他想折磨自己挑選的奴隸；他好想念他哭泣的聲音。

他想清洗眼睛，為了忘掉這個真的厭惡至極的情景，他需要他的貓咪。

踏出部長室，還沒有走幾步路，花英就感覺到手機在震動。他懷著「不會吧？」的心情停下腳步，拿出手機查看。

『**花英先生，您今天幾點下班？**』

是奎元的訊息，花英站在走廊上回覆他。

此時，有人從他身旁擦身而過。花英瞥了一眼，是朴奎元部長。他的臉色灰白，似乎要去廁所排泄。再次見到那張臉，花英更想看見只屬於自己的奎元。

——媽的，為什麼偏偏名字一樣？

『應該會準時下班。』

『您六點下班嗎？』

『對。』

『那我把車子停在公司前面。』

車子？

花英確認了一下手機的時間，五點五十三分。

『您現在在哪裡？』

花英傳完這則訊息，趕緊回到座位上。在他將確認到一半的工作收尾時，收到了訊息。

『在您公司的大門前。』

真是難得。

花英摘下眼鏡，咧嘴一笑。眼睛好累，不曉得是因為整天盯著螢幕還是因為朴部長的醜態，但只要見到奎元，應該就好了。

『一聲不吭就跑過來？看來得懲罰您了。』

花英送出訊息，儲存表格。關掉會計軟體，最後打開信箱確認緊急郵件，當他把明天的行程寫到筆記本上時，又收到了奎元的訊息。

『**好的，請您懲罰我，花英先生。**』

花英燦爛地笑了。他覺得讓他胸口鬱悶的疙瘩被融化，掉到了他的腳邊。能夠讓他感受到這種心情的人，這世界上就只有一個人，哪需要什麼公司奴隸。想起朴部長說過的那個詞，花英就微微揚起唇角。花英只要有奎元一個奴隸就夠了，不過一想到如果金奎元是公司奴隸，花英的指尖就發燙發麻。

他想到的不是骯髒的性騷擾，而是金奎元。工作時，奎元在桌子下吸吮著性器；如果他無法確實完成工作，就把那壯碩的臀部放在桌子上，用三十公分的尺打他……該有多刺激啊！

花英收拾東西的時候猶豫了片刻，最後把三十公分的尺也放進包包。看到花英趕著下班，其他員工都瞪大了眼。

「組長，您要下班了嗎？」

聽到劉浤雅代理問道，花英笑得很開心，「對，今天我家裡有點事，有人來接我了。」

「啊啊，家裡。」

劉浤雅喃喃低語後，她旁邊的金水晶就說：「不過您看起來好像是要去約會。」

花英笑得一臉燦爛地回答：「我也會跟戀人見面。」然後立刻離開辦公室。

雖然花英不曉得，但大家都把這句話當作花英快要結婚了。不管辦公室裡熱烈地討論著「花英是不是要跟戀人結婚了？」，花英踏著快要飛起來的輕快步伐，搭上電梯。

「喲，尹花英！你已經要下班了？」

「今天家裡有點事，辛苦了！」

花英笑著揮揮手離開，讓姜炳浩歪了歪頭。

跟姜炳浩走在一起的車真洙低語道：「看起來有什麼好事發生了？」

原本跟花英一樣在二組，後來成為三組組長的車真洙說完，姜炳浩問：「難道，他終於揍了朴部長一拳？」

車真洙猛然倒抽了一口氣。

朴部長只圍著花英轉，想盡辦法，想跟花英兩人單獨待在密室裡的事已經不是祕密了。就連朴奎元的祕書都到處跟別人說：「很奇怪啊，只要尹組長進去，他就會把百葉窗放下來！」

「花英要被開除了嗎？」

可憐的傢伙，只是長得漂亮了一點，明明是個很有男子氣概的傢伙，怎麼會遇到這種該死的變態。車真洙咂嘴一聲。

就這樣給眾人留下許多誤會，花英急忙走出一樓大廳，坐上停在大樓前等著的賓士。

花英作為禮物收下，之後送給奎元開的賓士如今就像奎元的車子。花英每次看到這臺車就會露出笑容。不是覺得可笑，而是開心到不由自主地露出微笑。花英一上車，奎元就恭敬地替他繫好安全帶，然後看著花英微笑。

「花英先生。」

花英用開朗的微笑回答他，並伸手握住奎元的性器。

他用朝氣蓬勃的聲音說：「我有點著急，我們隨便找個地方吧？啊，不行，哥不喜歡隨便找個地方。離這裡最近的飯店在哪裡？」

最後，奎元久違地打開導航。

‡

在花英面前脫衣服很難為情。跟自己粗獷的身材不同，花英的身材太過精實修長，但是更讓奎元覺得難為情的，是花英的目光。像在看男妓的冷漠眼神，讓奎元難為情得渾身發燙。

奎元在花英面前脫衣服的時候，花英吹著口哨，欣賞奎元的脫衣秀。雖然奎元發出清脆的聲音脫掉了外套，但是他拉下領帶的時候輕咬住嘴唇，脫掉最後一件丁字褲時，手也在發抖。明明已經在花英的面前脫下衣服幾百次了，奎元依然覺得很難為情。

也是，畢竟大部分都是因為那個。

花英看著奎元的性器，揚起一邊唇角。只是脫衣服，奎元的性器就半勃起了。雖然還沒爆出血管，但也是個凶器。如果奎元是支配者，臣服者光要容納那個凶器都會難受得要死。遊戲的其中一環就是脫衣服。花英這麼心想時，奎元感受著花英看向自己性器的目光，緊緊閉上眼。

那一刻，他被打了一掌。

「對不起。」

奎元請求花英原諒。不論主人做什麼，奴隸都得完全承受，沒有逃跑的權利。不過奎元還是閉上了眼。

「雖然很漂亮，可是不聽明是個大問題。」

花英露出苦笑。他不知何時拿出尺，試著在自己的手掌上揮了揮。那是一般的尺，一把三十公分的透明塑膠尺。

看到那把下半段有方眼的尺在半空中揮舞，奎元吞下一口口水。他曾被手拍跟鞭子等專用道具打過，但尺是第一次，不曉得會是什麼感覺。似乎會像手拍一樣火辣辣，又像鞭子一樣酥麻，他不太清楚。

花英穿著拖鞋在房間裡繞了一圈，而奎元依舊站在玄關處。奎元的衣服整齊地摺好，放在玄關，兩人的差異讓奎元看起來很悲慘，令他興奮不已。花英穿著衣服又穿著拖鞋，奎元卻不被允許做任何事情。

花英走近過來說：「跪下。」

奎元立刻在玄關處跪下。

花英用尺抬起奎元的下巴，「屁股清了嗎？」

「是的，花英先生。」

聽見奎元的回答，花英用尺輕輕拍打奎元的下巴問：「怎麼清的？」

聞言，奎元說不出話來。怎麼清的？是用什麼清的？

那一刻，花英的尺用力拍上奎元的臉頰，劇烈的疼痛讓奎元一下子回過神。

「啊……！我、我注入了浣腸劑。」奎元趕緊開口。

「你怎麼注入浣腸劑的？」

「我彎下腰……」

伴隨著銳利的聲響，火辣刺痛的熱意從臉頰擴散開來。

「如果只是耍耍嘴皮子，你知道我會怎麼做吧？」

這是要他重現那個場景。奎元全身變得紅彤彤的，居然要他重現那個場景，羞恥至極。

奎元撐起身體轉過身，用手撐著地板彎下腰，手穿過兩腿之間，假裝注入浣腸劑。

「你的洞那麼緊，你這樣就能注入了嗎？」

聽見花英的嘲諷，奎元要用手指按摩穴口皺摺時，尺落在背上，奎元的雙腿一顫，發出喀噠一聲。

「你浣腸的時候還撫摸性器？」

「我沒有摸性……！」

尺再度用力揮下，奎元的身體拚命扭動。

「不然那個洞叫什麼？」

聞言，奎元搖搖頭，「是我錯了，那是性器沒錯。」

「你是我的什麼？」

「我是花英的騷貨。」

「把你的性器撐開。」

聽見花英的話，奎元把手伸到後面，撐開臀部，將手指插進後穴。可是後穴還很乾，所以他不得不先愛撫一番。因為如果不那麼做，他粗大的手指就無法插入。

花英不停用尺打上奎元的背。

「還沒溼嗎！」

花英一生氣，奎元就不停道歉，想盡辦法讓後面溼潤起來。可是他似乎很緊張，一直無法成功。

這時，粗大的手指突然一口氣插進乾燥的入口，使奎元渾身一僵。

「哈啊！」

花英聽著奎元的慘叫聲，把奎元的手指插得更深。奎元的後穴不斷開合，吞入奎元的手指。

替花英做飯、幫花英調整圍巾、溫柔梳起花英頭髮的手指，插進了奎元自己的甬道裡。花英笑得瞇起眼。

「只用你自己的手指就溼了啊。」

花英像在講解般說完，奎元就「唔！」地發出呻吟。

就如花英所說，奎元的後穴納入他自己的手指就已經溼了。花英滿意地輕輕親吻奎元的臀部，而奎元的臀部像遭到鞭打一樣發顫。然後花英的牙齒抵上，用力一口咬下去，奎元痛得像被咬掉了一塊肉，「唔————！」地咬緊牙關，忍住慘叫。

不曉得花英咬得有多深，鬆開牙齒時，聽到皮肉黏在牙齒表面上被拉起又彈回去的聲響。

「你有聽過貓咪發情時的叫聲嗎？」

花英這麼問道，然後將牙齒抵上奎元的另一片臀瓣。

當奎元做好心理準備時，花英用帶著笑意的沉著嗓音道：「你聽。」

花英比剛才還大力地咬下。

奎元忍著慘叫聲，指甲都扎進膝蓋裡了，可是當花英咬得更深時，奎元無法戰勝本能性的恐懼，再次慘叫出聲。

「哈啊啊啊啊啊！呼唔唔！呼唔唔唔唔唔！」

漫長的慘叫聲打上耳膜。那道慘叫聲與其說是人類的慘叫，的確更像野獸的哭嚎聲。

不曉得是因為痛，還是希望花英多折磨自己一點，那意味不明的呻吟聲聽起來像在撒嬌，使奎元滿臉通紅。

尺再次落在火辣辣的臀部上。

「哈唔！一下，謝謝……呼！」

奎元還沒講完謝謝，花英就揮出了第二下。

「屁股不要用力！」

聽見花英的要求，奎元想盡辦法努力放鬆，但是凶狠的尺落在臀部上，他幾乎無法放鬆。

等他總算放鬆下來時，這次花英又斥責他「後穴不停收縮，真下流」。在不知所措，不停挨罵、挨打的期間，奎元的性器開始流下了前列腺液。

屁股好燙，被尺揮打又麻又燙，可是這股疼痛不像鞭子一樣深深割到肉裡，鞭打的面積也不比手拍大。奎元不知不覺間扭起臀部，希望被打得更痛一點，希望花英盡情摧殘他的臀部。

雖然滾燙，可是那股熱意無法讓他的身體焦急發燙，總是只在皮膚表面燃燒。

「你喜歡挨打？」花英問，「你是想讓我多打幾下嗎？你扭著結實的屁股，期待著什麼？」

花英的話讓奎元哭了。

「請、請您繼續打我。」

「你覺得再多挨幾下就沒事了嗎？嗯？」花英用尺的邊角戳著奎元紅腫的臀部問。

每戳一下，奎元的臀部就會搖晃。鍛鍊得滿是肌肉的臀部很結實，紅腫的巨大臀部十分性感。

花英粗魯地扯下領帶，扔到奎元面前。

看到從身後扔來的領帶，奎元的身體一顫。

「你從剛才就哭哭啼啼的，讓我很煩躁。」

奎元拿起領帶，聽到花英命令他轉過身就順從地照做。
奎元的臉上早已滿是淚水，可是花英非常清楚，那些淚水不單單只是因為痛。
「坐在地上。」
奎元在地板坐下來。紅腫的臀部碰到地板的那一刻，奎元從口中流洩出粗重的呻吟，但奎元仍毫不猶豫地把自己的體重壓到屁股上。
「靠著門。」
聽見花英的話，奎元靠到門上。
「張開腿。」
奎元張開雙腿。
花英臉上充滿了殘酷的光芒，他也興奮起來了，而看見極其興奮的花英，總是讓奎元很高興。
花英打量著奎元的全身上下，真的像在看待奴隸的目光讓奎元的身體發顫。
他會被主人胡亂指責，最後受到踐踏。隨著這與絕望相似的甜美期待，奎元不管是挨打的屁股還是後面專屬於花英的性器都在陣陣發麻。好想快點納入花英的性器，想撐開被斥責下流的臀部，含著花英的性器服侍他，他想為花英擺動腰肢，直到花英滿足為止。
奎元一張開雙腿，花英就拿起奎元的拖鞋，打上奎元的頭。奎元的頭被迫轉向一旁。

「再張開一點，我是這樣教你的嗎？」

奎元把半邊屁股抬起來——這樣一來，他就必須只用挨打紅腫的屁股的極小部分，完全承受所有體重。傷口壓上地板的那一刻，尖銳的痛楚折磨著奎元——他大大張開自己的雙腿，按照花英的吩咐，把性器、睪丸和專屬花英的性器都展現出來。

「綁上。」

聞言，奎元的眼裡落下淚水。那滴淚不曉得是擔心，還是期待著即將到來的痛苦。

奎元伸手碰上已經相當敏感的性器前端，光是溫暖的手碰到性器就讓他頭暈目眩。忍住隨時都會噴發出來的危險感受，奎元用領帶緊緊綁住自己的性器。

「基本姿勢。」

花英說完，奎元就跪在地上，恭敬地將領帶末端交到花英手裡。

花英抓住領帶末端，又打了奎元一巴掌。

「擦乾淨。」

花英這麼說完，伸出沾到奎元汁液的手。

奎元伸出舌頭熱情地舔著花英的手。看著奎元仔細舔舐的神情，花英把領帶末端伸出去，而奎元也舔過領帶。

「你那令人不悅的前列腺液都滲透進去了啊，吸乾淨。」

聽見花英的話，奎元開始吸吮領帶。啾、啾——聽到幾次這種聲響後，花英才原諒他。

花英若無其事地抓著沾滿奎元唾液的領帶說「走吧，咪咪」，露出溫柔的笑容。

「讓你做做貓咪們喜歡的日光浴。」

奎元被花英拉著走。由於綁著的地方是勃起的部位，奎元行動十分不方便。不過，花英走得比奎元可以走動的速度稍快一點，奎元因為性器被拉扯的痛苦發出呻吟，卻不得不跟著花英走。每當奎元落後太多，讓花英停下腳步，尺就會胡亂揮上他的後背。

不，那感覺像是胡亂揮打，卻避開了骨頭顯眼的位置。

花英拉著奎元來到窗邊後，奎元爬上寬大的窗邊，打開窗戶。花英叫他開窗，所以他照做後，寒風一下子吹了進來。那陣風很舒服，讓奎元發現自己的身體炙熱，接著他依照花英的指示，緊緊抓住敞開的窗戶邊緣。

花英的手伸向奎元的乳頭。當奎元以為花英的手會碰上乳釘時，一個冰冷的東西碰到了胸口。乳釘已經因為奎元的體溫變成溫的了，那這個像鐵的冰冷物體是什麼？奎元如此疑惑的那一刻，左邊乳頭竄過一陣劇痛。

「哈啊啊嗯！」

奎元在打開的窗戶前發出慘叫。如果沒有綁著領帶，他大概已經射在窗戶玻璃上了。

「要不要讓左邊乳頭再長大一點呢？」花英用愉悅的嗓音輕聲說，「我要讓它拉長到十分醜陋，只是掐著這裡就會讓你射精。你太色了，所以想必在街上也會高潮。如果你像個五歲小孩一樣濡溼了褲子，應該很可愛吧？」

奎元低頭確認掛在自己乳頭上的東西，一個小鑰匙圈掛在他的乳暈上。

那大概是用來促進鎖量的鑰匙圈，平時覺得比羽毛還輕盈的重量，對小巧的乳頭來說宛如千斤重，乳頭快要被扯掉了，讓奎元發瘋似的搖搖頭。

然而，花英不曉得是不是喜歡看奎元痛苦的模樣，他笑著撫摸乳頭。花英每摸一次，奎元的身體就顫一下，而每次他身體發顫，鑰匙圈就會晃動，讓乳頭更難受。

「做個排泄訓練應該也會很有趣。雖然你是貓，但偶爾當小狗也不錯。」

最近花英都不曾這麼嚴厲地羞辱他，因此奎元的雙頰更燙了。他接受花英調教的時間越久，就越常聽到令人羞恥的話。不過，他很久沒有聽到這些話了，因此眼淚撲簌簌地直落下。

「但你是貓，就讓你在貓沙上排泄吧？」

「請您原諒我，請您原諒我，花英先生。」

「嗯？你又還沒做錯事。不過說得也是，你馬上就會犯錯了。」

可是你知道嗎？如果一直射精到沒有精液後，有時候還會尿失禁喔。

花英說完的那一刻，一滴淚水畫出長長的尾巴，從奎元的眼角滑落。他的乳頭好痛，痛得就像要掉下來了，可是他的腦袋裡像著火一般興奮。

「還是要幫你塞上塞子？」花英問，「後面跟前面都塞上塞子，如果你想上廁所，就必須潛入我們公司的廁所。」

「拜、拜託您原諒我，請您原諒我，花英先生，拜託。」

這時，花英的手指伸入奎元的股溝。

「後面都這麼溼了，還叫我原諒你，這樣裝得一點也不像啊，咪咪。」

花英的手指恣意移動。

奎元搖著頭哭了又哭，他的頭、臀部、乳頭還有性器都像著火一樣，炙熱無比，就連身體裡面都燒起來了。

後穴被撐開，逐漸擴張，讓奎元一直哭。他好痛，痛得像要被撕裂了，或許早已裂開了，臀部、乳頭都裂開了也說不定。身體各處升騰的熱度凝結為一，奎元的全身上下因此燃燒發燙。

奎元哭著請求花英原諒。他就快暈倒了，如果鬆開抓住窗緣的手，他會直接掉下去，而可以拯救他的人只有花英。

「花英先生、花英先生……」

喊著喊著，奎元「喵～喵～」地撒嬌。這時，花英輕聲笑了。

「不，你直接叫我吧，哭來聽聽。」

「花英先生，拜託您，請原諒……」

「不行，今天不能就這樣饒過你。來，繼續哭，只為了我，就那樣哭吧。」

花英不肯原諒他，奎元就哭著搖了搖頭。他的臀部就像在進行體內解剖一樣撐開來，後穴感覺都快被翻過來了。奎元不知不覺間開始擺動腰肢，因為他覺得要消除這股熱意，只能讓身體燃燒得猛烈。他發瘋擺動腰肢，每次扭動，火球就更深入體內。

這時，奎元發出「啊啊啊啊啊！」的慘叫，身體危險地向後仰。

「很好，可以了。」

花英笑著舔舐奎元的耳朵，這是獎勵。

「沒有潤滑液還能做到這樣，真棒。」

奎元無法理解花英的這番話是什麼意思。不過，花英炫耀似的在奎元體內張開手時，奎元像被電到一樣，渾身猛地一顫。

「怎、怎麼……」

「真淫蕩的屁股，吃下一個拳頭還不夠嗎？為什麼在不停抽動，嗯？」

拳交。奎元回頭看向花英，而花英殘忍地笑著。

奎元這才瞪大雙眼，意識到花英獎勵似的不斷在他耳邊落下親吻時，已經將後穴擴張到沒有一絲皺摺。那感覺很奇怪，他覺得自己不再是人，彷彿成了怪物或道具的感覺讓奎元眨了好幾次眼。

「呼啊！」

不像呻吟也不像撒嬌的聲音從奎元嘴裡流洩出來。

呼啊！呼啊！那個不是哭泣也不是慘叫的聲音不斷從奎元嘴裡流出，從奎元嘴裡不停滴落的唾液形成水窪。

花英親吻奎元的後頸，「感受到了嗎？」

呼唔！奎元用奇妙的哭聲代替回答。不，聽起來又像在笑。

「你的身體完全被撐開了。」

花英握緊拳頭又張開，接著放鬆下來。奎元的穴口夾著花英的手，像要切斷他的手腕並吞下肚。奎元抬起頭呻吟，發出不像人類的其他聲音。

「喜歡拳頭嗎？」花英深情地摩娑著嘴唇問道。

奎元沒有回答，可是他的腰慢慢動了起來。每當花英的手稍微移動，奎元就會輕輕扭腰，回應花英的動作。奎元完全崩潰而發出的奇妙呻吟讓花英笑了，花英像在安撫野獸一樣抱著奎元的頭，緩慢移動自己的手。

所有內臟受到侵犯的感覺讓奎元哭著發出「呼唔！」的聲音。不是平常宛如女性臣服者嬌吟的慘叫，那不是人的慘叫聲，不過奎元顯然很開心。

花英想抽出手時，奎元的腰跟了上來，滿是淚水、充滿男子氣概的臉龐向花英撒嬌。哀求他不要把手抽出去的乞求目光被臉上的淚水遮蓋住，有些模糊。花英舔去奎元的淚水，然後輕輕「噓」了一聲。

「我答應你，」花英低聲道，「下次你聽話，我們再拳交。」

然後花英開始十分小心地把手抽出來。插入手指的時候可以一根根放入，但抽出來的時候不可能這麼做。花英盡量把手指貼合聚攏，然後慢慢抽出。當最厚的手背卡住時，奎元「哈啊啊啊」地叫了出來，緊緊貼在窗櫺上。

搞不好有人正在某個地方看著他的醜態，但對他來說現在這不是問題。花英小心地等著。

人們經常擔心飛機飛行時會墜落，可是大部分的飛行事故都是在起飛或著陸時發生問題。如果起飛順利，飛機降落前發生意外的機率會明顯降低。

就和這同理，拳交最容易出事的時候是把手抽出來時。雖然塞進去時常常覺得入口要裂開了，可是這種情況不會發生，因為手指可以一根根放進去，只要多加留意，肛門就會適應。但是抽出來時只能一次全部往外抽，所以一無所知的新手支配者進行拳交時，最容易在這時候犯錯。放進去時很緊張，抽出來時因為安心就往外抽，但擴張到手腕大小的肛門最後會無法戰勝器官的極限，造成撕裂傷。

花英耐心等待，慢慢擴張奎元的穴口。由於奎元做出排泄的姿勢，坐在地上，花英就慢慢朝地板往下抽出手，最後肛門也擴張至卡住的部位大小。

花英一直對奎元低聲道：「呼吸，吸氣，對，真乖。」

每當花英這麼說，奎元就會發出「呼啊！呼啊！」的聲音，依照花英說的做。最後手腕部分一通過穴口，手一下子就抽出來了。奎元感覺會立刻向後倒，因此花英用身體撐著奎元，手抵上奎元的嘴。當奎元舔著那隻手時，花英用另一隻手抓住奎元的腰。

被花英拖著走時，奎元也為了能多舔舐花英的手而努力。

把奎元扔到床上的花英低聲道：「趴下。」

奎元聞言照做。他擺出四肢趴地的姿勢，把臉頰貼在床單上，把雙腿大大張開。

接納花英一隻手的後穴還無法闔上。花英眼中映出黑色深淵，看著費力喘息的後穴，這才拉下褲子拉鍊。剛才的那番行為早就讓花英的性器變硬了。

花英一口氣頂入奎元的體內，粗魯地拉扯領帶末端。這時，奎元發出「哈啊！」的叫聲，猛然睜開眼。

「花、花英先生……！」

「夾緊。」花英低吼道。

奎元想盡辦法要夾緊後穴，卻無法做到。他連自己何時來到床上都不曉得，用力夾緊後穴，但不論他怎麼用力，就是無法夾緊。

「我叫你夾緊！」

「哈唔！」

奎元尖叫出聲，用力夾緊但還是做不到。

花英氣喘吁吁地低頭看著奎元的臀部。奎元的後穴努力地想夾緊，可是不管他怎麼用力，後穴就是夾不起來。花英虐待著奎元的臀部，嘗到不同以往的鬆弛感。

受到花英調教的這段期間，奎元養成了不管是什麼插入體內，都會夾緊後穴的習慣。但他就是夾不起來，肛門擴張到這麼大，應該會想要排泄，但是他先浣腸過了，肯定排不出任何東西，只會感受到排泄感而已。這對普通人來說是種痛苦或拷問，但是——

「花英啊！」

奎元渾身發顫，說出安全詞，似乎是因為無法順利操控自己的肉體而感到不安。

花英馬上抽出性器，「奎元哥？」

看來情況比預想的還嚴重，花英咂嘴一聲。他將奎元性器上的領帶解開，也拆掉乳頭上的鑰匙圈，讓奎元好好躺下來。他們最近常玩難度比較高的遊戲，所以他還以為可以拳交，但看來奎元對痛苦的忍受度很高，卻不太能忍受身體失控的感覺，再也受不了了。

花英讓奎元躺好後低頭望著這張臉龐，奎元也抬頭看著花英。

「……我、我的身體不聽使喚……」

「啊啊，進行拳交之後本來就會這樣。啊，原來你是突然失去了意識啊。」

花英這麼說完，輕撫過奎元的臉頰。

沒事了，都結束了，也沒有受傷。花英的話讓奎元眨眨眼。

拳交——奎元倒抽一口氣，這是ＳＭ裡難度極高的玩法，就連擁有多年資歷的臣服者都不見得做得到。而花英說，他做到了跟浣腸和打屁股相比極為困難的拳交？他的記憶有點模糊，不過，他瞬間回想起來了。花英白皙纖細的手進入他體內的感覺、他的後穴夾緊花英的手腕、花英的手在體內緩慢移動的感覺。不過時間非常短，相比之下，進入和抽出來時花了更多時間。

「啊……！」

奎元的臉瞬間變紅了。

「嗯？」

花英去拿毛巾過來時，低頭看向奎元後笑了，「嗯？奎元哥？」

「啊，花英先生，花英先生。」

奎元突然興奮地喊著花英。啊啊，花英露出濃烈的微笑。

遊戲過程中經常會引發休克，鎮定下來後會突然感受到性欲，就像是看到自己極限的喜悅跟痛苦完全過去後，殘留的快感席捲而來。奎元也是如此，他有些手足無措，像把花英當作救命繩，一直呼喚他。花英笑了。

奎元在花英面前張開雙腿，抱起大腿，「喵～」拚命呼喊著花英。

花英也在奎元鎮定下來後，找回被延遲了一會兒的快感，無所顧忌地插進奎元露出來的地方。在這期間夾緊的後穴令他感到可惜，雖然花英不太喜歡拳交，可是他喜歡插入拳交後擴張開來的甬道，叫對方夾緊，因為無法收縮的後穴拚命夾緊會激起他的性欲。花英喜歡斥責這點並毒打臀部，可是想到奎元的狀態不好，他就慵懶地頂弄著裡面。

看到奎元哭泣的模樣，花英扯著戴在奎元乳頭上的乳釘，繼續動著腰。在高潮即將來臨的那一刻，花英抽出性器，塞進奎元嘴裡，並固定住奎元的喉嚨，在他無法移動的狀態下侵犯他的咽喉。

當花英的性器脹起、噴濺出精液時，奎元瞪大了眼，蠕動著嘴，像要盡量把嘴巴張大。花英馬上抽出性器，將仍在噴濺的精液灑在奎元臉上。他在遊戲中忍了很久，因此射了很久。

奎元逐漸被白色精液弄髒的臉上滿是陶醉。花英的手往下伸去，撫摸奎元的性器。

奎元瞪大了眼，又因為碰到精液而閉上。

「花、花英先生？」

「今天的獎勵。」

說完，花英的手動了起來，巧妙熟練的手法溫柔地引導奎元達到高潮。在撫慰般的手法下，奎元像野獸一樣擺動腰肢，然後射出精液，就這樣睡著了。

‡

金奎元回過神的時候，外面已經一片漆黑了。映入他眼簾的是花英的背影，正在跟別人講電話的花英真的就像海報中的一角。美麗的男人正拿著手機俯視窗外，風從打開的窗戶吹進來，花英細柔的髮絲在空中飄揚。

「不是什麼大事。」花英沉聲道。

話筒傳出對方講了什麼的聲音，對方聽起來似乎有些激動，花英嘆了一口氣。

「朴部長這麼說的？說不會放過我？……這又不是本人講的話，您這麼激動幹嘛？真的沒事，沒什麼事情，只是部長叫我過去，像平常一樣講了一些廢話。」

花英梳起瀏海，奎元見到他的頭髮凌亂不整齊，便知道花英洗過澡了。雖然花英平常一絲不苟的打扮也很帥，不過他這副模樣更令人心動。凌亂的西裝以及洗完澡後隨便擦乾的頭髮，還有開朗的笑容。

「真是的。」

花英喃喃低語。發現奎元醒來的花英走向奎元，然後對對方說：「星期一見……是，抱歉讓您擔心了。是，是，是，那週一見了。」

花英在來到奎元面前的同時掛斷通話，然後帶著優雅的笑，拆下手機電池後扔到枕頭上，人坐到床沿，將手放到躺在內側的奎元額頭上。

「沒發燒，您感覺怎樣？」

聞言，奎元說：「我沒事。」

花英聽了噗哧一笑，手滑過趴著的奎元臉頰，並問：「那邊呢？」

奎元用稍微泛紅的臉又講了一次：「我沒事。」

花英說：「是嗎？」然後玩弄著奎元的嘴唇。

「你的嘴唇動不動就裂開。」花英用惋惜的嗓音說，「搞不好因此會變大。」

奎元但笑不語。如果是這樣，他的嘴唇早該變大了不是嗎？想是這麼想，但奎元沒有把話講出口。

花英摸著奎元的嘴唇，開始慢慢撥弄他的傷口。奎元把尖銳的痛楚當成後戲，細細品嘗。好痛，確實很痛，不只嘴唇，所有遭到狠毒虐待的地方都好痛。被領帶捆綁的性器、用尺鞭打數十下的後背、屁股，還有掛著鑰匙圈的乳頭——都好痛。不過，那是甜美的痛苦。對奎元來說，這股痛楚讓他不論何時、相隔多遠都可以感受到花英的存在，十分令人感激。

「抱歉，我最近好像有點粗魯。」

「不會，我喜歡。」

奎元這麼說完後，吻上花英的手背。

「我不是失去了控制……是我有點輕忽哥在這方面比較弱。」

「不，我是真的喜歡。」

說完，奎元站了起來。站在花英面前的奎元跪到地上，把頭貼著地板上，用如同敬拜神明的態度親吻花英的腳背。親上花英雙腳腳背的奎元溫柔地舔舐花英的腳踝時，花英一把抓住奎元，把他拉起來。

「您這是在挑逗我。」花英喃喃低語，「如果我在這時候失控，您搞不好真的會受傷，請別這樣。」

聽見花英的話，奎元噗哧一笑。花英一把抓住轉頭看向窗外，正打算轉過身的奎元。

「您在找手機嗎？」

「……是。」

花英是個很會察言觀色的人。奎元平常會忘記這回事，但這個時候就會想起來。

花英的行為舉止向來灑脫隨和，不論煮什麼他都吃得津津有味，不管躺在哪裡都可以馬上入睡。聽他講起以前的事，似乎也去過很多地方旅行，但從花英吐露自己幾乎沒有飲食和睡眠不好的問題來看，他的確也有個強健的脾胃。所以，雖然奎元暫時忘了，但花英非常機靈。

奎元在心裡這麼想，接過花英遞來的手機。

「店裡有打電話過來，來電的是李健宇經理，他說有急事要找哥，可是連絡不上您，讓您有時間的時候盡快回電給他。」

聽見花英的話，奎元低下頭。他美麗的主人還很親切。

當奎元謝謝他主人溫柔的體貼，盡量減小他會遇到的窘境時，花英俏皮地把臉頰湊過去。奎元稍微猶豫了一下，然後親上花英的臉頰。

這時，貼在奎元耳朵旁的手機響起接通電話的提示音。

『社長！』

聽見經理的聲音，奎元轉過身背對花英。如果看著花英，他往往會聽不見對方在講什麼，不自覺地專注於花英。為了避免這個情況發生，他只能從一開始就不看向花英。

「是，是我。沒什麼事情吧？」

『就是……有人發神經，也有人打架……那些都沒什麼，社長，您之前不是有一位朋友來店裡嗎？看起來像韓國人，但是只會說英文的那位。』

查克・強森。奎元的目光冰冷地沉下來。

「是，那位朋友怎麼了？」

『他在我們營業前就帶別人來，等您等了好一陣子。不過，社長。』

經理猶豫了一下。

奎元遠離花英一步。明明只是物理距離拉遠了一步，但不知為何，有種花英離他遠去的感覺。奎元走了幾步之後停下來，這裡依然是酒店房間，花英就近在咫尺，不過，昏暗的現實深淵似乎在他面前擴散。奎元陷入只要踏錯一步，他就會永遠離開花英的錯覺中，讓他實在無法移動腳步。

李健宇接著道：『他帶來的人也不是韓國人。』

「我想也是。」

『好像是日本人。』

李健宇說了句「不過……」，猶豫片刻。

奎元抬起頭看向窗邊。剛才花英站在那裡露出溫和的笑容講電話，他很想見花英，明明只要轉過身就可以看到他了，可是他不能轉身，只能把視線投向窗邊。他剛才掛在那個窗邊，承受著花英帶給他的痛苦；當他含住花英的整隻手時，花英不停稱讚他乖，溫柔地對他。他的身上還殘留著那個觸感，可是窗邊卻彷彿沒發生過這回事，只散發出淒涼的氣息。

『……的人。』

「啊，抱歉，我沒聽清楚。您說什麼？」

『那些日本人，怎麼看都像日本黑道的人。』

李健宇的聲音聽起來非常不安。奎元似乎可以理解他擔憂的心情，暫時閉上嘴沒說話。花英在他的身後，他最好不要說出會讓他擔心的話。

「我之後會跟他們見一面。」

『是，不過您那位朋友有留言給您，因為寫的是英文，所以我沒有看。』

「好，我會看。還有別的事嗎？」

其他沒什麼特別的事，奎元吩咐了幾句就掛掉電話，然後轉頭看向花英。花英正好從廁所裡出來。

「裡面在放水。」

花英這麼說著，用手上的毛巾擦手。

「您不是沖過澡了嗎？」

「哥也得洗澡啊，以防萬一，還是泡個澡比較好。」

雖然可能會有點刺痛。花英嘟囔了一句。

知道花英看向他的臀部，奎元輕點了點頭。

奎元在花英面前跪下，抱著花英的腰，喃喃低語：「我愛您。」

花英笑得很開心，輕輕撫摸著奎元的頭髮，「今天很會撒嬌呢，咪咪先生。」

聽見花英開玩笑，奎元把臉埋進花英的懷裡，輕輕抖著肩膀笑了。

花英不停摸著奎元的頭髮，喃喃低語道：「下次也幫您的左邊乳頭也打個洞吧。」

聽見花英溫柔的嗓音，奎元點點頭。

「我們多訓練一下乳頭吧。喜歡嗎？」

「只要不是讓我在街上小便就好。」

「那個只會讓你在我面前做。」

花英大笑出聲。奎元不肯放手，花英就「嘿咻」一聲把奎元抱起來，輕鬆抱起一個比自己高出將近二十公分的高大男子，朝浴室走去。

看到浴缸裡的水已經超過三分之二了，花英慢慢把奎元放進水裡。每當傷口碰到水，刺痛感就更強烈。但是奎元閉上眼，享受熱水包裹住全身的感覺。

「謝謝您。」

奎元向花英道謝，花英便笑著揮了揮手。雖然花英幾乎不曾表現出來，但奎元知道花英是一個受過正式訓練，擅長打架的人，而且花英非常強大，精壯的身體能輕鬆抱起奎元，並把他放進浴缸裡。

奎元不在家的週末，花英似乎會做運動，奎元常聽他說要回老家做運動。雖然奎元不曉得那個令人心生畏懼的家能教花英做什麼運動，但奎元沒有過問。既然花英沒有主動提起，就代表那不是什麼重要的事情，或者是花英不想讓奎元知道的事。

花英抓住浴缸一角湊近奎元，歪著頭碰上嘴唇。嘴唇相碰後分開，然後再次貼在一起。像在感受嘴唇的觸感，探索奎元嘴唇的花英將嘴唇深深交疊上去。

奎元靜默片刻後張開嘴，花英漾起笑容，溫柔地吻他。花英的舌頭畫出長長的螺旋，探索著奎元的口腔內部，而奎元閉著眼睛享受。

「香草之吻。」

花英說完，「啾」地一聲以輕吻作結。花英今天看起來心情非常好，奎元抬眼一看，花英笑得眼尾彎起來了。

「怎麼了？」

奎元稍微猶豫片刻，然後回答：「您今天看起來心情很好。」

「啊啊。」花英搔著頭笑道：「我知道這個想法沒什麼用……就是，有人說被稱為支配者的傢伙們，是讓自家奴隸的極限超越別人，就莫名有種優越感的種族。」

「……您是說拳交嗎？」

聞言，花英燦爛一笑，「嗯，我也是第一次遇到不用潤滑液就做到的人，所以很緊張。」

「之前姜勇佑……」

「他不是流血了嗎？那是例外。」

聽見花英的話，奎元點點頭。

他跟花英參加過幾次公開遊戲，就看過幾次別人進行公開遊戲。他端正地跪坐在花英腳邊，看過許多人玩遊戲，印象最深刻的人就是李基煥。

奎元一說，花英便笑道：「其他人也都這麼說。」

首先，他的奴隸是獨一無二的，光是耳洞似乎就打了十個，全身上下都是孔洞，感覺就像科學怪人。李基煥會用鎖鏈勾住奴隸身上的環，折磨他，這玩法令奎元十分難忘。不是喜好的問題，單純只是印象深刻。

姜勇佑或具成俊的遊戲也都非常優秀。不過，相較於具成俊乾淨俐落的結尾，姜勇佑一定會逼迫奴隸到極限。姜勇佑的奴隸偶爾會因為忍受不了痛苦，出現尿失禁或嘔吐的情形。

然後是花英。他跟花英玩完遊戲就會離開地牢，但在那段期間，能輕易感受到臣服者們的目光都聚集在花英身上，然後馬上落在奎元身上。花英這三年來只跟同一位奴隸玩遊戲已經是眾所皆知的事實，奎元偶爾會感受到嫉妒的目光飛來。

意外的是，他幾乎沒看到喜歡羞辱遊戲的支配者。比起羞辱，他們大多著重於帶給對方痛苦。因為站在虐待狂的立場，他們覺得看到對方痛苦的樣子比看對方丟臉更刺激。奎元也曾若無其事地問過花英，他不打算玩強度更高的遊戲嗎？但花英一臉不解。聽到花英說「如果我想打人，打別人不就好了？」，奎元啞口無言。

「原來是這樣。」

聽見奎元的話，花英親了一下奎元的臉頰，「嗯，您很棒喔。」

因為用後穴吞入一隻手而被誇讚「很棒」的奎元臉色倏地漲紅，花英看著這張臉笑了。

「真美。」

「花、花英先生。」

「真的很美，哥，您不能對其他人露出這副表情喔。」

花英踏入浴缸。即使衣服溼了也毫不在意，花英在浴缸裡坐下，不停親吻著奎元的臉頰跟整張臉。感受著像羽毛一樣輕柔的吻，奎元閉上眼。

花英吻著閉上雙眼的奎元，想起跟奎元同名的朴部長。那男人會因為今天的事放棄他嗎？真希望他放棄。

ＳＭ的世界很小，尤其是一般的ＳＭ圈子真的很小，如果出現一張生面孔，大家都會露骨地看著那個人。他真的是新面孔嗎？大家訝異的同時，也會想跟他搭話，因為這個圈子就是這麼小，幾乎不可能遇到理想型，大家都只能妥協。其實不是他的菜、其實很討厭那個人的哪一點，甚至無法忍受，但他們沒有別人可以選——無可奈何，因為沒有其他人選，他們只能一邊忍耐一邊活下去，同時咒罵自己奇特的性癖。

如此一來，偶爾遇見理想型就會感到很幸福，花英認為自己就是一個例子。被這個小網子困住的完美之人，真的就像命運為他安排的人。遇到那樣的人，只會覺得自己擁有了全世界，花英就是如此。他遇到奎元以後，都不曾真的感到疲憊。

他不得不認為，世界上的所有一切都是為了讓他遇到奎元的必經之路。即使他們都很忙，時間總是對不上，就算每天只能看到奎元大約四十五分鐘，他也覺得那段時間是最重要的，甚至認為他是為了那四十五分鐘，而活過其餘的時間。

但如果遇到理想型，這份愛卻無法成真的情況才是問題。如果這個被狹窄的網子困住，彷彿是為自己安排的對象不肯接受自己，人們只會認為是「那個人還不知道我愛他」，不論男女老少都會陷入這樣的想法。時常見證這份情感發展成跟蹤狂的花英，期望朴部長可以快點放棄。

花英心裡很清楚，這不是因為他有魅力，只是自己剛好符合朴部長的喜好，他也明白朴奎元為什麼會這麼做。在浣腸的狀態下展現自己的男人十分迫切，朴奎元想讓花英看看他，他覺得如果花英多了解他一點，應該就會選擇他。可是，花英從小就很確定自己喜歡什麼，他從未混淆自己的欲求——他不想要朴奎元。

不論經過多少歲月，不管他跟金奎元如何，朴奎元都不是他想要的人。

不停親著奎元的臉，花英閉上眼。

他只想要金奎元一人，他想跟這個強大又害羞的男人共度這麼平靜的時光，如果可以，他希望一輩子都過這樣的生活，但現實非常難。職場性騷擾，還有過多的工作量……

「真希望時間就這樣停下來。」

花英喃喃低語。

奎元隔了一會兒才回答：「我覺得……剛才時間是停止的。」

聞言，花英輕笑出聲。跟奎元待在一起確實會有這種感覺，他甚至不敢相信跟奎元待在一起的這一瞬與他跟奎元分開生存的那一刻，流逝的時間都是一樣的。

「是啊。」

花英笑著抬起奎元的頭。

花英的姿勢有點不穩，奎元立刻撐住他的背。感受到他健壯的手臂，花英含住奎元的唇。

溫柔的吻結束後，花英道：「哥說得對，時間停止了。」

聞言，奎元閉著眼露出微笑，再次接續這個吻。漫長的吻，摻雜著鄭重與溫柔的吻雖然無法提高性欲，卻像溫暖的熱水一樣包裹著他們。

‡

那天是星期天。奎元很晚才離開家，他一直跟花英躺在沙發上看電視。

時隔三年，花英第一次為他下廚。連泡麵都不會煮的花英，為他煮的是海帶湯，雖然他只是買調理包回來加熱，但那道海帶湯的味道十分清淡，讓他覺得能把這麼簡單的海帶湯煮壞也是一項才能。雖然花英皺起眉，但奎元連花英的份都喝得乾乾淨淨。

花英說這是他這輩子第一次試著為別人下廚的料理，奎元認為他一定要品嘗一下。

他們整天窩在一起很開心，在屋內不能穿衣服的奎元總是裸體移動，花英從他身邊走過，就會撥弄一下奎元受傷的臀部或背部。每當這個時候，奎元都會發出呻吟，然後被花英斥責他勃起的模樣很輕浮，偶爾還會落淚。

而毛遂自薦說要幫奎元刮鬍子的花英，不只是奎元的下巴，連腋下跟陰毛也幫他剃掉了。

『幸好這是安全刀片。』

花英呵呵輕笑。

『如果是刀，早就見血了。』

奎元則心想，要不要買刮鬍刀刀片回來存放？花英白皙的手握住刮鬍刀刀片，看起來不曉得有多帥。

那真的是很愉快的週末，雖然沒做什麼事，但就是很幸福。

「好久不見，金奎元先生。」
沒想到會在如此開心的週末即將結束之際見到這男人，奎元用面無表情掩蓋自己的不知所措。
來者是身高比自己稍微矮一點的傲慢美男子，具成俊，他是跟花英有交情的男人之一，也是財閥家的次子。奎元不曉得他來 Fake 做什麼，沉默地看著具成俊。
「如今連招呼也不打了嗎？」
他還是他的大客戶呢。
成俊用憔悴至極的臉笑了笑。雖然把社長叫來包廂的VIP貴賓不計其數，但成俊確實是位大客戶，很少有客人會像成俊這樣灑錢。可是，成俊不曾找過奎元，他不能找他。自從花英幫他找回他的錢後，他就不曾來找過奎元了，因為成俊答應過花英，就算遇到奎元也會裝不認識。
但今天成俊居然找他過來，奎元有股不好的預感，站在門邊一動都沒動，看著成俊開口：
「花英先生有同意您來找我嗎？」
聽見奎元的話，成俊苦笑，「沒有。」
「那我先告辭了，請您先去徵求花英先生的許可。」
「我是有話要跟您說，不是要跟花英說。」
「在花英先生不允許的情況下，我跟您沒有什麼好說的。」

奎元正要打開包廂門，具成俊喊了聲「等等！」，阻止奎元。

奎元原本打算就這樣打開門，最後還是轉頭再次看向成俊。不管怎麼說，他都是花英的朋友，奎元很清楚他是花英非常珍惜的朋友，所以不能隨便忽視他的存在。

「您的身體沒事吧？」具成俊焦躁地問。

「這是什麼意思？」

「您感受不到嗎？我是說花英，他的控制力正在失控。」

金奎元稍微歪過頭，一臉不懂他在講什麼的表情。

成俊又鬱悶地說：「您感覺不到他的遊戲越來越過火了嗎？」

「這是我們都同意的遊戲內容，我覺得這不是您該過問的事。」

「您覺得只要雙方都同意，就算主人殺死奴隸也無所謂嗎？」具成俊問。

花英的遊戲太過火了，連李基煥跟姜勇佑都說「雖然看起來是商量好的，但是很危險」。

其實，單論遊戲強度，姜勇佑或具成俊的遊戲更超過。可是他們只會在遊戲中折磨臣服者，不會讓臣服者在浣腸的狀態下帶他們過去，跟對方講一些沒有事先說好的話，然後開始進行公開遊戲。他們也不會做出用白色蠟燭，而非低溫蠟燭，將蠟液滴在性器周圍的舉動。雖然不至於留下永久性的傷痕，可是花英的遊戲越來越傾向會留下永久性傷口的玩法。這樣很危險，具成俊至今看過好幾個臣服者像這樣沉浸於快感中，身陷險境。

「沒有什麼不行的。」

金奎元回答道，嘴角微微露出笑容。死在花英手裡？這是很美妙的一件事，反正金奎元的命是花英的，如果花英叫他去死，他就會去死。奎元對此從未感到懷疑。

「你瘋了！」

具成俊大喊。

不管是快感還是胡鬧，這都是因為想獲得幸福而做的事，奎元卻說他願意死？他會去死？

正當成俊想說點什麼的時候，奎元倏地從門邊跳開，下一秒，門板猛地掉下。

出現一名東方男人，眼神凶狠的男人身高跟花英差不多，有一身比花英猖狂的肌肉。這個品味只能說「很差」的男人，笑嘻嘻地看著奎元。

『隊長。』

奎元看了一眼查克．強森身後的那些人，咂嘴一聲。他們的西裝褶皺有點不自然，這代表西裝外套裡藏了什麼東西，應該是武器。雖然不曉得是刀還是槍，不過這裡是禁止持有槍枝的韓國，也搞不好是生魚片刀。

『什麼事？』

聽見奎元的話，查克咧嘴一笑，『我來接你。』

『接我？』奎元豎起眉尾，『我明確地跟你說過我拒絕了。』

聞言，查克聳聳肩。奎元稍微往後退一步，查克就上前一步。

奎元一靠近，成俊就瞪大了雙眼。這些人想做什麼？

成俊看向稍微被奎元身體擋住的男人，努力想要掌握情況。

『我不是說了，我也時間緊迫啊。』

『所以你想怎樣？指使我替你辦事，然後把我處理掉？』

『怎麼會。』查克笑著說怎麼可能，『隊長對我來說不可或缺。我們得護送東西，但隊長你也知道，我不太會開車。』

『你覺得你這麼做，就能讓我答應你嗎？』

『嗯。』查克輕聲低吟，『等等就知道了。』

那一刻，奎元用力拉了成俊一把，抬腳踹飛桌子。趁桌子暫時擋住視線，奎元打開包廂後門，拔腿狂奔。身後傳來「抓住他！」的喊叫聲，成俊也跟著奎元跑。雖然不曉得是什麼事，但對方絕對不是什麼好人。

「這、這是怎麼回事？那些人是誰！」

雖然成俊這麼問，但奎元沒有回答。包廂後門不是通往Fake內部，而是隔壁建築的停車場。兩人跑到建築物停車場的後門，前面是一條大馬路，奎元攔了一臺計程車，把成俊塞進車裡後立刻關上門。

「江南站！」

奎元一鑽進車裡就大喊，讓司機開車。

在車子開走前，查克撿起掉在地上的石頭扔來。那一刻，奎元護住成俊，用力按下安全帶。玻璃碎裂的聲音讓人起雞皮疙瘩，不過車子已經駛動，他們很快就脫離了那群追兵的視線範圍。

「客、客人，這是怎麼……」

「我會賠償您，不過請您先帶我們到江南站。」

聽見奎元的話，車子緩緩行駛。奎元坐起身後不久，成俊也坐起身。他搞不懂這是怎麼回事，因此看向奎元，而奎元咂嘴一聲。

「我會讓您在江南站下車，您自己回去吧。還有——」金奎元嘆了一口氣，「請您別來找我。」

具成俊看著金奎元。

『你真的喜歡尹花英嗎？你真的喜歡那個作為尹花英奴隸的男人嗎？是嗎？你想像花英那樣，跟那個男人做愛嗎？』

李基煥曾這麼問道。成俊仔細觀察著奎元，他沒有特別喜歡這個男人，事實上，奎元也不是他喜歡的類型，成俊喜歡的是瑟瑟發抖的白色小狗，不是猛獸科的巨大貓咪。不過，他還是不喜歡金奎元當尹花英的奴隸，他想把金奎元納入自己的掌心裡。

『你是喜歡花英，還是想成為花英那樣的人？』

聽到這個問題時，成俊覺得啼笑皆非，卻突然覺得很混亂，他最初的確喜歡尹花英，非常喜歡尹花英，雖然不能將身為支配者的花英擁入懷裡，可是他確實喜歡過他，希望他變成臣服者。可是就像世界上的所有事物一樣，人心也會改變，不知從何時開始，花英第一次挑選的這個名叫金奎元的男人，舉手投足都在吸引他的目光。他覺得自己喜歡金奎元，但說不定……

——你是喜歡花英，還是想成為花英那樣的人？

他搞不好是因為太喜歡花英，所以想成為花英那樣的人。說不定他是想搶走花英的奴隸，沉醉在成為花英的感覺裡。

「我不會去找您了。」

具成俊下定決心，不論他是喜歡尹花英還是想成為尹花英，他都不會再接近這個男人。

金奎元的確有他的魅力。金奎元坐上電椅的錄影畫面有一種魅力，讓所有支配者再次注意到他這個人，大家都對這位眼裡只有花英的臣服者虎視眈眈。可是，具成俊無法確定自己是不是真的想要金奎元。說不定，他是想站在花英的立場看看，也許他是覺得擁有了金奎元，就能體會成為「尹花英」的滋味。

這時，計程車抵達了江南站。具成俊下車後頭也不回地走了，他感覺自己三年來就像個神經病，連那是什麼感情都分不清就被牽著鼻子到處跑，如今也該停下來了。

『不過希望他沒事。那到底是怎麼回事？』

成俊拿起手機，似乎應該確認一下。

計程車從成俊身旁開走，金奎元看到具成俊似乎沒受傷，一臉沒事地拿起手機，放下心來。

金奎元再次面向前方坐好，然後拿出手機。他打到店裡，電話響了好一會兒才有人接起。

『社、社長！您在哪裡？』

聲音聽起來很著急。不過他聽不出來是誰的聲音，那不是經理的聲音。

「讓李健宇來接電話。」

聽見奎元的話，員工喊了一句「請稍等」，那聲音聽起來顯然受到了驚嚇。

奎元看向窗外，咬住嘴唇。

『社長？我是李健宇。』

「李健宇先生，店裡的情況如何？」

『那個不曉得是不是社長朋友的傢伙找來一群小嘍囉來砸店，砸完就跑了！』

「有人受傷嗎？」

聞言，李健宇回答：『啊，沒有，只是一些皮肉傷，沒什麼大不了，也沒有客人受傷。碰巧時間還早，沒幾個客人。』

奎元含糊地回答：「這樣啊。」

他不曉得那到底是什麼貨物，讓查克做到這個地步。但是從他只造成皮肉傷的程度來看，似乎真的不打算把普通人牽扯進來。

『我們差點就要死了。您到底在哪裡？』李健宇大喊。

「您不是說只有皮肉傷嗎？」

『那是因為尹幫來救了我們。就是那位，尹幫的次子。』

「是。」

『是那位先生來救我們的，那些惹事的傢伙都跑了！』李健宇大喊：『如果沒有他，大家都死定了。』

奎元嘆了一口氣。他搞不懂查克到底在想什麼，他做到這種地步，就算一起工作，奎元心裡也只會剩下負面情感。

此時，奎元的電話傳出插撥的提示音。他確認螢幕，是查克·強森。

奎元說：「我知道了，我很快就會回去，到時候見。」然後單方面掛掉電話，接起查克的電話。

『查克。』

奎元一喚道，電話裡就傳來查克的笑聲，『怎麼，隊長？生氣了？』

仔細回想，查克本來就是這種人。這個傢伙只忠於自己想要的，完全不在乎別人。查克第一次見到奎元時也從背後偷襲了他，說要測試奎元的實力。他當傭兵的時候也是如此，想做什麼就一定要做到。奎元曾為此打斷他的四肢，可是即使如此，這傢伙也不怎麼在意。總之，這傢伙覺得他想做的事情都能做到，毫不在乎自己下次會受到什麼傷。

這傢伙從一開始就很危險。奎元感到頭痛。

『你這是在幹嘛，查克·強森？』

『我不是說了嗎，隊長？我需要你。』

『我也給了回覆，要你去打聽其他人才對。』

奎元的話讓查克噴笑出聲。

『我說了，非你不可。因為我肯定找不到你這樣的人才，所以我無法放棄。』

『查克，你再這麼做，就算跟我共事也只會讓我恨你。』

『原來隊長你也有恨這個情緒啊，真神奇。不過，這也沒辦法。』查克講得很輕鬆，『那件事到時候再說，我現在要把你拉進我的隊伍。』

奎元嘆了一口氣，正打算開口時，查克像要打斷他似的先開口：『話說回來，英？那個男人原來是尹幫的小兒子啊。』

血液似乎都冷卻了，奎元瞪大雙眼。

『你在說什麼……』

『如同你所想，這次的任務是走私毒品，可是韓國是尹幫的地盤啊。』

答應跟花英一起生活時，奎元曾擔心會有這麼一天。他曾認為自己不能握住花英的手，因為他的存在將來會為尹花英帶來麻煩，可是他仍忍不住握住那雙手。

花英向他遞來的不只是手，那是他的夢想，是他的美好生活。

『我的委託人跟尹幫關係不好，但我還沒跟他們提過英的事。』

『查克．強森。』

『隊長跟那可愛的男人是什麼關係，不關我的事，我只要你幫我這一次就滿足了。所以說，隊長。』

奎元的腦海裡想起了花英。他想起花英泡在熱水裡說：「時間停止了。」

花英低沉的嗓音、白皙彎曲的手指，還有……

『幫我一次就好。』查克道。

奎元將手掌按上左胸，感受到手掌下方乳釘的觸感。那個觸感太不真實，就像在作夢一樣感覺遲鈍。

『不然我只能找其他辦法了。如果隊長無法幫我，這項委託就只能終止。這樣的話，我不也得找其他賺錢的管道嗎？尹幫藏起來的小兒子在哪裡，我相信大家應該都很感興趣。』

奎元覺得腳下開始崩塌。

他美好的生活粉碎了。

『查克．強森，你敢動到他一根寒毛，別以為你能全身而退。』奎元沉靜地說。

查克噴笑出聲，『隊長才該搞清楚狀況。英很快就會收到我的「警告」，所以希望你做出明智的選擇。』

電話掛斷了。花英會有危險嗎？如果那美麗強大的男人為了奎元而傷及分毫，奎元應該會無法原諒自己。

奎元把名片遞給司機後衝下車，重新攔了一輛計程車，二話不說就前往花英的公司，狠狠按住自己的胸口。他無論何時都能感受到花英的存在，不管相隔多遠，花英留給他的疼痛跟感覺都能讓他感受到花英。

不管情況如何，奎元撥出電話。聽著手機裡傳來等待聲，奎元焦躁地敲著車門把手，希望花英平安無事。

他不是沒想過會發生這種事，但他沉浸在甜美的生活中，把一切都忘了。奎元搖搖頭把一切從腦海中抹去，彷彿過去是不存在於任何地方的幽靈，可是這麼做的結果……不，花英不會有任何事。奎元在花英的公司前面下車時，花英正好接起電話。

『喂？奎元哥？』

聽到花英開朗的聲音，奎元放心了。果然什麼事都沒有，他白擔心了。看來是因為事關花英，所以他感到害怕了。是啊，查克無論如何都不會傷害花英才對。查克不會和他作對，他不是比任何人都了解他嗎？就算查克用花英當藉口，將拉奎元下水，他肯定也承擔不了後果。

「……您沒事吧？」

『怎麼了？發生什麼事情了？你的聲音聽起來不太好。』

「沒有，沒事。」

花英沉默了一下，最後問：『您現在在哪裡？』

奎元頓時說不出話來，他講不出自己在哪裡。

花英又問了一次：『嗯？不能告訴我嗎？你到底在哪裡？』

奎元又猶豫了一下，之後老實說他在花英公司前面，讓花英噴笑出聲。

『您是怎麼了？』

「沒有，就是不曉得怎麼了……來到這附近，就打給您了。」

聽見奎元的話，花英滿臉笑容道：『啊，我在大廳，我出去一下。你在哪裡？』

他聽到花英移動的聲音，然後看到花英從大樓裡走出來。

奎元在馬路對面大喊：「花英先生！」

那一刻，花英回頭看向奎元，然後奎元看到了——從遠處奔馳過來的摩托車。

「花英先生！！」

奎元大喊的那一刻，花英也回頭看去。那一剎那，摩托車幾乎逼近而來，就在摩托車即將從兩人身旁擦身而過前，花英立刻向後退。真的只差一點，若是他遲疑一秒就會被摩托車撞到。

摩托車駛過花英身旁後，頭戴安全帽的男子看了一眼奎元。雖然旁人完全看不出來，但奎元很清楚，那個人確實就是在看他。差點撞到人的摩托車完全沒有減速，他卻看向對面的奎元，而非差點成為受害者的花英。

金奎元想起一件事，查克·強森特別會騎摩托車。

「啊，怎麼會有這種神經病？」

穿越馬路過來的花英覺得沒什麼大不了地講了一句，然後抬頭看著奎元。

「哥？哥，您的臉色很蒼白耶！哥，您哪裡不舒服嗎？」

察覺到花英的聲音裡帶著擔憂，奎元搖了搖頭，尷尬一笑，然後把視線轉向花英。

雖然花英問他怎麼了？可是奎元無法回答他，只能回答：「我以為您會受傷，嚇到了……」

花英說自己沒有受傷，調皮地轉了一圈後，奎元笑了。臉上掛著笑容掩飾不安，奎元繼續看著花英。今天運氣真好，不過，如果查克真的下定決心要傷害花英，他也可以繞回來撞飛花英。如果沒有緊盯著花英的一舉一動，他守護不了花英。

奎元覺得腳下在晃動，他用盡全力對花英露出笑容，感覺到頭暈目眩。他過去期盼的，對他伸出手的世界終於要離開他了。不論是愛情還是得到認同的性癖，那些明亮的話語都瞬間被染成一片漆黑。

「……哥……？」

花英的聲音太遙遠了，遠到不論他再怎麼伸長手都無法觸及。

‡

星期一早上，花英被搖醒。他在思緒茫然的狀態下察覺到些許不對勁，坐起身來。

為什麼感覺這麼不對勁？花英用放空的腦袋想了想，然後明白了。有人搖醒他，然後站了起來，他的胯間沒有往常的炙熱溼潤感，那個人只搖了搖他而已。

有人把他搖醒了？

花英看向敞開的臥室門外，陽光灑進屋裡，看不清奎元的表情。花英瞇起眼，看向失魂落魄地站在門外的奎元，不過，他看不清他的表情。

「花英先生。」奎元平靜地喊了他一聲，「我有話要跟您說。」

倏地，花英感到不安，好像有哪裡不對勁。明明是一如往常的早晨，他卻感覺到跟平常大不相同的危機。

「哥？」

花英講完，從床上起身，指尖莫名地發麻。是他沒睡好嗎？花英努力讓自己抱著輕鬆的心情，走向奎元。

這個早晨一如既往，天氣很好，奎元也在，就連香氣四溢的早飯氣味搔動他的鼻尖這點都跟平常一樣。雖然奎元沒有用口交叫他起床有點不一樣，但這想必是因為他的嘴巴裡有傷口，不然就是他今天不舒服，沒辦法吸吮別人的性器。

花英離開房間的前一刻，奎元朝他伸出手。看見奎元伸出來的手掌，花英眨了眨眼。奎元不曾做出花英禁止的事，而且奎元穿著衣服，不像往常裸著身體。穿得整整齊齊站著的奎元非常陌生，花英無法再靠近一步。

奎元翻了翻口袋，遞出了什麼。花英低頭看著躺在奎元大手裡的飾品，既熟悉又陌生。

奎元手裡躺著耳環、乳釘，還有花英作為聖誕節禮物送他的項鍊、花英送他的狗項圈，都在奎元的手裡。花英心想，自己是不是送了很多東西給奎元，讓他無法只用雙手捧著。

「花英先生。」

奎元喚了他一聲。花英覺得那名字不像自己的名字。

他低頭，直盯著奎元的手。這是一雙熟悉的手，受到他羞辱的同時，那雙手裡都握著什麼東西。他的手背會變白，會爆出青筋。不過花英想到，他幾乎不曾看過這雙手的手掌。

「花英先生，這段時間謝謝您。」

這段時間？

花英低頭看著奎元的手掌，眨了眨眼。而奎元看著這個家，露出苦笑。

奎元曾說過，要是這間房子坐北朝南就好了，花英現在也認同他的話。

清晨的陽光十分明亮，花英無法隱藏自己的表情，奎元也毫不掩飾他的意圖。

花英低頭看著那雙手，抬起頭，「哥。」

花英抬起頭的那一刻，奎元嘗到心臟掉到地上的滋味。花英用彷彿中了槍的表情望著他，又彷彿身後被人捅了一刀。

花英無法理解現在是什麼情況。他抬眼看著奎元，不明白自己身上發生了什麼事。他露出不知所措的表情，奎元想伸手觸碰，可是最終沒有伸出手。

『尹幫藏起來的小兒子在哪裡，我相信大家應該都很感興趣。』

花英喚了奎元一聲，像在測試這是現實還是一場夢時，奎元低下頭。

「對不起，花英先生。」

花英無法動彈，只是看著奎元。

滴答、滴答——掛在起居室牆上的時鐘秒針移動的聲音傳進耳裡。他說「時間停止了」不過是幾天前才發生的事情，但時間無情流逝的聲音卻過於清晰。

「發生……」

像花英這麼機靈的男人不可能察覺不到，可是花英還是不得不開口問：「發生什麼事了，哥？為什麼……」

「請您跟我分手吧。」

奎元大概這輩子都忘不了花英此時此刻的表情。花英像個被父母刺傷的孩子，抑或是被孩子刺傷的父母，露出難以置信的臉。那副表情比起自己的傷，比起自己的血，更無法相信傷害自己的對象是他，那雙眼睛訴說著他將所有一切都袒露在對方眼前，卻毫無遮掩跟防備地被人刺傷最柔軟的深處。花英倒抽一口氣，起居室裡驚險地響起抽氣聲。

「哥，究竟出了什麼事……」

「那麼，祝您健康。」

奎元說完，把必須歸還的東西都交到花英手裡，然後深深一鞠躬。花英看見彎腰鞠躬的奎元，背後放著紮實的行李。

他曾開玩笑地說過，如果金奎元跟他提分手，那他可能會殺了金奎元再自殺。那像是玩笑話，又像是真心話。可是，現在真的來到了這個時候，他的手卻無法動彈，他甚至不知道自己有沒有在呼吸，花英只一直看著奎元而已。

當奎元挺直身子轉過身時，花英抓住奎元的手臂，他將手裡緊握的耳環、乳釘跟項鍊都扔到空中，不曉得消失到哪裡去了。

「哥，等一下。」花英叫住他，「發、發生什麼事了？是我做錯什麼了嗎？」

花英問：「我、我不知道自己做了什麼，但請跟我說，我會改的，我一定會改。」

「對不起。」奎元再次對花英鞠躬，「您沒有做錯任何事，只是，我再也做不到了。」

「什麼叫再也做不到了——」

「我只是不能再當您的奴隸了。」

腳底板隱隱作痛，但花英沒低下頭，看著奎元。再也做不到了？什麼叫再也做不到了？這是什麼意思？昨天他們不是還很幸福嗎？可是，為什麼今天早上就……

「我、我完全不懂你在說什麼。」

花英慘白的臉龐搖了搖。

「……意思就是我不能永遠當您的奴隸了。」

奎元的話讓花英瞪大雙眼。

奎元從花英的手裡抽出手臂，而花英怔怔地看著奎元掙脫自己的手。

這是不論他做什麼都甘願承受的奎元，是曾經說過「如果您叫我去死，我就會去死」的奴隸，是他的貓咪，是他的戀人。是一個宛如為花英準備的，一個完美的人。

可是……他否認了。花英還以為如果分手，他會殺了奎元再自我了結，現實卻如此冷酷。花英覺得自己就快暈倒了，這宛如是一場夢，不可能是真的，怎麼可能會有這麼殘酷的現實。

他的腦袋發愣，手臂不聽使喚。

「那我先走了。」

奎元彎腰拎起行李袋，關上大門。花英在大門關上前打開門，追到電梯前，而奎元走進剛好到達的電梯裡，與他正面相望。

花英光著腳，奎元看見那雙腳後面拖著一條尾巴——那雙腳在流血，似乎是被什麼東西刺傷了。可是花英似乎不知道自己光著腳，也不曉得他的腳在流血，冬天早晨，連棟公寓的地板應該很冰冷，可是花英完全感覺不到。

「哥，哥，等一下。」花英太過吃驚，一臉不知所措地喚道，「奎元哥，請等一下。我、我不知道我做了什麼，但是哥……」

花英拚命驅使無法動彈的舌頭呼喊奎元。他做了什麼？花英想不起來。只要花英稍有不適或是擔心花英受傷，就會拚上性命的男人面無表情地低頭看著他。

「哥……」

那一刻，電梯門關上。不管是「別走」還是「我錯了」，奎元連讓他講這些話的時間都不給，就這樣離開了。

花英呆愣地站在電梯前面等著，彷彿只要等，奎元就會再度回來。可是不管他怎麼等，奎元都沒有再上來。花英朝家裡走去，宛如回家後，奎元就會在家裡等他，彷彿自己成了一個夢遊患者，現在這一刻一定是夢。

所以——

花英開門時，映入眼簾的是掉落在地的皮革項圈。自從花英送他以後，奎元非常珍惜的那條項圈掉在地上，然後，花英看到血跡，轉頭一看，從他的腳流出來的血一直滴到電梯前。

這是真的？花英無法相信。

他昨天做了什麼？他前天做了什麼？大前天呢？花英拚命地回想。可是不管他怎麼想，都只有幸福的生活點滴。對自己來說如此幸福的每一刻，都成了他的負擔嗎？是這樣嗎？他什麼都不曉得，還像個傻子一樣覺得自己很幸福嗎？

花英恍惚地看著家裡，陽光從陽臺窗戶照射進來。

‡

金奎元離開花英家後，攔了一臺計程車。突然發現花英的賓士車鑰匙還在他手上，他低頭呆愣地看著車鑰匙。

他大概永遠忘不了花英受到打擊的表情。他很想告訴花英，說他要去處理一件難題，處理完就會回來，請他等他，那樣的話，花英應該會等他。沒錯，他曾想這麼做。但是，以後說不定又會發生這種事。不，是一定會發生，只要奎元的過去無法抹滅，這種危險就會一直存在。

這次是曾是同伴的查克，但下次搞不好是對他懷有怨恨的某個人。那些人為了攻擊奎元，一定會傷害花英，到時候就不會像這次一樣給他親切的警告。

所以他們必須分開。

可是，他不想跟花英分開，他想立刻讓計程車掉頭，回去花英身邊，他想趴在花英的腳邊求饒，但他不能這麼做。奎元坐著，用力靠上計程車的椅背。但即使如此，他還是得待在這臺計程車上，他不能回去花英身邊。

那個健康、快樂、完美的男人。

花英適合那樣的生活。他應該活在陽光底下，有一份好工作，臉上總是充滿自信，那種生存方式很適合花英。比起承受著不知何時會逼近而來的危險活著，那樣更像尹花英。

奎元走下計程車，走進一棟住商大樓。他在七〇一號房前按下電鈴，門打開後，查克．強森笑著喊了聲：『隊長。』

那一刻，奎元再也忍不住，一拳揮向查克。看見查克往後一閃，奎元眼神冰冷地低頭俯視著他。

查克摸著下巴粗聲道：『任務結束後再去找他不就好了？又不是叫你們永遠分開。』

「……」

『對吧？英是隊長的戀人吧？』

奎元沒有回答他。

「英」——花英要查克這樣稱呼自己之後，說他渾身起了雞皮疙瘩，然後朝奎元露出笑容。那張笑臉跟花英今早的表情重疊在一起，那是一張顯露出所有弱點、毫無防備的表情。

那道聲音什麼都不知道，卻說他一定會改，央求奎元告訴他做錯了什麼。

『你的戀人長得真帥，真好呢，隊長。』

奎元很想撕裂查克那張不曉得別人的心情，嘰嘰喳喳的嘴。不過，奎元反倒開口問：『我的房間在哪裡？』

查克帶他來到房間後，奎元在房間裡卸下行李。查克從一旁扔來一個鐵製的公事包。

『這是隊長的。』

打開包包，裡面裝著武器。被花英選中後遺忘的槍枝泛著冰冷的光芒，奎元伸手撫過那把槍，冷冽的觸感彷彿在問奎元：你從夢裡醒來了嗎？你期盼的美好人生已經過去了，那只是剎那間的夢境，你的位子在這裡——如此說著的觸感令他感到厭惡。

但另一方面，又讓他覺得很熟悉。明明過了好幾年，一握住槍，所有感覺就瞬間回來了，那些他曾以為已經遺忘的事物。

「浴室在哪裡？」

奎元放下槍問道後，查克指了一道門。

奎元脫掉外套，把領帶往地上一扔。進入浴室後，他脫掉衣服看著鏡中的自己。他全身上下都是傷，都是花英贈予他的傷，但是這些傷之後會褪去，花英就像以往一樣，幾乎沒留下傷口，不過是些皮肉傷，很快就會好了，就連他大腿的燙傷也完全癒合了。奎元看著這樣的身體嘆了一口氣。

跟花英在一起時，他總是充滿了生氣。全身的血液快速流動，世界閃爍著燦爛的光芒。

不過，如今他的世界變成灰色的了。他不曉得自己的心在哪裡，彷彿是具行屍走肉。奎元試著抬起手臂，手臂是抬起來了，但莫名地毫無感覺，看來他正在崩壞。

他或許該感到慶幸。

遠離花英的身邊後崩壞，總比好好活著好多了。奎元心想，他是不是反倒應該對花英說些難聽的話？離別的時間太短、太空虛了，他是不是應該說些惡劣的話比較好？那樣一來，花英也許會記得他久一點？永遠被認為是痛心的背叛，選擇被他記得久一點會不會比較好？

但是奎元做不到。尹花英是他的主人，即使他離開了，花英依舊是他的主人，他連對花英說謊都做不到。花英問他發生了什麼事，他只能拐彎抹角地說「我不能再當您的奴隸了」。要他對花英說難聽的話？他做不到，因為在他眼裡，尹花英是一位非常了不起的主人。

他不想背叛他。

他不想讓他露出那樣的神情。

他希望尹花英得到幸福。只要花英能幸福，奎元願意做任何事；只要花英能幸福，要砍掉他一隻手或兩隻手都無所謂。

可是他似乎沒有資格讓花英幸福。他的存在，即使砍掉雙手、挖出雙眼——也沒有資格讓花英幸福。他的存在只會令花英身陷險境。

花英甚至光著腳追到了電梯前。他的腳似乎被什麼刺傷，流血了。那一刻，奎元很想伸出手，很想抱起花英、替他的腳上藥，很想將那雙髒兮兮的腳舔乾淨。

為了花英，奎元無法容許家裡有半點灰塵，他把花英視為神敬愛、珍惜他，而花英光著腳跑過骯髒的地板追出來，跑到對他傾注所有心力的奎元面前，抓住了奎元。花英拖出了好長一條血跡，奎元卻連要泫然欲泣的花英別哭，或是必須幫腳上藥的話都說不出口，他只能希望電梯快點關上、往下降，讓花英快點回去。

他哭了嗎？

奎元扭開洗手臺的水，同時心想。

他有順利去上班嗎？

他肯定有好好替傷口擦藥吧？

奎元的手不停顫抖。他好害怕，他怕花英生病，怕花英會累，擔心得受不了。而且，他似乎永遠無法原諒讓花英變成這樣的自己。

奎元抬起手，摸上左邊乳頭。那個穿著看不見的洞的乳頭好空虛，總是宣示他是花英奴隸的標誌已經不見了。

奎元一邊淋浴，一邊再次檢查身體。

他身上該上藥的地方都上過藥了，花英總是虐待他，然後替他擦藥。花英會正確地治療他身上的所有傷口，然後溫柔地拍拍他。那麼善良的男人卻遭人背叛——遭到自己背叛。

奎元的指甲刺進大腿裡。

他想讓身上正在復原，還有即將復原的傷口都惡化。如果能用盡一切手段，在身上留下花英的痕跡，不論是什麼方法，奎元都願意去做。這些傷總有一天會全部消失，而他……

奎元衝動地拿起放在牙刷架上的刮鬍刀，用刮鬍刀刮過自己的大腿內側。他在燙傷的傷口上刮了幾次，傷口就濺出血來。可是不論他怎麼刮，都沒有花英給予的甜蜜感，只有冰冷的疼痛。奎元發瘋似的刮了自己的大腿一會兒，然後一把扔掉刮鬍刀。

『幸好這是安全刀片。』

花英是那麼說的嗎？

他剛才是想像花英的手拿著這把刮鬍刀嗎？花英帶給他的痛分明不是這樣的，奎元抱著大腿，跌坐在浴缸裡。

「花英先生……」

他好想他，而他似乎無法承受這股逐漸膨脹的思念。

未來太過可怕，獨自一人的孤獨未來化作恐懼，朝他襲來。

奎元不得不呼喊神的名字，懷著厚臉皮的心願，期盼神幫幫他，然後再次喊出他的名字。

「花英先生……」

四面都被阻隔起來的浴室裡，奎元蜷縮著身體坐在浴缸裡，一次又一次地呼喊花英。因為他知道花英不會來，所以更懇切地喊著。

休息了一天，隔天去上班時，花英收到很多人的關心。花英隨口回應著這些問候，坐到座位上打開電腦。

他跟奎元分手了，他抱持著猜想而打去的電話沒有人接，去奎元的店裡，只得到社長曾交代過有一陣子不會來上班的回答。花英覺得奎元在躲他，他甩開經理、打開社長室的門，但裡面沒有絲毫人煙氣息。而且，用這種方式躲他不像奎元會做的事，他是一個有禮貌又真誠的男人，這不是奎元的處事方法。

尹花英再次想起離別時的情景，那不像奎元。這不是奎元這種待人真誠的男人會做的事，畢竟花英跟他在一起三年了。

發生了什麼事情嗎？

尹花英這兩天一直在思考各種可能，假如奎元是遇到了事情，那到底是什麼事？究竟是什麼事，會成為奎元必須離開他的重要理由？

是哪個王八蛋？

到底是哪個混帳從他尹花英身邊搶走了金奎元？

花英打算在今天之內做出決定。他必須想辦法找出奎元的去向，不行的話，就算是拜託哥哥們幫忙，他都得找到奎元。

他無法接受他們像這樣分手。如果奎元不是因為不可避免的事情離開他，真的是因為感情變淡的話，總會露出一些苗頭，可是花英從昨天甚至沒來公司上班，不停思索到最後，也完全想不到奎元有任何變心的跡象。萬一奎元的心真的不在他身上了，他也得再抓住他，他得問問奎元是不是真的要離開自己，是不是真的變心了。

他今天必須做出決定。

看是要拜託兩位哥哥還是委託私家偵探，花英認識很多黑社會的人，其中也有以追查行蹤出名的人。他雖然不常接受委託，但如果是花英拜託他，應該可以馬上找到奎元。

電話聲響起，花英轉頭一看，話機螢幕上顯示出朴奎元部長的號碼。花英不同於以往，毫不猶豫地拿起話筒。

「我是二組尹花英。」

這通電話跟往常一樣，是叫他去部長室的。

花英從座位上起身，不理會劉泫雅代理擔心的目光，大步走向部長室。

打開部長室的門，沒看到部長。關上門後，朴奎元部長就站在門後。

全身赤裸的朴奎元道：「只要你陪我玩一次，我就不再折磨你了。」

聞言，花英抱起雙臂。尹花英現在處於近年來最糟糕的狀態，他再也沒有餘力對朴部長扮演一個恭敬的下屬。

花英開口：「部長，我有事情……」

花英打算請假，他得去找奎元。他得逮到他，再次逼問他是否變心了。如果奎元真的變心了，他必須問問他為何會變心、自己做錯了什麼？

「只要一次就好。」朴奎元一臉迫切地道。

花英不自覺地看了一眼部長室的時鐘——九點三十七分——剛上班就緊抓著下屬做出這種事的男人醜陋至極。花英一皺起眉，朴奎元就說：

「反正都是『奎元』不是嗎！」

花英看向朴奎元，尖銳的目光讓朴奎元心臟怦通直跳。

他從沒見過尹花英這樣的虐待狂，不曾見過這麼年輕、美麗，不僅在社會上十分成功，又認真活著的人。他認識的虐待狂都是手上有店舖的老闆，他們都結婚了，身材跟臉蛋也不怎麼樣，他在地牢第一次見到年輕英俊的虐待狂。雖然李基煥跟姜勇佑都不錯，而那個叫具成俊的男人真的很帥，然而，在尹花英走進來的那一刻，具成俊遜色不少。

他想被這個男人支配。

朴奎元是第一次看花英進行公開遊戲，虐待那位名叫金奎元的男人。

那天他剛回國，他一回國就聽這邊朋友的介紹，去了地牢，然後看到了那場遊戲。男人冷冽強大，任意玩弄、折磨那名壯碩的男子。他抓準對方幾乎耗盡力氣的時候結束遊戲，隨後輕鬆扛起比自己高出一顆頭的男人離開。

他想被那樣對待，想在受虐後被人照顧。朴奎元在那個時候遇見了自己的理想型，但是，他看到的理想型膚淺至極。

「什麼？」

尹花英反問。他的頭一歪，頭髮滑下來，遮住了眼睛。

「你剛才說什麼？」

聽見尹花英的話，朴奎元鼓起勇氣回答：「難道不是嗎？反正都是『奎元』，所以你在家就跟那個『奎元』，在公司就跟我……」

花英輕笑出聲，然後解開領帶，扔到地上並走向朴奎元。他的腦袋變得很清晰，不是一片空白，也沒有腦子發燙、染上鮮紅，他的頭腦非常清醒。

尹花英走近一步，朴奎元不自覺地往後退一步。

「尹花英先生？」

「您就這麼想被我打嗎？」

花英問道，朴奎元點點頭。

「當、當然……」

然後花英的拳頭一拳揍上朴奎元的腹部。

「媽的，休假什麼的根本都無所謂，反正我不幹了。」

尹花英如此低喃，接著再度舉起手，揍上朴奎元的下巴。

看見朴奎元的身體飛起來撞上牆壁，花英「呼」地吐出一口氣。花英抬起腿，又往朴奎元的腹部踩了一腳。聽見朴奎元發出「咳唔！」的詭異聲音，花英摸上自己的下巴。

「給我聽好了，你這混帳，你這種人沒辦法成為我的『奎元』。」

花英將領帶纏繞成一團，然後塞進朴奎元嘴裡。

朴奎元瞪大雙眼。

「我們以後別再見面了。」

花英這麼說完後，最後踢了朴奎元一腳，朴奎元的視野陷入一片黑暗。

朴奎元再次醒來時，花英正在朴奎元的桌上做什麼。他不曉得他昏倒多久了，似乎只失去意識一瞬間，又像昏過去一兩個小時。他看見印表機發出嗡嗡聲響，正在列印什麼。

花英拿起印表機吐出來的紙，大步走過來。朴奎元不自覺地蜷縮起身體，一張白色的紙飄然落到他臉上。

「請您批准我的辭呈，部長。」

然後花英走了出去。門沒有關上，當祕書走進部長室，馬上大聲尖叫！

即使聽到那陣尖叫，花英也絲毫沒有放緩目光，拿起自己的外套跟公事包。

劉泫雅代理站起身喊了聲：「組、組長！」但花英只是對她露出笑容。

「很遺憾用這種方式離開，各位，以後應該還有機會見面，到時候再見，這段時間謝謝大家。」

講完，花英彎下腰。因為一直傳來尖叫聲，李珠熙課長跑了過來，但花英沒有看向她，直接從她身邊走過。踏進電梯的花英嗤笑一聲，喃喃自語道：

「媽的，真經典，辭掉工作去抓離家出走的老婆。」

真了不起啊，尹花英。

花英嘲諷自己的時候，電梯抵達一樓大廳。

「花英啊！」具成俊大喊。

這傢伙為什麼會在別人公司的大廳裡啊？花英打算走過他身旁時，具成俊抓住他。

「花英，有件事情你一定得知道。」

「你就為了那件事，一大早就跑來我們公司？」

花英一問，成俊點點頭。成俊的表情很嚴肅，花英最終拉著他來到跟一樓大廳相通的星巴克。裡面有很多熟面孔，但花英一點也不在意。反正他都辭職了，雖然他有點懷疑自己拿不拿得到資遣費，可是如果拿不到，訴諸法律就行了。花英非常了解這間公司，因為會引發同性戀性騷擾醜聞，他們會迅速切割朴奎元部長，並支付自己資遣費。

喝著花英沒問過就端來的濃縮咖啡，成俊開口：「我前天去見了金奎元先生。」

「原來是你？」

結果從我身邊搶走奎元哥的人是你嗎？

花英想仔細詢問的時候一頓——不對，具成俊太了解尹花英了。如果搶走了奎元，成俊是絕對不會出現在他面前的，所以不是成俊。

成俊反問了一句：「什麼？」

花英搖搖頭，「沒事，所以呢？」

「有一群奇怪的家伙……」

具成俊誠實地跟花英解釋。砸破包廂門闖進來的那群男人、跟金奎元用英語溝通的男人，還有在他身後竊竊私語的那些日本男人。

日本人？尹花英皺起眉頭。

他應該知道跟奎元用英語溝通的傢伙是誰，是查克．強森，想必是那個看起來像東方人，但不會半句韓語的男人。可是他身後有日本人？什麼樣的日本人？

「所以我私下打聽了一下。」成俊接著說，「聽說日本黑道來 Fake 砸場，然後碰到了尹幫？」

尹花英的目光閃爍。這件事情肯定比他想得還複雜。

成俊跟奎元被一群日本人追著跑後，日本黑道就去 Fake 砸場？這麼說來，跟查克在一起的那群日本人應該就是日本黑道。然後隔天，奎元就跟他提分手了。

『您沒有做錯任何事，只是，我再也做不到了。』

奎元是這麼說的。臉色蒼白地這麼說的奎元面無表情，彷彿什麼都不能表露出來，看不出一絲厭惡或哀傷。

『……意思就是我不能永遠當您的奴隸了。』

就算這麼說，奎元還是來請花英跟他分手。嘴上這麼說，這男人還是先幫他準備了早餐。他幹嘛要幫分手的對象做早飯？他明明毫不留情地轉身離開了。

發生了什麼不得已的事，花英倏地站起身。奎元陷入了某個困境，他的個性真誠，應該是怕給他添麻煩才選擇離開。又不是純情可憐的女主角，這是在演哪一齣？

『不對，嗯，他是很純情。』

花英咂嘴一聲，在心裡嘀咕。

「謝了，具成俊。」

「不會。」

花英拍了拍成俊的肩膀，成俊就噗哧一笑，接著表情扭曲。因為花英的力道像要打碎成俊的肩膀。

「這次就饒了你偷偷跟我家貓咪見面。」花英爽朗道。

‡

奎元在銀座的豪華酒店裡拿到裝有毒品的包包。打開包包一看，裡面有六包手掌大小的白色粉末。他為了這個必須來到日本，但實際拿到包包，發現包包的重量非常輕，讓奎元笑出聲。視人命如無物的粉末真的既輕巧又麻煩。走私毒品啊，他什麼事都做過，就是沒運送過毒品，這次終於讓他送一次了。奎元帶著冷嘲熱諷，稍微撕開包裝。

『一公斤，價值三億日圓。』男子道。

奎元稍微沾起粉末，嘗了一口，是高純度的安非他命。

奎元點點頭，查克．強森再次確認：『把這個送到首爾約定好的地方就好了對吧？』
這時，男人遞來一張地圖。奎元看了一下，是安山，離首爾很近的都市。
『這裡可不是首爾。』
『我聽說很近。』
『雖然不遠，但那不是首爾。這跟事先講好的不一樣，地址正確嗎？』
奎元的話讓男人橫眉豎目，『你很放肆。』
奎元沒有回答他。
男人身旁一個瘦弱的男人想拔出劍，但奎元不屑地笑了聲。就算他們是日本黑道，奎元可是曾在生死邊緣徘徊的人，要在密室裡一對一，他們沒辦法打敗他，但對方連這點都沒注意到，實在可憐。
男人用日語大喊什麼後，瘦弱的男人咂嘴一聲，把劍收起來。大概是要對方收手之類的。奎元泰然自若地看著他們，男人用英語回答道：
『地址正確，是這裡，還有照片。』
是個典型的破舊工廠，看起來是要在那邊加工這高純度的粉末。奎元記住地址，用打火機燒掉地圖。火燄燃燒，讓他想起過去的白色蠟燭——奎元閉上眼，心臟刺痛，比昨天還疼，他的心臟似乎早已遍體鱗傷。奎元把那張紙扔進鐵製垃圾桶裡，然後抬起頭。
『現在開始才是真正的任務吧？』
聽見奎元的話，男人笑了。
『首先，要入境應該不難。可是你們必須帶去的不只是毒品，還包括技術人員。問題是大家都認識那位技術人員的長相。』
『您是說警察嗎？』
男人對查克的問題搖搖頭，『不是，是尹幫。他以前是尹幫的技術人員。』
『尹幫也有製造毒品？』奎元問。
『與其說是尹幫，應該是尹幫底下的幫派製造的。尹幫是全國性黑道組織，他們只收保護費。那個人是釜山的技術人員，所以在釜山會更顯眼，但是要從機場入境是完全不可能的，韓國機場太過森嚴，仁川港也是，所以要入境就只能搭郵輪從釜山入境。』
『這是……』
『我們的要求是這樣，準時把技術人員跟原料交給工廠，酬勞是十萬美金。』
奎元看向查克．強森。查克說：『當然沒問題，請交給我們。』連連向對方鞠躬。
奎元皺起眉的同時，男人像辦完事情了，從座位上站起身，對查克伸出戴著手套的手。查克握住那隻手後，男人朝奎元伸出手，奎元不得不伸手回握。

男人燦爛一笑，然後離開。不過，不久後跟查克一起走出來時，奎元發現那男人剛才戴的手套被塞在垃圾桶裡。

『你一定要接這個委託嗎？』

奎元問道，查克說：『假如這件事情順利，我就可以拿到一筆豐厚的報酬，我的名聲也會廣為人知，所以我一定得接。』

查克的話讓奎元嘆了一口氣。奎元打開手機，開始輸入訊息。

查克越過肩膀看向奎元的手機畫面，問：『是韓語呢，你在打什麼？』

『我不是為了你拋下店裡過來了嗎？我在交代經理事情。』

『那間店不是尹幫的嗎？』

查克的眼睛瞇起。

面對查克懷疑的眼神，奎元聳聳肩，『不然你自己幹啊。』

聽見奎元的話，查克嗤笑一聲，搶走奎元的手機。不管奎元皺起了眉，查克把手機摔到地上，用腳踩碎。

『到了之後去買一支新的吧，我會多補貼點你手機的費用。』

查克的話讓奎元嘆了一口氣。

他們一抵達飯店，日本黑道要送去的男人走進房裡。一個中年男人一臉疲憊，結結巴巴地講著日語。查克問他：『英語，你不會講英語嗎？』這次男人換成用結巴的英文說話。

『我、我叫林容湜。』

奎元見到查克對待男人的態度，皺起眉頭。即使林容湜的年紀大，查克對待他的態度冷酷到了極點。看到查克說明天必須早起，把林容湜綁起來就要去睡覺的背影，奎元伸手把林容湜解開。

林容湜摸著自己的手喃喃自語道：「原來是明天啊。」

奎元點點頭：「明天就麻煩您了。」

林容湜向奎元鞠躬後打算在地板躺下，但奎元搖搖頭，對他說：「請睡床上。」

林容湜像在表示他不能那麼做，對奎元搖了搖頭。不過奎元再次勸說，躺到床上的林容湜向奎元說：「那麼，明天見。」然後就轉過身去。奎元則靠在門邊，看著天花板發呆。

靜靜待在黑暗中，奎元開始分不清自己現在是醒著還是睡著了，永無止境地往某處墜落的感覺讓奎元閉上眼。如今，在夢裡也看不到花英了。夢境般的現實一崩塌，就連如夢一般的夢境也消失不見了，只剩下醜陋、骯髒又冷酷的現實。

花英啊。

奎元無聲地試著呼喊他幾乎不曾喊出口的花英名字，花英好像就在黑暗中的某個地方。這樣的錯覺到底要持續到什麼時候？他要何時才願意接受現實？他要什麼時候……

奎元緊抓住自己的大腿，感受著尖銳的疼痛並低下頭。只有這股疼痛能安慰他。

次日，他們搭上開往韓國的郵輪。

金奎元、查克·強森跟林容湜的存在在郵輪上非常顯眼。

郵輪上的日本觀光客大部分都是女性，個頭嬌小。身高超過一百七十五公分的林容湜在船上算高了，更何況是超過一百八十公分的查克·強森和將近兩百公分的金奎元，他們的存在當然很顯眼。奎元緊緊戴著一頂黑色棒球帽，但多虧於此，他的存在更加引人注目。可是如果他不戴帽子，任誰看了都會覺得他是日本黑道，所以奎元不得不戴著帽子。

『真沒料到這一點。』查克·強森有些狼狽地喃喃低語，『跟隊長在一起，一定會很顯眼啊。』

這男人適合待在戰場上，卻不適合當諜報人員。

奎元沒有回答查克的話。查克是一個自私自利、恣意妄為的男人，他不惜搞垮別人的人生也要把他拉進這次的委託中，此刻也理所當然地認為是別人的錯。他本來就是這種人，所以奎元不意外也不生氣。

『不過，應該沒有其他像隊長一樣的人可以幫忙了。』

奎元依舊沒有回話，查克就拍了一下奎元的肩膀。

『放輕鬆，我說了會給你一萬美金，這筆錢不少吧？』

將拿到十萬美金的人，用會給他一萬美金這件事說嘴，奎元毫不回應這個不知羞恥的人，只望著大海。就快進港的廣播聲隱約傳來。

『要怎麼從這邊去工廠？』

『他們說在韓國幫我們安排了一輛車，應該是開車過去吧？』

『隊長，你在跟我開玩笑嗎？這可是讓那些傢伙願意支付十萬美金的委託。』

釜山港一定到處都是便衣刑警和尹幫的人。查克說。

『他們又不知道我們長什麼樣子，日本黑道不是為此特地僱用生面孔的嗎？』

聽見奎元的話，查克吹了聲口哨。當然是這樣沒錯，韓國警方跟尹幫都知道，日本黑道已經在某處設立了工廠，小心翼翼地供給毒品，甚至連那是哪個日本黑道組織都知道，只是不知道工廠在哪裡罷了。日本黑道難以再派手下供給原料，所以才會特意僱用不知名的自由工作者。

『可是大家都認得那位技術人員的長相。』

『那沒關係。』

奎元果斷打斷查克的話。

旅客們紛紛開始下船，奎元遞給林容淏一套衣服，是女裝。奎元讓林容淏穿上長版T恤跟長褲後，查克大發脾氣地說「這像話嗎？」。

『任誰來看都知道他是男人。』

林容淏看著查克的臉色，但奎元搖搖頭道：「您不用管他，穿上吧。」

聞言，林容淏開始換衣服。他穿上貼身牛仔褲跟粉色T恤後，奎元替林容淏戴上假髮，塗上口紅，再戴上粉紅色棒球帽，接著奎元把他抱起來。林容淏的身高超過一百七十五公分，他的身型顯然是個男人。可是當他被渾身肌肉的金奎元抱起，看起來無疑是個女人。

『這行得通嗎？』

查克呻吟了一聲，而奎元搖了搖頭說：『幫他穿上。』

奎元讓林容淏穿上空運來的高跟鞋，乍看之下就像一名昏倒的女性。真大膽。查克咋舌之際，奎元大步向前走，而查克保持一些距離，跟在後面。

人們的目光集中在奎元身上。奎元的身高和抱著一名女子走路的模樣，讓人不得不投來目光，可是，不論怎麼看都不像毒品技術人員跟走私毒品的人。再加上不曉得是不是對比效果的功勞，林容淏看起來非常矮小。為了以防萬一，怕別人會拿兩人與自己相比，暴露出林容淏的實際身型，查克與他們保持距離，緩緩走在後面。
奎元剛走出釜山港，車子就來了。
『查克．強森？』
聽見男人的話，查克點點頭。查克打開後座車門，奎元就把林容湜放進車子裡，然後坐上車，查克則坐進副駕駛座。司機最後上車，踩下油門。
『是，我是強森。』
查克打了通電話。抵達釜山港時、經過首爾收費站時和抵達工廠前十分鐘，每到這些時間點查克都要打電話去日本，這通電話是第一通。奎元的身體懶洋洋地靠在車上，望著窗外。這麼說來，他幾乎不曾跟花英離開過首爾，如果兩人能一起去旅行該有多好，可是奎元非常忙，花英放暑假時也沒辦法去哪裡，只能待在家裡。可是，花英對此從來沒有抱怨過。
善良的主人。奎元閉上眼。
我只要有時間就會想你。
一閉上眼，眼睛內側就會發燙，因此奎元趕緊睜開眼。他不想哭，世界上只有一個人可以讓他露出脆弱的模樣，而他跟他已經分手了，所以，他不能變脆弱。
『是，我們離開釜山港了。這個嘛，我沒看到警察或尹幫的人，也完全沒有起衝突。是，我請他聽電話。』

查克遞出手機，司機就接過電話，用日語向對方報告著什麼。奎元茫然地看向車窗外，再度閉上眼。

車子一路順利地開進安山。怕他們下車之際有什麼突發狀況，日本黑道給了備案地址，查克對此開玩笑地說「白跟他們拿備案地址了」。

『我以為這項任務很艱難呢。』

聽見查克用興奮的聲音這麼說，奎元保持沉默。他們三次換車的時機恰到好處，司機彷彿有很多經驗，一副遊刃有餘的模樣。查克開著無趣的玩笑說：『感覺就像在旅遊呢。』

他們在首爾收費站附近的休息站坐上第二臺車，剛駛出休息站，查克就打了第二通電話向對方報告。第三次換車是在安山附近，他們在司機的勸說下到司機食堂吃飯，出來時理所當然地搭上另一臺車。他們開過來的那臺車已經不見了。

『我們快到了，打第三通電話。』

聽見男人的話，查克撥出第三通電話。『是，我是強森。一切順利，我們看到工廠了。』

那是一間破舊的工廠，灰色的水泥牆，藍色鐵捲門緊閉。車子緩緩駛入充滿廢棄工廠氣息的地方。從車上下來的奎元倏地抬頭看向天空，抬手拍上自己的臉頰。是水滴，下雨了……？

奎元一抬起頭，其他人也一起抬頭。灰濛濛的天空落下一滴滴水珠，司機說了句「居然」後笑了。

『看來要下雨了，我們快進去吧。』

司機帶他們進入工廠，裡面空蕩蕩的。

查克低喃說著「什麼都沒有啊」後，司機開口：『畢竟是偽裝的地方。在這邊把技術人員跟原料交給我就可以了。』

『……錢呢？』查克帶著警戒的目光問。

聞言，司機理所當然地拿出一個小包包，裡面整整齊齊地裝著許多捆一百美金的紙鈔。

『我來確認。』

奎元說完，查克點點頭。

奎元留下查克與林容淏，緩步走上前。奎元拿起放在有點變形的鐵桌上的那疊鈔票，快速確認一遍。確認過每一捆鈔票後，點了點頭。見狀，查克推了林容淏一把，然後往前走。當查克把鐵製的公事包放到鐵桌上的那一刻。

金奎元動了。

奎元精準地抓住司機的脖子一扭，司機還來不及出聲就倒了下去。與此同時，林容淏舉起槍，瞄準查克。

「謝謝您，金社長。」

林容淏笑了。那個落魄、憔悴的中年男人消失無蹤，男人用凜冽的目光盯著查克，露出只要查克稍微移動，他肯定會開槍的神情。

查克來回看著奎元跟林容淏，咬牙切齒道：『隊長……你要背叛我？』

『閉嘴。』

奎元說完，打算拿起裝著毒品的包包時突然響起槍聲，查克、奎元跟林容淏立刻蹲下。二樓的欄杆旁站了幾個人。那裡剛才明明沒人，是躲起來了嗎？金奎元、查克和林容淏轉身躲到最近的遮蔽物後面。

『你背叛我！』查克．強森大吼。

奎元掏出槍，沒回答他。對方似乎有五六人。也是，外面有雪，日本黑道沒辦法進來太多人，而且他們的槍術很差。但是對方站在二樓欄杆旁，而奎元躲在從二樓看下來一覽無遺的地方，無法藏身，就宛如甕中之鱉，不論從哪裡看都能看到他。

奎元跑了起來。

『金奎元！』

聽到查克凶狠的聲音，奎元也沒有任何反應，像機器一樣移動。終於找到死角的奎元躲在二樓欄杆正下方的貨櫃箱後面，輕輕握起拳頭然後鬆開。這時，林容淏跑過來，站在金奎元旁邊。

「金社長！」

「尹幫什麼時候到？」

「他們一直跟在後面，馬上就到了。」尹幫派來的間諜林容淏回答。

尹幫跟那個日本黑道組織似乎糾纏很長一段時間了，日本黑道想在韓國擴大毒品事業卻做不到，而尹幫打聽不到日本黑道工廠的位置，吃了不少苦頭。奎元一說他接到了這樣的提議，尹幫就來請他幫忙，奎元欣然同意。他覺得，比起組織受創，尹幫發展得好更能幫助花英，也是為了報答尹幫這三年來提供他工作的恩情。

「啊，還有……」

林容淏正要開口的那一刻，奎元衝了出去。他一口氣衝向通往二樓欄杆的階梯，卻被人抓住腳踝而摔倒。是躲起來的查克．強森抓住他，讓他摔倒在地。

查克的槍口碰到奎元額頭的那一刻，奎元用頭往查克的鼻子撞去。兩人打成一團時，飛來一陣槍擊。

『你居然背叛我！』

『是你先的。』

奎元如此回答後躲過拳頭，用膝蓋重擊查克的腹部。

查克就要倒下的那一刻，有東西抵上奎元的後腦杓。奎元轉頭一看，一個陌生男人將槍口抵在他的後腦杓上，用日語說了什麼。

奎元皺起眉頭，不得不舉起雙手。

此時，倉庫門被打開來，一群身穿黑色西裝的男人衝了進來。

『混蛋！』男人咬牙切齒，槍口依舊抵著奎元的後腦杓，大喊了什麼。

倏地，奎元聽見一道破風聲。奎元迅速彎下腰，接著頭上響起具有威脅性的「啪！」一聲。撿起男人倒下後掉落在地上的槍，奎元瞄準開槍的人——不，是打算瞄準對方。

不過，對方是他很熟悉的男人。

渾身溼透的男人臉色蒼白地低頭望著他。溼潤的雙唇極其性感。

「花……花英先生。」奎元喃喃低語。

「小少爺！」林容淏跑過來，「您真的來了？」

奎元呆愣地抬頭看著花英，而花英表情冰冷地低頭看著奎元，接著轉頭看去。

「您去忙您的，我會負責帶這個人回去。」

聽見花英的話，林容淏深深彎下腰。
奎元不曉得這到底是怎麼回事，茫然地仰望著花英。這時，花英用疲憊的聲音道：
「媽的。」花英大罵一句髒話，「您就是為了做這種事，才對我這麼殘忍嗎？」
花英追問的聲音好不真實，奎元只不停眨著眼睛。花英怎麼會來？奎元無法理解。
奎元確實有跟尹幫連絡，他把自己受到威脅的事一五一十地告訴尹驥英，然後加了但書：「絕對不要連絡花英。」尹驥英明明還嗆道：「你別給我回來！」
可是……為什麼花英現在會在這裡？
工廠門被大大敞開，堆高機闖了進來。滴落在金屬屋頂上的雨滴聲吵雜不已，門外的嘩啦雨聲甚至蓋過了堆高機的聲音。雷聲陰森作響時，花英低頭看著奎元，咧嘴一笑。
「您回答我啊。」
聽見花英的話，奎元又問了一次：「花英先生？」
奎元無法相信像夢一般站在這裡的人就是花英，又喚了一聲。
於是，花英一臉無言地回答：「沒錯，是我。」
「您怎麼會在這裡……？」
「您想死嗎？」花英問，「我是不曉得哥有多厲害，但如果在這麼寬敞的地方中槍是會死的。

您就這麼想死嗎？您說要離開我，就只是為了尋死嗎？」

奎元不曉得該回答什麼。花英很傷心，他握著鐵棍的手不斷滴著血。這麼說來，花英的衣服也十分凌亂，他的頭也在流血。

奎元大吃一驚，伸出手，「花英先生，您的頭流血了……！」

花英冷漠無情地揮開奎元的手，「回答我，您想死嗎？」

奎元茫然地抬頭看著花英的傷口，眨了眨眼。不論是受傷的花英、吵雜的雨聲，或是朝工廠牆壁猛衝過去的堆高機，一切都很不真實，就像一場夢。

花英竟然像這樣拚上性命來找他，奎元真的只能相信這是一場夢。

花英問他想死嗎？他想活下來，他想待在花英身邊，作為他的奴隸活著。可是，假如他不能待在花英身邊，那不如……

「我不曉得。」奎元喃喃低語。

「這樣啊，原來你想死啊。」

花英「哈」地假笑一聲，將手中的鐵棍猛然扔出去。

因為花英突然撲過來，奎元的頭用力撞到地上，倒了下去。

花英跨坐在他身上，咧嘴笑道：

「好啊。」他用沙啞的聲音低聲說：「我來殺了你。」

花英勒住奎元的脖子，使奎元瞪大眼，看著他。

花英美麗的臉龐狼狽不堪，雙眼布滿血絲，眼睛非常紅。難道他哭了？奎元抬起手，想幫他擦拭溼潤的眼尾，可是他使不上力。這跟平常花英掐他脖子完全不一樣，花英是真的想殺了他，狠狠勒著他的咽喉。咳、咳！奎元下意識地想要呼吸，但是他吸不到空氣。

掐著他的花英突然低下頭。

兩人的嘴唇交疊。

奎元的眼前陷入一片漆黑，他日以繼夜望著的黑暗再次逼近，但是，他能清楚地感覺到花英的存在。花英溫熱的嘴唇，還有從他眼裡流出來的滾燙液體。

奎元握緊拳頭，他忍著想立刻推開花英的衝動，陷入痛苦中。痛苦跟花英都逐漸遠去，感覺自己墜入黑暗之中，奎元同時張開嘴。他發不出聲音，他沒有臉跟花英說不要哭，可是他還是想告訴花英。

我愛你，花英。

在完全失去意識之前，奎元不停重複著這句話。

啾啾！鳥鳴響起的早晨，奎元感受著微微的陽光，睜開眼，首先映入眼簾的是陌生的天花板。這是哪裡？奎元茫然地開始思考。他覺得自己夢到了花英在哭，花英哭著……等等。

奎元猛地坐起身，手腕卻遭到拉扯，又倒回床上。他轉頭一看，發現自己的手腕被綁著。他被綁在床柱上，可是這張床跟這間寢室就像是醫院。但是……奎元轉過頭，窗戶外面樹木茂盛。

門被人打開，奎元轉頭看去。他以為會是花英，結果卻是尹驥英。不只尹驥英，他身後還站著尹震英跟一個目光銳利的老人。奎元不難猜到站在尹驥英跟尹震英身後的男人，就是尹秀鋏，大韓民國唯一一位全國性黑道組織的首領。

「你應該無法發出聲音。」

聽見尹驥英的話，尹秀鋏咂嘴一聲。他非常疼愛小兒子。其實，對尹氏一家來說，如果花英死了，他們都活不下去。

花英一向很聰明，待人和氣，是很清楚自己該做什麼的人。他跟震英還有驥英不一樣，他曾經說：「我會證明給您看，黑道組織的兒子也可以成長得很優秀。」然後努力唸書，考上了好大學。

發現花英喜歡男人時，尹秀鋏覺得眼前一片漆黑。他以為這個兒子會走上最正確的人生，他無法相信這樣的兒子其實是個變態。可是，如果他不認同他，這個兒子真的會死，所以尹秀鋏認可了他。幾年後，花英帶了一個像屠夫一樣的人回來，說這是他老婆。他很擔心花英會遭到家暴，卻聽說花英想掐死這個他愛得死去活來的戀人。聽到手下向他報告如果驥英沒有拉開他，奎元搞不好真的會被掐死時，尹秀鋏說不出話來。

『這傢伙騙走了花英的財產嗎？』

尹秀鋏一問，尹震英搖搖頭，『這次能找到山口組的工廠，這個男人立下的功勞最大。』

『那花英為什麼會生氣？』

『這……』尹驥英猶豫了一會兒後，靜靜地說：『好像是夫妻吵架。』

哪對夫妻吵架會掐對方脖子的？尹秀鋏很是傻眼。這孩子辭掉好端端的工作，說要去抓老婆，如今還行使暴力。聽到這件事，尹秀鋏頭痛不已。

作為父親，他為了開導花英而去了花英家，結果花英滿臉憂鬱。雖然花英平常不太會感到憂鬱，但如果有什麼鬱悶的事，他就會像絕食的人，露出憔悴至極的臉。尹秀鋏別說責備了，更立刻帶他回老家，得餵他喝點鮑魚粥才行。

看見這孩子一副要吃不吃的樣子，尹秀鋏小心地問他為什麼那麼做，花英也沒有回答他。尹秀鋏告訴他，你就後悔一番，以後別再這麼做不就好了嗎？

花英搖搖頭說：『我不後悔。』

接著喃喃自語，『我下次一定會殺了他。』

這裡是重重深山裡。尹秀鋏——不，尹家人太了解花英了。雖然他平常既灑脫又乖巧，但只要下定決心，他就一定會做到。所以，他說下次一定會殺了奎元，就一定會殺死他。尹秀鋏不能讓自己一輩子活在陽光底下的兒子被貼上殺人犯的標籤，他沒有安撫花英，反倒選擇把金奎元藏起來。他們把奎元關在主要用來監禁人的江原道別墅裡，偷偷找來護理師。

「我是花英的爸爸。」

聞言，奎元彈也似地想坐起身，然後再次倒回床上。尹秀鋏聽說過金奎元的戰績，也聽過他的功勛。據林容湨所說，他是一位冷靜機靈的人，這樣的人居然差點死在比自己瘦小又美麗的花英手裡，這不算是華而不實嗎？

奎元張開嘴又閉上。他沒辦法發出聲音，於是他直望著說他無法出聲的尹驥英。

尹秀鋏替尹驥英回答：「你的聲帶有點受傷，雖然會慢慢恢復，可是需要花一些時間。」

啊……奎元點點頭。即使被人掐住脖子到聲帶受損，這男人還是泰然自若。

突然覺得自己好像看到了受到家暴的婦女，尹秀鋏頓時屏住氣息。

花英平常真的會打自己老婆（同一個男人）嗎？他是一個暴力丈夫嗎？據說那都是從小在原生

家庭耳濡目染才會變成那樣啊。確實，花英從小都只看過黑道暴力，會變成這樣搞不好也是理所當然。但是尹秀鋏從未打過妻子，而花英從小就沒見過母親，所以這說法也許不能作為參考。

聞言，奎元搖搖頭。

「首先，對不起，我兒子竟然對幫了我們的人做出這種事。」

「雖然這樣對待幫了大忙的恩人很失禮，但是你得待在這裡一段時間。」

聽見尹秀鋏的話，奎元瞪大雙眼，臉上露出「為什麼？」的表情。尹驥英跟他解釋：

「花英現在是匹脫韁的野馬，他說看到你就要殺了你，氣得直跳腳。」

奎元用手指指著自己。

「沒錯，就是你。」

「他說與其讓你死在別人手裡，不如親手殺了你。花英不是一個只會放狠話的傢伙，多半是認真的。你在這裡乖乖躲著，等花英消氣再出去吧。你現在也沒辦法講話，就算離開了這裡又有什麼用？」

聽見尹震英的話，奎元點點頭。

即使這輩子再也無法說話，就算死在花英手裡，奎元都無所謂。可是，他只想避免花英為了他這條沒有價值的性命變成一位殺人犯。雖然死在花英手裡會很幸福，可是他不想給花英添麻煩，絕對不行。

「花英他……」尹秀鋏低聲道：「他不是壞孩子，他會這樣對你，一定有他的理由。」

奎元點點頭。

不論是什麼理由，因為兒子想殺死對方而保護兒子的父親、跟在父親身後，用力點頭的兄弟倆，以及失去了聲音，卻覺得對方說得對而點頭的被害者，這場景看起來真的很像黑色喜劇，可是當事人都很真誠。

「花英做的事情大部分都是對的。」

雖然不該對差點死去的人說「花英做的事情都是對的」，但尹震英強調了「大部分」三個字。

奎元也真心這麼認為。花英跟他說過，如果他要死，不如他親手殺死他。這個主人不顧自己可能會遭遇到的不利，對奴隸這麼說。奎元唯一的主人告訴他，如果你想死，我就殺死你。

金奎元閉上眼時，尹秀鋏道：「我跟一個病患講這些做什麼呢，你休息吧。」然後轉過身。

尹秀鋏本來很擔心奎元會氣得說要去報警，但他溫順得令人意外，真是不幸中的大幸。尹秀鋏這麼想的時候，尹震英心裡也有類似的想法。哥哥和爸爸一走出去，尹驥英關上門就道：

「花英要我跟你說。」

奎元睜大雙眼。

「他要殺了你。」

奎元無聲地「啊啊」低吟一聲。

看見奎元的嘴角掛著不可思議的微笑，尹驥英接著道：「他說如果你逃跑，他就算花一輩子也會抓到你，然後殺了你。如果在他殺了你之前你先死了，就算去死也會追過去，再殺你第二次。」

奎元瞪大雙眼。就算去死……？奎元用嘴型問，驥英就嘆了一口氣。

「沒錯，他是說要抓到你然後宰了你，如果在他殺了你之前你先死了，他也不活了。簡直瘋了。他是一個說到做到的人，你們到底為什麼要搞得這麼複雜又困難？」

奎元慢慢地眨了一下眼。就算去死也要追過去殺了他？雖然這番話讓人無法理解，不過花英確實是會這麼做的人。奎元從未見過花英虛張聲勢，他絕對不只是說說，那是他的真心話。

見奎元一臉呆愣，驥英搔搔頭。

「總之你先待在這裡，對我們來說，你不管死在花英手裡還是死在別人手裡都很困擾。父親為了安撫花英，好像要送他去留學，所以你先待在這裡，整理思緒吧。」

驥英說完打算離開，但終究忍不住問了一句：「你們同性戀本來就這麼複雜嗎？」

雖然驥英的口吻充滿偏見，不過這問題非常單純。奎元本來想要搖頭，可是他想到身邊的那些人，「嗯～」地低吟。

他不太了解李基煥，但具成俊——真的是一個複雜的男人。奎元至今依然搞不清楚他到底為什麼要這麼做。還有姜勇佑，喜歡同樣身為虐待狂的成俊，曾害成俊沉迷賭博的男人。

奎元想起那個拙劣、緊急的賭博事件，讓他不禁想問「這就是壞人的純真嗎？」，並不自覺地點點頭。

尹驥英一臉不耐煩地道：「同性戀也不容易啊。」

我還以為會比討好臭丫頭容易。

說完，尹驥英就離開了。奎元在驥英離開之後笑得咳出聲來。尹驥英是一個不擅長戀愛的男人，他挑女人的眼光非常差，總是跟糟糕透頂的女人交往。依據花英的說法，他喜歡的偏偏是「能帶出場」的那種類型。其實，近年來女公關也有高貴型、清純可憐型的，偏偏尹驥英喜歡的不是那種。他喜歡的女人一定要打扮得花枝招展，穿著迷你裙跟尖頭高跟鞋，花英甚至狠毒地說過尹驥英喜歡的類型是「肉攤裡的女人」。

最近尹驥英帶來的那些女人，不是讓人猜想是不是酒店公關，就是乳臭未乾的小不點。看到這樣的尹驥英說「同性戀不容易」然後離開，奎元感到好笑，心情又很複雜。

獨處大約一小時後，護理師進來解開奎元的手。

「請您在別墅內走動就好。」

聽見護理師的話，奎元沒有回答半個字。他從床上起身走到窗邊，完全打開半開的窗戶。看著挺拔樹木茂密的森林，他覺得眼睛都清涼起來了。

尹花英說過，如果他逃跑，他會一輩子追殺他，這意味著花英的人生會因此扭曲。

尹花英也說過，如果他死了，他也會一起死。

什麼都沒辦法做，奎元嘆了一口氣。他似乎只能先等自己的聲音恢復了。

奎元在別墅醒來的第十天早晨，他見到了以為再也見不到的人。不是花英，是奎元夜店的經理李健宇。

「社長，原來您沒事。」

聽見李健宇的話，奎元咧嘴一笑。起初只要奎元笑，李健宇就會提心吊膽，如今李健宇習慣了奎元的外貌，對此完全不覺得怎樣。

「有一大堆文件喔，一大堆！」

這麼說著，李健宇把資料遞給奎元。大部分都是等他批閱的文件，一言以蔽之，都是待付款文件。剛好月底了，有很多錢要繳。

翻閱資產負債表的金奎元，看到一個乾乾淨淨的帳本，抬眼看向李健宇。奎元用手指了李健宇，再指著帳本，做出寫的動作。看到奎元問他「帳本是不是他寫的」，李健宇猶豫了一下後回答：

「社長您不是有位朋友嗎？就是那位會計師尹花英先生。」

奎元點點頭。

「聽說他其實是尹幫的小少爺。」

哎呀，我們連這都不知道……李健宇頻頻搖頭。奎元不懂他為何搖頭，李健宇接著說：

「那位要我們讓他看一下帳本，是他幫我們修改的，整理得一清二楚。我還在想會計師是做什麼的，天呀，專業的就是不一樣。」

奎元一愣，低頭看著帳本。

「那位還幫我們弄了一套軟體。簡單的他讓我自己做，困難的他每幾天會來處理一次。」

「……」

「另外……」

李健宇猶豫片刻，一副不曉得該不該講的表情，最後說了句「唉，不管了」後開口：

「尹花英先生叫我別說出去……但也是尹花英先生告訴我，如果要找您就去問尹幫……」

奎元最終拿起原子筆，在帳本角落用原子筆寫：『**花英先生最近怎麼樣？**』

看完奎元的字，李健宇嘖了一聲。

「他最近好像遇到了什麼不好的事，本來就不胖了，最近更是瘦成了皮包骨。他好像完全沒吃飯。我們勸他吃飯勸了好幾次，也是幾乎都沒動。如果他有去公司，應該會吃一點，可是他連工作都辭了。」

奎元眨眨眼。

『他辭職了？』

「是的，他本人是這麼說的。」

『為什麼？』

奎元問完，李健宇搖搖頭，回答不知道。李健宇喃喃低語：

「我問了兩次，可是他都只是笑了笑，開玩笑說他是來抓離家出走的老婆回家……」

金奎元沒有再多問，看過待批文件後開始簽名。李健宇搔搔頭，他以為尹花英是社長的情夫，但兩人的關係似乎比他認為的還要特殊。他確實曾聽見社長室裡傳出摻雜著嬌媚的哭聲，所以尹花英的確是社長的性伴侶，不過他們的關係似乎是伴侶或朋友。他們很享受彼此之間的關係，而尹花英似乎有一位妻子，真會善用容貌啊。

竟然跟男人外遇，李健宇冷汗直流。就人性來看似乎是個敗類，可是那種人大致上都是這樣，尹花英私下相處時性格也真的很好，就是成為他妻子的女人比較可憐。

當天晚上，金奎元簡短地寫下一張紙條。

『**我要去找花英先生，對不起。**』

奎元輕巧地翻到窗外。奎元的房間在一樓，要出去不難。為了躲開可能遇到的暗中監視，從窗戶出來的奎元走向別墅停車場。雖然沒有汽車，不過有一輛似乎是護理師騎去買菜的黃色摩托車。即使沒有車鑰匙，隨便轉動油門仍成功發動的奎元騎著那臺摩托車，駛過漆黑的森林。

摩托車發出噗噗噗的聲音，速度非常慢，而且奎元不曉得這裡是哪裡，雖然成功離開了森林，卻不曉得該往哪個方向騎。他將龍頭一轉，騎向寫著○○警察局的方向。黃色的摩托車緩緩前行，像奎元如此壯碩的男人騎著那麼小臺的摩托車有種不協調的可愛，可是因為是晚上，奎元在騎向警察局的路上沒有看到半個人。

奎元向警察解釋，他從別墅出來後迷路了，但是他得馬上去首爾。於是，警察們為奎元指路。不曉得該說是幸還是不幸，附近有一個客運轉運站。搭上從轉運站開往首爾的第一班車，奎元來到首爾。他依然只能發出嘶啞的聲音說話，可是他不想讓花英獨自一人。

他居然不吃飯，花英不是一個會自虐的男人。虐待狂大多都會把憤怒顯露於外，花英也是如此。一旦生氣，就先解下領帶的不是尹花英嗎？可是這樣的花英居然不吃飯，他難以置信。假如真的是這樣，奎元用求的也要逼他吃東西。不，就算會死在花英手裡，他也要讓他吃飯。

抵達公寓前面時，奎元看到了尹驥英。尹驥英滿臉疲憊地站在公寓入口，緩緩朝奎元走來。

「你打算讓花英變成殺人犯嗎？」尹驥英問。

金奎元很想搖頭，可是他沒辦法否認。花英搞不好會殺了他，這不無可能。所以，奎元抓住驥英的手。

喂，噁心死了。雖然尹驥英皺起眉，但奎元攤開他的手掌，在上面寫字。

『我會讓他吃點東西。』

如果用尹驥英的話來說，不對，如果用尹家男人的話來說，他們都認為尹花英是世界上最優秀的人。這些人雖然是黑道，可是只要牽扯到花英，這些男人就會失去所有道德觀念，高喊「Only花英」、「只有花英」、「宇宙第一的花英」。而他們三人中，尹驥英可說是重症患者。

覺得自己代替殺人犯弟弟去坐牢，比弟弟不吃飯、瘦成皮包骨來得好的男人只苦惱了片刻就迅速讓路，比了個手勢，示意奎元快上去。奎元對尹驥英行了注目禮，從他身邊走過。

奎元早在前一天晚上就知道要怎麼對付尹驥英了，這男人絕對無法拒絕來到花英家前，說要讓花英吃飯的他。

搭電梯上樓時，金奎元再次感慨萬千，他沒想過自己還有機會再搭上這部電梯，可是，他再度搭上了這部電梯，再次走向花英。

走出電梯，奎元就看到走廊盡頭那道熟悉的門。奎元想解開門鎖又搖了搖頭。

他離開主人了，因此他沒有資格打開這扇門。於是奎元先按下電鈴。他按了一下電鈴後靜靜等待，然後對講機傳來接通的聲音。

對講機明明接通了，花英卻沒有出聲。不管怎麼等，對講機都沒有掛斷的意思，門也沒有要打開的跡象。奎元向後退一步，然後跪到地上。那一刻，對講機突然傳來掛斷的聲音，門倏地打開。

花英又赤腳站在玄關。

默默無聲，花英沒有講半個字，奎元也無法開口，只有寒冷的冬風吹過兩人之間。

「您做什麼？」花英喃喃低語，「您沒聽見我說要殺了您嗎？」

奎元一句話都不說，也無法抬起頭。他只望著花英沒穿鞋子的腳，跪著等待花英處罰他。

花英「唔」了一聲，咬緊牙關，然後再次提高音量道：

「我問你這是在幹什麼！擅自離開又擅自回來！」

花英伸出手想揪起奎元的衣領，又無力地放下。

他無法再掐上奎元的脖子。其實，如果不是玩遊戲，花英對奎元非常小心翼翼。就算生氣吵架挽起袖子，只要奎元抓住他，花英就不曾推開他。他這麼小心呵護的奎元竟然放開他的手，差點失去性命。一想到這裡，花英就怒火中燒，氣到快離開這個世界了。

對於花英的話，奎元沒有給予任何回應。

花英抓住奎元的雙肩道：「回答我，為什麼一句話也不說？您為什麼過來？」

奎元這才抬起頭，然後瞪大雙眼。即使是場面話，他也無法說花英看起來很健康，花英瘦到臉頰都凹陷下去了。他聽說花英不吃飯的時候是很擔心，可是他沒想到花英會消瘦成這樣，甚至像個厭食症患者。

奎元目光震驚地望著花英時，花英大概是覺得很鬱悶，搖了搖奎元的肩膀。

「我叫你說話！」

花英跪在奎元面前，繼續搖晃著奎元。

「你為什麼要來？你是來看我有多慘的嗎？你是想來嘲笑我殺不了你嗎？你為什麼要過來！」

花英大吼道，沙啞的聲音甚至令人心痛。

「還是說！」花英布滿血絲的雙眼落下淚水，「……你是要回來我身邊……」

花英雙眼通紅。蒼白的臉色配上烏黑的黑眼圈，還有通紅的雙眼跟凹陷的臉頰，看起來非常詭異。花英不論到哪裡都會被人誇獎是位美男子，是個勝過帥氣的漂亮男人，可是美貌在這副詭異的面貌前也黯然失色。

花英低下頭，奎元不曉得他是不想讓自己看見他哭的樣子，還是有其他原因。

「算了。」花英收回抓住奎元雙肩的手，「不管你要告發我殺人未遂還是怎樣都隨便你。我走了。」

花英說完就轉過身。

那一刻，奎元不自覺地抓住花英的腳踝。骨瘦如柴。花英雖然看起來很瘦，但他其實渾身都是肌肉。可是，他連腳踝都瘦成這樣了，他到底餓了幾天？至今都吃什麼？

奎元一抓住花英的腳踝，花英回過頭來，奎元就這樣低著頭抓著花英的腳踝。

花英有些期待。朋友們警告過他，說他遊戲玩得有點過火了，要小心點。還說ＳＭ只是場遊戲，不要忘了調整ＳＭ跟現實的平衡，但花英覺得那是多管閒事，沒把那些話放在心上。可是，當他得知奎元離開他，差點不是死在他身旁，而是在完全意想不到的地方時，花英整個人失去了理智。他掐緊奎元的脖子，虐待狂的殘暴欲望被喚醒。

他狠毒地心想，與其讓你在沒有我的地方死在別人手中，不如由我親手殺了你。

如果驥英沒有拉住他，花英真的會掐死奎元。即使締結了愉虐關係，當然還是可以分手。花英見過幾對分手的情侶，那是很常見的事，花英曾經以為不論自己多愛對方，若是對方想走，他都能送他離開。但遇到奎元之後，這個念頭就被打碎了。他覺得，如果奎元跟他提分手，那他會殺了奎元，也殺了自己。

可是那個想法是在說大話。當奎元提分手時，花英只能傻傻地承受。看著那些眷戀過去的人，花英曾以為如果自己分手了，肯定不會像他們一樣，結果實際發生在他自己身上時，他卻想殺死奎元。

面對金奎元，花英無法保持冷靜。不論他多努力想控制自己，面對奎元，一切都是白費力氣。奎元想必厭倦他了，應該無法原諒一個要掐死他的男人，這是理所當然，可是為什麼奎元會再度跪在他面前、抓住他呢？

「你說句話啊。」花英喃喃低語，「拜託，你說句話吧。我現在因為你，焦躁得要瘋了！」

於是奎元張開嘴，咳、咳！發出花英掐住奎元脖子時的聲音。

花英的肩膀一僵。難道現在要離開奎元的他其實只是自己的錯覺，真實情況是他又掐住了奎元的脖子嗎？不然奎元的嘴裡怎麼會發出跟脖子被掐住時一樣的聲音？

咳、咳！

奎元想說點什麼，他不斷動著嘴唇、想要講話，可是他發不出聲音。也許是因為鬱悶，奎元想要掐上自己的脖子，而花英驚訝地抓住奎元的雙手手腕。

「哥？」花英直看著奎元的臉問：「你發不出聲音嗎？」

聽見花英的話，奎元點點頭。花英則眨了眨眼，嘆了一口氣。

奎元內心鬱悶地看著花英，想告訴花英不是那樣，他不想告發他，也不想嘲笑他。他很想回來，也是真的愛著他，但是他不能這麼做。他想跟他說這些話。

他是為了不讓花英遇到危險才離開他的，可是別說躲過危險了，花英還拋下一切，跑來救他。奎元覺得比起自己不值一提的愛意，花英強多了。

花英是一個既強大又完美的主人，為了拯救離開自己的奴隸，甘願賭上一切。

如果花英願意再接受他。

那麼，奎元做好了準備，不論什麼事都甘於承受。但是他現在講不出話。花英打算離開，他卻發不出聲音，他沒辦法抓住他，因此奎元抓住花英的腳踝，拚命想發出聲音。不管怎樣，無論如何都想傳達出自己的心意，他必須在花英關上門前開口才行，卻死也發不出聲音。當奎元太過鬱悶，想對自己的脖子做點什麼時，花英抓住他的手，察看他的狀態。

奎元看著不論何時都不會拋棄奴隸的善良主人，緩緩地用嘴型說：

——我、愛、你。

花英眨了眨眼。

——花、英、啊。

花英哭不出來也笑不出來，就這樣望著奎元。每當花英眨眼，眼裡就會滴下淚水。看見花英的眼淚落到地上，奎元任他抓著自己的手腕，彎下腰。

他朝滴落在磁磚地上的淚珠低下頭，伸出舌頭舔舐淚水。

滴答。滴答。

花英的眼淚一直掉，奎元就被花英抓著手腕，舔著地上的眼淚。可是他越舔，眼淚掉得越多，甚至多到他舔不完。當花英抬起他的下巴時，奎元這才意識到，那些眼淚不只是花英的淚水，自己眼裡也掉下了眼淚。

‡

讓奎元進家門的花英先把門關上。

「起來吧。」

花英一命令，奎元就站起身。花英拉著奎元往屋裡走，指著沙發。

奎元坐到沙發上後，花英說了句「等一下」，走進廚房拿來兩杯水。一杯遞給奎元後，花英喝下另一杯水。因為喝水時露出來的喉結太過明顯，奎元茫然地望著花英。

不久後，喝完水的花英說：「喝水吧。」奎元這才開始喝水。

奎元以為自己只哭了幾分鐘，但其實他哭了很久嗎？他感覺到冰冷的水溫柔地滋潤他刺痛的喉嚨。

「我，辭職了。」

聽見花英的話，奎元點點頭。

「雖然也是因為哥，不過還有其他原因，其中一個是因為名字跟你一樣，叫朴奎元的王八蛋部長。他其實跟我們是同類，好像在地牢看過我們的公開遊戲。」

奎元倏地抬起頭，花英正靠在牆上。雖然他一臉疲憊無力，不過比剛才有血色了。奎元還來不及為此感到慶幸，花英開口：

「那王八蛋一直糾纏我，讓我在那段時間有點累。他每天求我打他，說他浣腸了，求我讓他射精，求我也用白色蠟燭虐待他……他一直把我叫進部長室，我都覺得自己快瘋了。我被你甩了，頭還陣陣作痛，他卻一大早把我叫過去，又對我發神經，我就被惹火了。」

之後的事情顯而易見，花英一定揍了那個叫朴奎元的男人一頓。所以他那段時間才會臉色那麼差，那麼疲憊啊。奎元這才明白花英為何那段時間那麼疲憊。

「我曾經──」花英一臉疲憊地低喃道，「跟那個王八蛋說過。我不接受別人選擇我，向來只有我選擇別人的份。」

花英依舊垂著眼，暫時緊抿著嘴。早晨的陽光一如既往燦爛地照耀著他們，可是花英被空調擋住，幾乎照不到陽光。陰暗的花英臉上充滿哀傷，奎元張開嘴又急忙閉上，反正他也說不出話，而且，現在正在傾聽花英講話。

「可是仔細想想，面對您，我總是只有被選擇的份。」

花英「呼」地嘆了一口氣。

看見苦笑的花英，奎元搖搖頭。什麼被選擇，胡說八道，被選擇的是他才對。花英是奎元的神，是奎元的夢，所以……

「原來被人挑選是這麼提心吊膽、令人害怕的事。」

花英如此低吟，因此奎元再度搖了搖頭。但花英看到奎元搖頭，只笑而不語。憔悴的笑容停留在花英的嘴角，他離開牆邊，慢慢走過來，把手放在奎元的脖子上。

「我搞不好又會掐住您的脖子。」花英喃喃低語，目光閃閃發亮，「而且，上次如果不是驥英哥，您早就死了。」

奎元目光茫然地望著花英的眼睛。那雙眼裡浮現一點也不殘暴、凶狠的寂靜瘋狂。

「即使如此，您還是要選我嗎？」

花英啞著嗓音問。花英的表情跟那個時候一模一樣，就是奎元離開時，毫無防備地被人擊中要害的表情。就算這樣，花英也沒有防備他，再次帶著一片真心面對奎元。

奎元離開他的時候他明明很受傷，可是花英沒有退卻，再次迎上來。

奎元點點頭。

「就算我買鎖鏈把您關在家裡也是嗎？」

奎元再度點頭。花英的聲音裡帶著奇妙的熱度。

「您……」

花英閉上眼，彷彿很害怕奎元的回答，不敢睜開眼。

「您不會再離開我了嗎？就算我身陷險境，您也不會離開我……您做好了和我一起面對危險的覺悟嗎？」

奎元抬頭看向閉著眼睛的花英，他沒有辦法將自己的答案告訴花英。

其實，奎元還沒做好這份覺悟。對奎元來說，花英是一個過於完美的珍貴存在，所以他無法忍受花英為了自己陷入險境。可是，他不想再看見自己善良的主人像這樣瘦成皮包骨的樣子。而且，他也不想看見花英辭職或揮舞鐵棍的模樣。假如他離開，花英又來找他，他就沒有理由離開了。

奎元將自己的手覆在花英的手上，就這樣往下壓。

感到驚訝的是花英，花英像碰到火一樣立刻抽回手，然後抓住奎元的手，而不是奎元的脖子。

「媽的。」花英低喃道：「你知道我像個神經病，為了你四處奔走嗎？」

聽見花英的話，奎元抬起沒有被花英抓住的另一隻手，在花英正握著他的手背上寫字。

『對不起。』

花英吸了一下鼻子。

然後兩人一起吃飯。

冰箱裡亂七八糟的。可能是因為花英真的完全沒碰，奎元看著冰箱裡那堆腐壞的食物，先把這些東西都做好垃圾分類，準備拿去丟，並用僅剩的食材隨意做了一頓飯。

奎元將泡菜鍋和幾樣小菜端上桌，盛了一碗剛煮好的飯遞給花英，花英馬上吃了起來。奎元很想問花英，他怎麼會瘦成這樣？他到底多久沒吃飯了？可是看到花英食欲大開，他決定不問了，因為花英不是愛操心的人，煩惱一解決，他不知道吃得多開心，問他那些話感覺就像在放馬後炮。

花英一邊吃一邊問：「江原道的別墅怎麼樣？」

奎元一抬頭，花英就微微歪過頭。

「那邊空氣不錯吧？雖然在深山裡，可是離市區也很近。」

奎元眨了眨眼睛時，花英噗哧一笑。

「您以為我不知道嗎？是裝作不曉得而已。您在這種情況下被送到一個我不知道的地方，您覺得我睡得著嗎？」

話雖如此，他也沒想到花英會如此理所當然地猜到這件事。奎元有些慌張，只靜靜地望來，花英就「呼」地嘆了一口氣。

「哥覺得我應該去接您嗎？」

「……」

「但我的心情也很複雜啊。我是知道您在哪裡，但我不知道您的心在哪裡，把自己的感情深深藏起來……」

奎元一臉不好意思地拿起湯匙，花英就說：「以後別再這樣了。」然後用力舀起飯來吃。

奎元點點頭後，花英再度舀起一口飯，又停下補道：「還有，不准再背著我跟其他支配者見面。我就是個小心眼的傢伙，如果哥這麼做，我會氣到瘋掉喔。還是你想用身體研究一下電椅？」

奎元瘋狂搖頭，讓花英噗哧一笑。

早晨，其中一個人瘦得像根枯樹枝，另一個人則沒辦法講話。不過，起居室裡充滿了明亮的陽光，餐桌上熱氣騰騰。奎元瞇起眼看著從花英背後灑落的陽光，早晨的陽光特別寧靜。

Second.act

雨後

尹花英呆愣地坐在起居室的沙發上。

起居室還是一樣，散落一地的乳釘、耳環、項圈以及血跡，還少了奎元。一切都沒有變，他以為一覺醒來就會發現一切全是一場夢，可是一切依舊沒有改變。

即使過了一天，依然沒有不同。向來充滿溫暖的家化為廢墟，只有寒風飄盪，彷彿溫馨的模樣全是以前的榮景。

花英閉上眼，他覺得腳下的地板在晃動。並不是眼前特別凌亂不堪，只是無法一直看著這副慘況。他曾夢想過的未來崩塌後就這樣殘存在起居室裡，看著這幅情景是一件痛苦的事。花英抬起手按著胸口，好像有某個地方在發痛，痛到快死掉了。胃裡一陣翻騰，腦袋裡一片空白。感覺只要開始思考，他的腦袋就會想著無法挽回的事，還有不可能挽回的事。

他現在想做什麼？耳邊依舊能聽到奎元的嗓音，閉上眼，眼底會浮現奎元的容貌，指尖上也殘留著奎元的觸感。花英不曉得自己想做什麼，也許他什麼也不想做。沒錯，這樣好像更正確。

他似乎正在想著——什麼也不想做。

假如他知道這就是離別……

花英想起他第一次見到奎元時的場景。從初次見面的那一刻起，他就對奎元一見鍾情。看到那張臉的瞬間，時間似乎暫停了片刻。世界靜止不動，彷彿只有那個人身邊的時間在流動。

沒錯，他從此著迷於奎元。然後兩人甜蜜地談戀愛，一起經歷過許多事情，不知不覺間融入彼此的生活。時光飛逝，他曾以為他們可以牽著彼此滿是皺紋的手，一起看夕陽，曾相信會是如此。

他覺得，不能永遠在一起很可惜……當時的自己真是傲慢，居然說無法永遠在一起很可惜？一輩子在一起是理所當然的事？

花英從起居室的沙發上站起來，走到廚房，已經冷掉的飯菜整齊地擺在飯桌上。這是昨天奎元離開前準備的飯菜，既然他都要走了，為什麼還要幫他準備早餐？是最後的擔憂嗎？因為是最後了，至少為他煮一頓飯嗎？他都要走了，究竟在裝什麼好人？

奎元哥本來就是個善良的人啊。

花英苦笑。剎那間，突然有東西湧了上來。

反胃感讓花英抬手摀住嘴，他突然衝回起居室，粗魯地拉開抽屜，把東西倒在地上。放在抽屜裡的手拍、鞭子、浣腸劑等物品散落在地。使用這些東西會讓他想起失去理智的奎元，花英又像發瘋一樣拉開旁邊的抽屜，倒出東西後扔到地上。他把所有抽屜都拉開來、扔在地上後，東西全被遮住，跟奎元有關的東西都看不見了。

剎那間，花英滿足了。他轉過頭時，映入眼簾的是奎元的反省臺。想起奎元總是爬到那上面、蹲在上頭哭，花英把反省臺拿起來。當他想把反省臺砸到牆上時，他看到了電視機。看著兩人偶爾會看的電視，花英舉起反省臺，開始砸起電視。砸了兩三下後，螢幕破裂，電視機的側面凹陷進去。

他突然想起跟奎元一起躺過的那張床，於是花英拿著反省臺衝進房間，把床跟衣櫥都砸得粉碎。但不曉得為什麼，反省臺只是滿是傷痕，依然完好。

花英拖著反省臺走出房間時，發現玄關的衣櫥。他不允許奎元在室內穿衣服，所以奎元踏進家門前會在玄關脫光衣服，掛進那個衣櫥裡。花英拿起反省臺，砸上衣櫥。衣櫥凹陷進去，看見奎元總是用來查看樣貌的鏡子，花英再次舉起反省臺，不停亂揮。

匡啷——！這次發出一聲巨響，鏡子碎片飛濺。

花英出神地看著數十片扭曲、散落在地的鏡子碎片，家裡完全沒有可以完整映照出花英的鏡子了。看著自己扭曲的容貌，花英笑了。一直到反省臺損壞為止，花英砸毀了家裡的所有東西。起居室一片狼藉，臥室被砸成廢墟，廚房的洗手臺被砸得稀巴爛。不知什麼時候，反省臺也在他手裡裂開，木頭斷裂，尖刺刺進手掌心。

「好痛。」

花英喃喃低語。沒有人聽他說話，喊痛的話語就先說出口了，就像以前花英有點小毛病，奎元就會馬上跑過來擔心他時一樣。

可是，沒有半個人出現，花英將反省臺扔出去。

倏地回頭一看，完好無缺的物品只剩下餐桌。他發瘋似的把家裡的每個地方都砸爛了，唯獨餐桌還好好的。奎元最後一次為他做的飯早已冷掉，花英嗤笑一聲，「哈！」地笑了起來。

他發瘋似的一直笑，抬起手摀住雙眼。他明明就在笑，卻不曉得眼睛為什麼會這麼痛。

‡

又來了？

尹花英在黑暗中睜開眼，心感煩躁。

他不需要摸索身旁有沒有人，因為他被奎元抱在懷裡，頭頂能感受到奎元的呼吸。每當奎元吸氣、吐氣，他的髮絲就會輕輕飛舞。有點癢，感覺還不錯。花英心想——這不是跟愛情帶給他的觸感很像嗎？

被奎元抱在懷裡，睡意再度襲來，花英閉上眼。

其實分手時，花英好像沒有那麼傷心。雖然出現在夢裡的那一天，他像瘋了一樣，可是隔天他就覺得「好像不太對？」，迅速去抓逃家的老婆，不對，去抓奎元了，所以受到的傷害沒有很大。

可是，他每天晚上都會夢到那個夢。

「花英先生，您睡不著嗎？」奎元問。

「醒來了一下。」

「您最近常常醒過來呢。」

「嗯，就是說啊。」

奎元溫暖的大手覆上花英的額頭。

「好像不是失眠。」

「完全不是。」

奎元不在的那段時間，他一直吃不下也睡不著。

「我有點擔心。」

感受著奎元的手，花英道：「啊，就跟您說沒什麼了。」

感覺到花英講完之後閉上眼，奎元也閉上眼睛，一邊摸著枕在他手臂上的花英髮絲，一邊輕輕抱著花英，等待花英再度入眠。

花英瘦太多了，沒有半點長肉的跡象。花英依舊吃很多，除了有時候睡一睡會醒過來之外，睡眠狀況也不錯。可是他依然瘦巴巴的，奎元回來家裡都已經兩週了。

「只是晚上睡不著而已。」花英笑著說。

他會等到奎元回家，然後拉上黑色窗簾一起睡覺。兩人這兩週以來沒有玩任何遊戲，奎元在家也沒有脫光衣服，或是戴上花英的項圈。這個與其說是朋友，倒像是普通戀人的氣氛是花英主導的。奎元不曉得花英在想什麼，可能連花英自己也不知道。

努力入睡的同時，奎元將花英抱在懷裡。為什麼花英沒有再給他項圈呢？為什麼他不指定任何規則呢？離開一次又回來的奎元，實在無法向花英開口索要那條項圈，就只能一直等，可是花英的腦海裡似乎沒有項圈，也沒有了遊戲。

「哥，您沒睡著吧？要起來嗎？」

說完，花英從床上坐起身。看著瞬間從懷裡消失的花英，奎元坐起身，走向窗邊的花英則打開窗簾，結果原以為會一片明朗的天空陰陰的。花英一開窗，就聽到下雨的聲音。花英把手伸出去接雨，溼著手從窗邊回到床邊。

花英來到還坐在床上的奎元面前，咧嘴一笑。雨聲嘩啦啦的，讓花英跟奎元同時想起那天——安山的廢棄工廠，子彈滿天飛，有日本黑道在場、很不真實的那個午後。花英頭上流著血，而奎元最後被他唯一的主人掐住脖子昏倒的那一天。

花英伸出手：「舔乾淨。」

奎元低下頭，長長地舔舐花英的手。這是花英喜歡的舔法，當奎元像野獸一樣舔舐時，花英瞇著眼睛笑了。

「想做嗎？舔得那麼露骨。」

「花英先生。」

外面傳來雨聲，花英靜靜望著眼前的奎元。

他從未懷疑過奎元不愛他，從未懷疑過奎元待在他身邊的目的，也從未想過自己沒做錯任何事，奎元卻在某天告訴他「我無法永遠當您的奴隸了」。然而，奎元這麼說了。他會夢到那天的事，大概也是因為他覺得那件事很不真實，就跟惡夢一樣。

他到底要怎麼把那件事當成現實？如何當真？他能想像到奎元在陽光下跟他提分手嗎？

奎元長長地舔過花英的手。他的舌頭勾起花英的性欲又十分服從，而奎元曾用他的舌頭講過什麼話？

「脫掉。」

聽見花英的話，奎元開始脫衣服。在家穿的運動褲跟短袖T恤落到地上，奎元具有威脅性的肉體表露無遺，連內褲都脫掉的奎元跪在花英眼前，抬頭望著他。

花英低頭望著那張臉，奎元的眼睛正看著他，是一雙只看著他的眼睛。

之前奎元離開的時候，大概也是相同的眼神。可是即使他露出那種目光，還是離開了他。

如果花英被人拿奎元當成軟肋威脅，會發生什麼事？首先，花英會把這件事告訴奎元，一起討論後把事情解決掉。奎元跟他都非常擅長處理這種事，而且他還有家人，因此，這件事顯然不難解決，也有比這更合理的處理方式。但奎元沒有選擇這樣處理，他選擇獨自離開。假如奎元再次做出相同的抉擇，到時候他該怎麼辦？花英的心情複雜至極。

「去浣腸。」

花英說完，奎元裸著身體走向浴室。過了一陣子，奎元回來時，花英正出神地盯著床鋪。突然察覺到奎元的動靜，花英轉頭看著他。

「到床上。」

聽見花英的話，奎元開始緊張，明明幾乎不曾從一開始就在床上做過，不對，是記憶裡沒有這回事，這次搞不好是第一次──是新遊戲嗎？但他當花英的奴隸三年了，知道自己體驗過花英的每一種玩法。當然，花英喜歡的所有玩法自是不提，他連花英不喜歡的玩法都很清楚。因此，應該沒有玩法是他們沒試過或是新的玩法。除了對花英的畏懼，對新玩法的恐懼和期待也湧上心頭。

有什麼玩法是他們沒玩過的？切割？

花英從某處拿來一條繩子，叫他筆直地躺好。不是趴著，而是躺著。奎元一邊躺下一邊深呼吸，思索著花英要玩什麼遊戲。

花英抓住奎元的手臂，開始用繩索捆綁他。花英主要都是讓他忍受羞辱、忍耐的同時苦苦哀求他，享受樂趣。他沒有很喜歡綑綁，但他今天到底想做什麼？

花英將奎元的手臂綁起來，把繩子掛在床柱上後咧嘴一笑。

「究竟會變成怎麼樣呢？」

說完，花英機械式地行動。他把奎元身體下的床單全部抽掉，要求他張開雙腿。奎元默默地把腿張開，而花英手上拿著浣腸注射器，玻璃注射器裡的液體顏色有點奇怪——是琥珀色，從某方面來看很像小便的顏色，該不會是尿吧？奎元的身體一涼。

花英笑著，彷彿知道奎元在想什麼，又像不曉得。那個笑容與平常不一樣，讓奎元感到有點苦澀。

奎元做好覺悟，依照花英的要求，大大把腿張開。花英在奎元的腰下塞了一個抱枕，把奎元的臀部墊高。感覺聽到了塑膠摩擦的聲音，奎元在花英面前露出肛門。

花英將注射器的注射口插進奎元的後穴，奎元感覺到有什麼東西慢慢注入體內，咬住唇。他剛浣腸完，所以肛門黏膜很敏感，神經束緊繃的感覺讓奎元咬緊牙關。

「別纏上來，反正您都會哭出來。」花英道。

花英指的是奎元後穴反覆收縮、放鬆的動作。奎元「喵～」了一聲。

花英搖搖頭道：「不需要這樣，您就直接哭吧。」

花英用複雜的表情道。倏地，奎元發現花英依舊對他語氣恭敬。比起遊戲，這個概念更貼近現實。這是什麼情形？奎元慌張地抬眼看著花英。

他向來作為花英的巨大貓咪接受調教，現在突然變成在平等的狀態下受到束縛。每當他們做這件事時，花英都不會把奎元當人看。貓咪、奴隸、東西——那是奎元的角色。可是，為什麼花英現在說話那麼恭敬？

「花、花英先生？」

液體持續注入奎元體內，這確實不是他們之前用過的浣腸劑。可是，這真的是小便嗎？不對，不可能。用小便浣腸的形式大致分為兩種，一個是將臣服者自己的小便裝進注射器，然後注入體內，或者是支配者直接插入性器，在臣服者體內排尿。可是，這兩個情況都不是，所以肯定不是小便。那麼，這個琥珀色液體到底是……

倏地，奎元感覺到肚子一陣絞痛，瞪大雙眼。這的確是浣腸的效果，可是有點不對勁。是什麼？奎元用一下子發熱的腦袋思考。

他當然喜歡玩遊戲，現在也因為這個行為感到興奮。他的性器變硬，嘴裡發出「呼、呼」的呻吟，然後望向一臉慎重地看著他的花英。奎元眨眨眼，不曉得花英為何用慎重的表情看著他。比平常更強烈的浣腸效果讓他發出呻吟，感到羞恥的同時，繼續維持著這個姿勢。

突然間——眼前天旋地轉。

「……這……是！」

那一刻，花英迅速拔出注射器，奎元夾緊肛門。夾緊了嗎？他使盡全身力氣夾緊後穴，可是感覺非常遲鈍，有種臀部軟綿綿地融化、擅自打開的感覺。

看見奎元睜大眼睛、屁股用力的模樣，花英瞇著眼睛笑。

「應該會有點痛苦。」

花英說完，拿了塑膠袋過來，那是醃製泡菜時用的大塑膠墊。花英開始在拚命夾緊大腿忍耐的奎元身下，也就是床墊上方舖塑膠墊。這時，察覺到花英想法的奎元眼睛瞪得更大了。

「花、花英先生！」

「先說好，只要您今天講出一次安全詞，我跟哥就到此為止。」

花英警告他。

「這是懲罰，不對，這是您要做好的覺悟。是下次如果又有哪個王八蛋擅自拿我的性命當藉口玩弄您時——您不會主動逃跑，會向我伸手求救的考驗。」

「這、這是什麼……」

「是威士忌浣腸，哥是第一次嘗試吧？」

雖然花英講得稀鬆平常，但奎元這才知道那個琥珀色的液體是什麼。威士忌，天啊，奎元明白他的屁股為何會像著火一樣滾燙了，因為他用屁股喝了威士忌。酒精被腸道直接吸收，快速流竄至體內，導致眼前一片暈眩。奎元發瘋似的扭動、夾著大腿，臉皺成一團。

「花、花英先生……」

奎元啞著嗓音呼喊花英，他覺得自己快瘋了。不論屁股怎麼用力都很不安，他無法確定自己的屁股是否有用力，也不曉得花英注入了多少。屁股好燙，而且一直使不上力，很是不安。

花英一定是為了讓他排泄在床上才鋪上塑膠墊，可是奎元做不到。花英雙手抱胸，看著奎元發出「呼唔」的聲音，夾緊臀部的模樣。

其實，這個遊戲真正的玩法是讓對方在床上排泄。當然，這裡指的是第一次的浣腸，讓臣服者在自己的排泄物上打滾——即使對方是名受虐狂，所有玩法也需要升級——對方就會進入瘋狂的狀態。

但花英不想對奎元做到那個地步。反正奎元本來就非常害羞，光是這樣就能對他造成足夠的衝擊了。

「花、花英先生，我……呼、腳……不、不行，不行……」

他想必痛苦得要死。其實注入奎元體內的威士忌不多，奎元平常玩遊戲時可以注入八百毫升，雖然花英不曾再增加注射量，但奎元應該可以承受到一公升左右，這樣的奎元體內只注入了不到兩百毫升的威士忌，是兩百毫升注射器的一半又多一點，所以大約是一百五十毫升。

即使如此，奎元的反應還是超乎預期。奎元夾著腿拚命忍耐，唯獨不想排泄在床上，因為花英不曾強制要求玩這種遊戲，所以奎元頂多排泄在浴室地板上。他現在想必真的快瘋了。

「反正排出來的只會是酒啊。排完就結束了。」

花英不曉得自己講的話奎元聽進了多少，奎元扭動全身，腦袋發燙似的不斷喊著「拜託、拜託」，就連「拜託」兩個字都沒辦法好好喊出來。每當便意繞回穴口，奎元就會因為越來越強烈的便意而呻吟。他一定很想喊安全詞。

如果用肛門飲酒，會不曉得自己含進了多少酒。而且，也會感受到重要的排泄器官會因為這次飲酒而完全毀壞的恐懼。若說電椅是考驗肉體的機器，那麼威士忌浣腸就是考驗羞恥極限的行為。電椅不是自身可以控制的，但威士忌浣腸是只要他想忍，就能忍住的考驗。當然，他忍不到最後一刻，但是最後控制不了自己可以控制的身體，會帶給臣服者巨大的自我羞愧感，浣腸之所以是所有羞恥遊戲的基礎，也是因為這個原因。

奎元感覺到便意拚命往外湧，當他以為穴口要打開的那一刻全身用力，連腳尖也用力。感覺到大腿肌肉繃緊時，奎元哭了。

「花、花英先生……」

花英爬到床上，奎元則皺著眉。花英溫柔地用嘴唇撫過奎元的臉，低聲道：

「排出來就好了，對吧？」

「花、花英先生……啊、哈啊！花、唔！」

奎元的臉已經溼了。每當他揮起手臂，床柱就會危險地晃動。花英分開奎元的腿，把一隻腳扛在肩膀上，將性器的前端用力壓上奎元拚命夾緊的穴口。

奎元渾身顫抖，抬眼看著花英，一股讓全身毛孔擴張的恐懼籠罩著他。

「不——！」

但是花英迅速插進奎元體內，奎元的眼球向上翻起。

花英的性器硬插進來，但奎元不能放鬆，他夾緊肛門，拒絕了花英，使花英噗哧一笑。

「對了，這麼說來，我們沒有玩過強姦遊戲呢。」

不是遊戲時的花英，而是平日的花英侃侃而談。

奎元的心臟快速跳動，他臀部用力，無論如何都不想接納花英的性器，因為稍微放鬆，體內的液體就會立刻灑在床上。他已經快憋不住了。

「你不想玩吧？」花英問。

奎元滿臉淫意地點頭。拜託，拜託，奎元健壯的身體不停扭動。

花英像個惡魔，對努力忍耐的男人低聲道：「我幫你塞起來吧。」

然後花英一口氣貫穿奎元的身體。

肚子一陣翻騰，裡頭容納了威士忌及花英的性器，讓奎元快要瘋了。他覺得不只是肛門，連內臟都受到了侵犯。實際上，每當威士忌快流出肛門，又被粗魯抽插的性器再度推回肚子裡時，奎元幾乎快崩潰了。花英這不是把他當成人，而是把他當成馬桶，當成充氣娃娃。

啊啊、啊啊啊！奎元發出慘叫。他覺得自己要精神崩潰了，但問題是——

「哥，奎元哥。」

花英不允許他成為馬桶，也不允許他成為充氣娃娃。每當他快精神渙散時，花英會呼喊他的名字。奎元哥——每當這個時候，沉沒的神志就會被強制拉回來。

奎元哭著感受花英的吻，花英的吻沒有啃咬也沒豎起牙齒，很甜美。可是，花英一邊親吻他，一邊壓著他的肚子。每次花英壓下肚子，內臟受到擠壓，威士忌就更劇烈地擺動，讓奎元發狂。

排泄感衝上頭頂，他的肛門已經擴張到了極限，只是因為花英的性器，排不出去而已。雖然硬是夾緊肛門痛苦得令他想死，但他無法在肛門打開的狀態下進行排泄，痛苦到讓他想請花英乾脆殺了他。

「花、花英先生……！」

奎元拚命掙扎，他的手臂在空中揮動時，花英讓他環住自己的脖子。奎元拚命抓著他。

「我、我快要死了，呼啊、哈啊！啊——」

奎元一邊哭，像發燒的人一樣胡言亂語。

「好痛，啊，呼啊！好舒——啊，啊——好痛、好舒服，呼啊、啊啊啊啊！啊嗯、呼啊啊啊啊！」

每當花英稍微把腰往後抽，排泄感就隨著快感達到最高點。而當花英插入，威士忌就會倒流，痛苦到奎元瞪大雙眼。

每次插入時，花英就在奎元耳邊低語：「要不要每天這麼做？嗯？還有很多種比這個更痛苦的玩法喔。」

奎元哥，奎元哥——花英不斷喚著他，將他的意識拉回到水面上。

「要訓練您排便嗎？」花英笑道，「我說，您知道每天做排便訓練會發生什麼事嗎？如果沒有得到允許，你會連排泄都做不到。你會有種不管你多想排泄，不知為何就是無法排出來的感覺。

哥，您知道『不知為何想排泄卻無法排出來』的威力有多大嗎？」

花英低聲細語。

「我真的買條鐵鏈養您吧？就像豢養野獸一樣——那樣應該會很開心吧？您跟我都會變得很完美。然後殺了你，成就我們的愛情。這才是完美，是受虐狂與虐待狂完美的結局吧？是完美的人生吧？我在你的屁股上做條尾巴，讓你每天上廁所時都苦苦哀求，無時無刻都在地板上吃飯……？嗯？」

奎元在痛苦與快感之間哭泣，眼淚不斷從臉上滑落，慘叫聲裡摻雜著嬌吟，大聲喊叫。

花英只頂弄奎元喜歡的地方，每當頂到，黏膜就會開心地黏上花英的性器，然後又因為從穴口回流的威士忌頓失力氣，像被電擊一樣痙攣，奎元的嘴裡則發出悲鳴。

「你現在可以說安全詞了。」

花英低語。

他喜歡金奎元，可是如果花英無法擁有完整的他，就想完全放手。

他還以為他擁有完整的奎元，但如果奎元再度離開，下次自己真的會垮掉。假如自己垮了會發生什麼事？花英曾經垮掉一次，然後想殺了奎元。也許第二次會比第一次容易，也會成功。

我夢想與你有個幸福美滿的結局。

若要說這是虐待狂偽善的一面，那也無妨。

可是，假如他們不能白頭偕老，他會想放手。若要放手，就必須由奎元結束這段關係。花英太愛奎元了，無法替這段關係劃下句點。就他的立場來說是不可能的。因此，要結束就必須由奎元開口。

「我叫你喊花英啊。」

可惡，訂錯安全詞了。花英狠狠低聲道。應該訂為其他詞的。

花英啊——奎元幾乎不曾這樣叫過他，最近聽到是在兩個星期前，那個連聲音都發不出來的男人說的。

花英啊，我愛你。雖然他無法出聲，可是花英的腦袋聽見那句話了。奎元的聲音在他的腦海裡迴盪，如此美好的回憶裡添了一筆離別的記憶，讓人心情真差。

花英沒有嘆氣，反而勾起笑時，奎元用腿纏上花英的腰，把他拉向自己。

「我、呼唔！哈嗯、啊唔——我、我不會——啊、啊啊！不會、不會放棄，啊，不行，哈啊啊啊！」

奎元拚命地說完。花英瞪大雙眼時，奎元咬住自己的嘴脣。呼唔、呼唔——奎元渾身顫抖。

花英感覺到有液體滴到自己的性器上。那個液體沿著性器滑落，流經睪丸，從奎元的股溝往下流，在塑膠墊上形成一個水窪。

花英笑了，從奎元體內一口氣抽出性器。那一刻，奎元的肛門緊緊收縮。然而，後穴直到方才都含著大小超乎尋常的性器，一陣一陣地抽動著。潺潺流下的液體停止，然後再次凝聚成水珠滴落。

花英爬到奎元身上低聲道：「你很乖吧？咪咪。」

奎元瞪大雙眼。

「那你就要乖乖地排出來啊，嗯？」

花英的雙眼彎成一道新月，奎元的肛門像座山一樣凸起，不論他怎麼用力都夾不緊。

奎元哭喊著「請、請不要看，花英先生……」，那一刻，花英搧了他一巴掌。

臉上挨了一掌的奎元大喊著「呼啊啊啊啊啊！」，與此同時，他的肛門大大張開，琥珀色液體就這樣噴出。

彷彿屁股不是自己的身體。因為長時間含著威士忌，他從屁股到腸胃都炙熱不已。

奎元閉著眼睛，聽著花英撤除塑膠墊的聲音，每次聽到塑膠摩擦的聲音就會哭。

跟身為「人」時不停哭泣的奎元相比，化身為「咪咪」的奎元哭得更性感。雖然他在哭，可是每次花英的手碰到他，他就會「喵～」一聲。跟不久前不一樣，只要奎元發出貓叫聲，花英就會指責他道：「喝醉了啊，真壞，明明是貓卻喝酒。」或是輕拍他的臉頰。光是這樣，奎元的性器就直直挺立。他的屁股好痛苦，內臟像在燃燒一樣炙熱，但奎元依然遵照花英的命令，繼續等待。

「想做嗎？」

回到房間裡的花英笑著問，奎元喵了一聲。他的臀部發軟，內臟炙熱，肛門的神經變得很敏感。奎元把雙腿張開到極限，在後穴張到最大的狀態下，在粗糙的保潔墊上磨蹭屁股。可是這樣還是碰不到後穴，讓他快瘋了。

花英的手握住奎元的性器，奎元就像發情期的貓一樣，哭喊著：「喵~哈嗯！啊嗯！哈唔，喵~！」

察覺到奎元在抗議不是那邊，花英笑出聲來。花英鬆開手道：「哭給我聽，告訴我你有多想要。」

手放開的那一刻，奎元的身體跳了起來，然後猛地把花英推倒在床上，跨坐上去。

花英的眼睛發出銳利的光芒，那一刻，奎元長長地舔過花英的脖子。嗯、嗯！奎元不停呻吟，把花英的性器放在自己的臀部之間，一邊滑動一邊掉淚。

花英揚起唇角，那是奎元喜歡的「主人」的微笑。

伴隨著「啪」的聲響，奎元在花英身上彎下腰。花英再次拍打奎元的臀。

「哈嗯！」

奎元叫出聲。

「真沒規矩，離家出走回來就一團糟呢。」

花英這麼說完，用手指挖摳奎元的股溝。股縫間一團糟，明明只不過是指尖偶爾扣住肛門的程度，奎元就無能為力地扭動身體。他自己撐開臀部，跟著花英的指頭移動，想讓花英的手指碰到後穴，哭得很淒慘。

「這樣不行，你太隨便了，我應付不了你啊。」

說完，花英把手舉起，搧了奎元一巴掌。這一掌很紮實，重心不穩的奎元往旁邊倒下。

「家裡的鞭子……沒了吧，真是的。」

沒有鞭子？奎元眨眨眼。他記得這個家裡有皮鞭、鞭子、手拍——全部都有。雖然有的是花英的收藏品，但奎元也買了覺得不錯的道具，填滿抽屜。可是花英說什麼都沒有？

看見奎元的表情，花英道：「你看起來一臉失落呢。」輕撫上奎元的臉。

花英想了一下後，朝浴室走去並說：「咪咪啊，過來。」

於是，奎元立刻從床上跳到地上。花英看見奎元四肢著地爬過來，咧嘴一笑。

「別再扭屁股了，明明才出門沒幾天，怎麼變得這麼淫蕩？」

倏地，花英掐住奎元的脖子，往上拉起。奎元不得不挺起腰，用雙腳站立。

「就算你變成了母的，應該沒有被其他傢伙上過吧？難道離家出走的貓真的會變成流浪貓的玩物？你有撐開這淫蕩的大屁股，求別人插你嗎？」

奎元搖搖頭。

「你要我怎麼相信你？這屁股多色情啊，嗯？其他傢伙是怎麼對你的？他們吐出噁心的氣息，插進了你的屁股嗎？你喜歡精液，有對他們哭喊過喜歡嗎？你用這個屁股吃過幾個性器？兩個？三個？」

奎元喵喵叫，再次搖頭。花英扶起奎元，接著道：

「你們在哪裡做的？巷弄裡？還是公共廁所？天氣很冷，聽說禽獸們時常會占據公園的廁所，你有把身體獻給他們，躺在廁所的一角嗎？那些傢伙有為了你緊緻的後穴瘋狂嗎？你是怎麼服務他們的？嗯？你有夾緊這個屁股，送那些傢伙上天堂嗎？嗯？」

明知道不是那樣，花英卻感到有趣地低聲細語。奎元泫然欲泣地搖搖頭。

「不是？那你這裡為什麼一直流著水？」

說完，花英握住奎元的性器往後用力拉。奎元因為劇痛，身形一晃，彷彿隨時都會腿軟。

「你是多隨便就躺下，讓身體變得這麼輕浮？一點也不自重。」

花英這麼說完，讓奎元反過來坐在馬桶上。奎元抱著水箱坐著，花英開始在他旁邊的洗手臺清洗玻璃浣腸注射器，然後裝滿溫水。見狀，奎元不停「喵～喵～」叫著。因為威士忌浣腸的緣故，他的腸道處於非常敏感的狀態，如果又進行浣腸會非常難受。

但是，花英將注射器裝滿溫水後命令道：

「把屁股抬起來。」

聽見花英的話，奎元「呼——」地一聲哭了。即使如此，他還是把屁股翹起、往後推，後穴入口觸碰到注射器的注射口。

「放進去。」

聽見花英的話，奎元將屁股往後推。注射口插入甬道，光是磨擦過穴口就讓奎元再也忍不住，朝馬桶的水箱射出精液。

看著腰肢不停顫動的奎元，花英很輕易就看出他射精了，狠狠咬上他的耳朵，似乎發出了「啪嚓」的聲音。雖然耳骨不可能斷裂，但奎元渾身顫抖。他還在射精，在射精時受到巨大的刺激讓他完全沉迷。

花英對奎元低聲道：「你來按。」

雖然還在射精，但奎元將不停顫抖的手臂伸到身體後方，接過注射器。他按壓注射器的手指似乎冒出冷汗，每次稍微按下，溫水就流入奎元的甬道裡。變敏感的腸道黏膜把溫水認知為熱水，腸道似乎就快撕裂了。當奎元「咿」一聲夾緊臀部時，花英一口氣把注射器的活塞推到底。剎那間，溫水猛地注入甬道中，劃破所有黏膜。

呼啊啊啊！奎元發出不曉得是嬌吟還是慘叫的聲音。

滴答、滴答——聽見馬桶積水滴落的聲音，奎元的性器再次獲得力量。

「光是水就這個樣子，讓我不得不懷疑你呢，嗯？」

奎元搖搖頭，喵～喵～悲痛地叫著。

花英咧嘴一笑，說著「嗯，好吧，那我們來測試一下」，然後從浴室櫃裡拿出某樣東西。他拆開經過殺菌包裝的物品，用手從後面包裹住奎元的性器。他對奎元才剛射精卻已經硬挺起來的性器贈予濃烈的愛撫，同時舔舐奎元的臉頰。

奎元的身體不斷顫抖。花英的手觸碰到他馬上就勃起到極限的性器，因此感到舒服的奎元閉著眼睛，發出長長的哭嚎。雖然後穴含著水很痛苦，但他因為痛苦而勃起也是事實。每當水在內臟之間來來回回、拍打上肛門，奎元都會發瘋似的哭泣，但也努力地用力夾緊後穴。

此時，花英低聲道：「如果你沒漏出來，我就相信你。」

漏出來？什麼？

奎元暫時無法理解花英的意思時，一陣尖銳的痛楚竄過性器。性器受到侵犯的感覺讓他清醒過來，「啊啊啊啊啊啊！」地大聲慘叫。接著，水從奎元的肛門滴落。

終於把一直憋著的東西排出來的滿足感，與單方面插入排泄口的驚人東西帶來的插入感，讓奎元豎起指甲，搔抓著馬桶。「咿咿、咿咿——」的聲音神經質地響遍整間廁所。

「所以我才無法相信你啊。」

聽見花英殘酷又溫柔的嗓音，奎元低頭看向自己的性器。性器上插著又薄又長的棉花棒，雖然插得非常淺，但光是插入就讓他全身冒冷汗。

「乖巧的貓咪是不會離家出走的。」花英低語，「離家出走的話，生氣的主人可不曉得會幹出什麼事。」

聽見花英的話，奎元發瘋似的點頭。拜託，拜託，請把它拿出來——奎元用盡全力點頭，以免讓花英不高興。

可是，花英開始慢慢轉動又細又長的特殊棉花棒。這明明只是柔軟的棉花，刮著尿道內側的感覺超乎想像。從未想過的地方受到侵犯，這感覺讓奎元慘叫道：「哈嗯，呼唔！請、請您原諒我。嗯，拜託您、呼啊！」

因為這根不停轉動、緩緩插進尿道的棉花棒，奎元覺得自己快瘋了。

「雖然咪咪的性器早就不是這裡了，不過偶爾用用這邊也不錯吧。」

不過，咪咪是一隻母貓，就算要用這個洞，也得用雌性的方式吧？

花英這麼說完後放開手。因為花英沒有插出棉花棒就放手，奎元早已溼了，抬起軟綿的目光看向花英。

「比起這裡，我家咪咪更喜歡後面對吧？」花英問。

奎元再次熱情地點頭。不論屁股受到什麼對待都無所謂，無論是浣腸還是拳交都可以，拜託請把這個拿掉。拜託，請拿掉。

面對奎元的哀求，花英咧嘴一笑，回到洗手臺旁。看到花英再次將注射器裝滿水，奎元瞪大雙眼。在洗手臺裡放了溫度看起來比剛才還高的水，用注射器抽取後，花英輕笑道：

「期待嗎？」

奎元無法點頭也無法搖頭，只能哭。花英拿起注射器走過來，奎元再次把屁股往後推。

花英將注射器插進奎元的肛門，非常緩慢地壓下活塞。潺潺流入的熱水讓奎元「咿」了一聲，渾身僵硬。細小的水流慢慢流入甬道，漸漸積起時，花英突然把活塞壓到最底部。

呼啊啊啊！奎元還沒慘叫完，花英就已經把注射器的水都注入奎元體內，然後抽出來了。

滴答——傳來幾聲水滴落的聲音，但很快就停止了，因為奎元再次夾緊肛門。

「這次別灑出來了。」

花英說完，用手指彈了一下插在奎元性器上的棉花棒。

呼唔！奎元發出低吟。花英對已經半清醒的奎元道：「你是喜歡屁股被侵犯，還是喜歡陰莖被侵犯？」

奎元抬起朦朧的視線，看向花英。

「你就瘋狂地喜歡這個？喜歡陰莖被侵犯，是嗎？」

「不、不是——」

「你馬上就勃起了啊。說給我聽聽，你說，咪咪喜歡陰莖裡面被侵犯。」

奎元一邊哭一邊喘息道：「咪、咪咪……」

「嗯。」

「喜歡……陰莖、陰莖裡面被……」

奎元沒辦法再說下去，花英就用手又彈了一下棉花棒。奎元的身體像遭到雷擊一般彈起，慘叫著說：「喜歡！我喜歡！啊啊啊啊啊！」

「喜歡旋轉還是喜歡被插？」

花英一邊問一邊轉動棉花棒，輕輕彈了一下。只是如此，就讓奎元發狂似的抓著馬桶水箱並哭泣。

花英抓住奎元的手，讓他無法搔抓馬桶，同時用另一隻手移動棉棒。明明動得非常緩慢，奎元依然渾身顫抖，做出反應。不斷移動的綿棒緩緩搔刮著尿道，摸索似的往外抽。最後來到尿道口的那一刻，花英警告他：

「這次你再灑出來，我就拿你當馬桶。」

然後，棉棒從尿道口抽出來。那一刻，奎元咬緊牙關，用力夾緊自己的屁股。接著——他射精了。不過因為他緊夾著屁股，無法感受到痛快的宣洩感。

花英抓住奎元腰部的手往後拉，接著一把將奎元推向馬桶水箱，變敏感的臀部甚至感覺得到馬桶蓋劃過。白色液體滴滴答答地滴到水中，緊接著，黃色的水隨著「噓」的聲音滴進馬桶裡。

奎元擠出聲音道：「請您允許……」

花英一回答「好」，水立刻從奎元的甬道溢出。這次，滴落的水打溼了花英的腳，花英笑著說：「不僅耐性沒了，連瞄準都瞄不準。明天開始得重新調教你了。」

奎元滿臉通紅。即使花英允許他排泄出來，他也當然要瞄準才對，但花英一說「好」，喝醉的屁股就犯錯了。看見奎元這副模樣，花英性感地笑了。

差不多到極限了。

花英讓奎元扶著馬桶站起來。剛才他抽送到一半就停下來，一次都沒射。看到那麼多奎元的醜態，他渾身發麻，差不多到極限了。花英粗魯地插進奎元體內，殘暴地馳騁。

奎元哭著掙扎，花英則抓住他的手臂往後拉。每當浣腸數次後變得柔軟敏感的肛門被撐開，奎元就會不停哭泣，發出嬌吟。

「舒服……啊，好舒服。好喜歡、屁股，好像快壞……呼！啊啊、呼啊啊！啊嗯！那裡，啊啊啊啊啊，太大了，好舒服，呼啊啊啊啊！」

奎元像這樣哭著，讓花英笑了，心臟怦通狂跳。他差點失去這個男人，但再次擁有他的心情太過刺激，讓他快瘋了。

花英在奎元即將到達高潮之際允許他射精，並捏住奎元的乳頭用力一扯。奎元因為施加在乳頭上的虐待而吃了一驚，射了出來，內壁緊緊夾著花英。接著，花英也將精液注入奎元的甬道裡。

花英命令奎元打掃廁所，奎元以無力的雙腿在廁所裡移動。

奎元聽從花英的命令，跪在地上擦拭地板的水，腫起來的後穴不斷開合，吐出精液。

花英愉悅地欣賞著這個畫面，然後吐出摻雜著撒嬌——內容卻毫無慈悲之心——的威脅：「下次再拋棄我，就算要殺了你，我也會先對你做完所有事再送你上路。」

奎元回答道：「是，花英先生。」然後站起身，開始洗抹布。

原來SM的世界這麼大，奎元今天明白了這項真理，看來資歷三年的臣服者跟十年的支配者之間有無法填補的差距。當他還是新手的時候，因為是初學者，很多東西都不懂，但他已經不是新手了，還以為不論是哪種玩法，自己都能適應。可是，奎元明白花英一開始為什麼要綁住自己的手腕了。

因為威士忌開始發揮效果時，奎元搞不好會做出無法控制的行為。另一方面，這也讓奎元也了解到花英真的對他的身體瞭若指掌。雖然花英向來如此，但這次讓奎元特別明白花英有多了解他。

在那之後，花英讓奎元躺在床上。躺在不知何時再度鋪好床單的床上，心裡湧上羞恥感的奎元抬起手遮住臉，花英噗哧一笑。

「有什麼好害羞的。」

花英講得雲淡風輕，迅速替奎元受傷的耳朵、指甲跟肛門上藥。花英替奎元擦藥的期間，摀著臉的奎元抬眼看向花英。

「話說回來，花英先生，我不知道該不該問您……」

遊戲消除了焦躁不已的心，花英再次開朗起來。他在奎元身旁坐下後反問：「嗯？」

「家裡是不是……有點變了？」

聽見奎元的話，花英「啊啊」了一聲，沉默下來。

「廚房也是，從您剛才說的話來看，那些道具也不在了。而且家具跟床好像也不一樣……」

花英頓時無話可說。當然不一樣了，這是理所當然。

奎元因為花英這陣子的態度很奇怪，所以問不出口。他看著花英，又喚道：「花英先生？」

花英咂嘴一聲，「那個啊。」

花英低頭看向奎元，頓時露出有點為難的表情開口：「不知道為什麼，我覺得那些家具有點舊了。」

奎元慌張地抬眼望著他，花英就罵了句粗話「啊，媽的」，然後低聲說：

「對，沒錯，是我砸壞的，在哥離開後。我聽到你說要離開，想抓住你、把你囚禁起來，但我像個神經病一樣光著腳追到電梯前，腳就流血了。」

這好像不是不小心砸壞的程度吧？奎元回想了一下那些讓他感到疑惑的物品清單。床、衣櫃、鞋櫃、玻璃、整組流理臺、冰箱、微波爐、反省臺、電視櫃……他覺得找找沒有換過的東西會比較快。

奎元想著想著，某個瞬間，他的思考停了下來。沒有換的，好像只有廁所跟餐桌。廁所就算了，餐桌為什麼沒事？椅子都換掉了。

奎元有些不解地問：「餐桌還是原本那張餐桌，但是……」

那上頭應該是有什麼東西才沒遭殃——奎元話還沒說完，倏地滿臉通紅。他抬頭看向花英時，花英也罕見地滿臉通紅。看著花英用白皙細長的手（看起來如此，但其實只是男人的手）遮住嘴角，瞪著空無一物的角落，奎元茫然地仰望花英。

花英瞥了一眼奎元，彼此視線一對上，花英立刻從床上站起來，沒好氣地道：

「對，沒錯，我本來就是這麼意氣用事又敏感的男人，可以了吧？」

奎元一把抓住要離開床邊的花英，輕聲道：

「花英啊。」

雖然這三個字對其他人來說沒什麼，卻是只適用於花英的魔法咒語。聽見其他人不能用，只有金奎元能用的咒語，即使花英真的一臉不樂意，還是任由他抓住自己的手腕，停下腳步回頭看著奎元。

「對不起。」

「……」

「我不會再這麼做了。」

他不需要跟花英說，他這麼做是為了保護他。比起受到保護，比他年幼的主人更希望他待在身邊。他知道花英想要的是什麼。不論花英想要什麼，只要是花英想要的就夠了。奎元作為他的奴隸，沒有資格對花英的期望指手畫腳。

他之前做的事是很傲慢無禮的行為。他想過了，花英砸壞了家裡的所有東西，悽慘的廚房正中間只剩下那張餐桌，還有放在上面的飯菜。連椅子都沒有，被留下來的那些飯菜。

花英有吃掉那些飯菜嗎？還是他沒吃？奎元真心希望花英沒有吃下那些飯菜。一想到連椅子都沒有，只剩一張餐桌孤零零地擺在那裡，而花英站在餐桌旁吃下那頓飯，他的心臟就隱隱作痛。

從剛才打開的窗戶傳來吵雜的雨聲。

他想起站在那場雨中流血的花英，想起用遭到背叛的眼神問奎元拚了命離開他，是否就是為了奔向死亡的花英。

「花英先生，我搞不好會讓您再度身陷險境。」

聽見奎元的話，花英面無表情地低頭看著他。

明明沒有顯露出任何表情，但不知為何，奎元覺得花英在緊張。

他慢慢接著說：「我一定會去救您。」

奎元對花英發誓。

「只要您等我，我一定會去救您。所以，請您不要覺得讓我待在身邊是一件厚顏無恥的事。」

救個頭啊。花英用埋怨的眼神低頭看著奎元。

上次想著大不了大家一起死，去救奎元的人是他。是他辭掉工作，在日本跟韓國奔波，找尋奎元的蹤跡。即使他知道奎元主動請命成為尹幫的臥底，他還是怕奎元會發生意外，整個人都快瘋了。花英不曉得有多著急，不斷對湧上來的日本黑道揮舞鐵棍，同時在心裡祈求人在廢棄工廠裡的奎元平安無事——當他被槍聲嚇到、轉過頭時，都不知道自己被生魚片刀砍傷了，連話都說不出口。

抬頭看著不曉得是不停嚥下口水還是嗚咽聲的花英，奎元笑了。窗外的雨聲越來越大，記憶中那淒涼的雨聲已經被那吵雜的聲音掩蓋了。

兩星期後，尹花英的體重恢復如初，而且從那天起就不再夢到那個夢了。主人的幸福伴隨著奴隸的反省回來了，不過奴隸本人……

奎元一一確認過家裡，對損失的財物感到筋疲力竭。雖然損失金錢也是一種損失，但主要是那些無法用錢解決的東西。奎元一樣一樣填滿的情趣用品、奎元一邊賺錢一邊服侍主人，在忙碌的生活中一點一滴改造的家具、還有他從繪製設計圖開始，依序製作出來的物品……

手工家具本來就是用上等木材、昂貴木材製成，而且他是跟主人一起生活，所以用了更高級的木材，不怕繁瑣的工程親手製作。可是，那些家具都……奴隸貓在家計簿兼食譜書的本子上寫下必須製作的物品、要花錢的東西、必須做的事情還有應該丟棄的東西——但唯獨這次，他厭惡花英的喜好。

花英把昂貴的家具全部砸壞，然後在網路上買了最便宜的家具，把家裡填滿。他們原本的床墊價值一千萬韓幣，真的很舒適，卻連那個床墊也遭殃了。怪不得他腰痛——奎元扶著自己的後頸。

是啊，貓咪果然還是得乖乖聽主人的話。

Third.act

只想要你

Nobody but you

冬末，尹花英開了一間小小的會計師事務所。拒絕父親跟哥哥們的所有援助，租了一間小辦公室的花英看著不斷送來的花圈，嘆了一口氣。送一束花就好了，為什麼要送花圈呢？具成俊、父親、兩位哥哥、姜勇佑、高中朋友們、大學朋友們到前公司的那些人，全部都送了花圈。這間辦公室只有鼻屎般的大小，花圈卻多到擺滿走廊還不夠，連辦公室內都被花圈占滿了。花英看著這副景象皺起眉，就跟他們說不用送花圈，介紹客戶給他就好了啊。

花英嘆了一口氣。看到花英正苦惱著是不是應該買垃圾袋回來，把這些花圈塞進去，奎元不知打了通電話給誰，花店的人就立刻過來把這些花圈收走了。

在事務所開業當天，花英第一次發現花圈這種東西是可以回收再利用的。

到最後都占據著花英辦公室的東西不是那些花圈，而是奎元買來的一束黃玫瑰。奎元很聰明地一手拿著玫瑰花束，另一隻手拿著花瓶，在冷清的辦公室裡擺上花瓶，把花插進去。

他開心地笑道：「我想當您第一位客戶。」

聽見奎元的話，花英撓撓頭，「跟您有工作關係是明智之舉嗎？」

即使人會因為工作關係良好而成為朋友，可是有很多人從朋友變質成工作關係，沒看過什麼好結果的花英露出懷疑的表情。朋友之間都會因此鬧翻了，更別提他們是戀人，不要這麼做是不是比較好？

花英這麼問道，但奎元搖搖頭說：「不會有事的。」

奎元說完，開始拿出兩個月前花英幫忙整理的文件。哎呀，不管了。花英點點頭，伸手接過文件。

花英拿出寫著「尹花英稅務會計事務所」的小本收據簿，遞給奎元道：「請告訴他們，先把所有收據按照日期，貼在這個本子上。」

奎元聽完，露出滿臉笑容。

應該不會有事吧，花英撓撓頭。

「不過，哥竟然是我的第一位客人，我很開心。」

聞言，奎元開心地笑了。之後奎元環顧了一圈辦公室，問：「話說回來，您也得找些員工吧？」

花英回答：「我想先找一位曾在會計事務所工作過的人。」

花英深信一個有能力的人才，足以抵過十個無能的人類，打算開出比其他會計事務所稍高一點的薪資。因此，待遇優渥的事務所很快就被求職者擠得水洩不通，然後過了一個星期，一名女性成了花英事務所的行政人員。

直到那時為止，花英的事務所看似發展得很順利。

從客戶公司回來，尹花英一打開手掌大小的事務所大門，就忍不住嘆了一口氣。真奇怪，事務所的營運狀況很普通，工作量也沒有特別增加，為何他的事務所裡有這麼多人？他買了一張多功能的圓桌和四張小椅子，可是那些東西不曉得跑去哪裡了，反而有一組沙發占滿了這間小小的辦公室。而且，他明明外出不到幾小時，為什麼感覺室內裝潢變得有點不同？

「花英先生，要喝茶嗎？」

奎元像管家一樣恭敬地詢問。花英搖搖頭，坐在沙發上的成俊就抬起頭道：

「花英，你現在才回來啊？」

然後李基煥交疊雙腳坐在一旁，幫初次見到的男孩打耳洞，並打了聲招呼：「歡迎回來。」

我明明是走進自己的事務所，這些不請自來的人都是怎麼回事？

花英眉頭一皺，可是他無法忽視這些人。因為包含即將闖進來的姜勇佑，這些熟人全是花英的客戶。花英包辦了基煥的店、成俊的店還有姜勇佑的會計工作。成俊這邊，他們家公司的帳務當然是委託被稱為ＢＩＧ4的四大會計事務所之一來處理，但成俊個人經營的狎鷗亭紅酒吧的所有稅務都交由花英處理，所以這些人都是他的客戶。

看著這些隔三差五就往這邊跑的客戶老闆，花英雙手扠著腰問：

「今天又怎麼了？」

「要不要去地牢？」

因為這些人，他已經走了兩名女員工，花英非常疲憊。每天都有不曉得是老闆的客人還是朋友的人進進出出，對她們來說想必非常不便。

即使如此，花英不曉得是他面試時的眼光非常差，還是這些朋友太過彪悍，員工都到職未滿一週就離開了。本來應該由事務長或女員工處理記帳事宜，花英只需要處理雜事以外、需要會計師執照的工作才對，結果因為這些損友，他什麼工作都得做。

花英坐到桌前，看向奎元道：

「哥，你們得申報特別消費稅，可是資料還沒送過來。您催一下李健宇吧。」

「那我們呢？」成俊問。

「你上上個月不是申報過附加稅嗎？」

「那現在還剩什麼？」

「申報的話，剩五月的綜所稅。」

聽見花英的話，成俊嘻嘻笑道：「那這三個月我只需要來這裡喝喝茶、聊聊天就好了呢。」

花英的臉明顯皺在一起。成俊跟奎元至今糾纏不清的關係似乎畫下了休止符，具成俊不再在意奎元，奎元也是如此。成俊還曾告訴花英：「我以後絕對不會再死皮賴臉地糾纏金奎元了，別擔心。」但花英完全沒把他的話聽進去，可是他很快就知道成俊說的是真的。

然而不曉得為什麼，花英還是不想讓成俊跟奎元待在同一個空間裡。但是，後來李基煥也不知道是怎麼搞的，帶著臣服者一起來這裡消磨時間。

「花英啊，綜所稅是什麼？」

李基煥問完，成俊就回答：「是綜合所得稅，哥，您五月也得申報吧？」

「喔，花英會幫我處理吧。」

雖說他收下了「五月調整費[1]」，所以會幫忙申報……但花英搔了搔頭。他在公司上班時，沒想到自己開業的壓力會這麼大。

此時，事務所的大門被打開，姜勇佑來了。一踏進事務所，姜勇佑就理所當然地要求道：「奎元啊，給我一杯咖啡。」然後走向花英，遞出帳本。

「我們經理要我交給你的。」

1　五月調整費：在韓國，一般稅務會計事務所會收取記帳費，代理帳本記帳。五月的委外記帳費稱為五月調整費，會收取比其他月分更高的委外記帳費。雖然稱為五月調整費，但其實是代理申報綜合所得稅的手續費。

「哥的哪個經理？」

「茶室。」

花英的客戶中，擁有最複雜事業體系的姜勇佑一臉笑咪咪的。

姜勇佑作為準財閥家的兒子，手底下擁有的產業清一色都是那種類型的，稱為「茶室」和「家」。

因為擁有幾家合法與非法產業的勇佑，花英最近十分迷惘。

花英在四大會計事務所任職時，處理的業務是以企業為對象。花英接觸的企業都是財團法人，都是合法產業，交易往來當然都很透明。可是第一次看過姜勇佑提供的資料時，花英甚至不曉得自己看了什麼東西。花英以為那些不是正規企業，所以會有一些逃漏稅的問題，可是姜勇佑逃漏稅的程度可不只一些。而且，姜勇佑的「家」，也就是賭場是一隻會下金蛋的金雞母，但他的營業登記許可卻是一般餐飲店，他們會賣一些簡單的麵食，然後只申報那些營利。

而茶室是一個僱用了六名女服務生的地方，簡單來說，就是包含性服務的酒吧。茶室的營業許可登記當然是風化場所，屬於特別消費稅申報對象。

「嗯，謝了。」

花英從勇佑手中接過帳本。

「花英啊，你什麼時候忙完？」

這三人就像七歲小孩來家裡喊著「花英～我們去玩」一樣，不斷催促。

花英眉頭一皺，「你們自己去吧。」

「喂，至少要一起去啊。」

他們會這樣纏著他，是因為花英的前上司最近正式在地牢出道了。那不是花英所樂見的，可是對方每次看到花英就會渾身發抖，讓支配者們大飽眼福。

「我說過部長跟我沒有任何關係，你們為什麼都不相信？」

「我們也有眼睛。那傢伙明明用炙熱的眼神望著你，渾身顫抖，你要我們怎麼相信你？」

姜勇佑輕笑出聲後，花英嘖了一聲。

奎元把咖啡遞給姜勇佑並看向花英，雖然花英幾乎沒有表露出來，可是他似乎非常厭惡那個被稱為部長的男人。那件事情，花英只跟他講過一次，他厭惡的神情還記憶猶新。不過，那位部長似乎還喜歡著花英。

奎元瞄了一眼時鐘，他差不多該去店裡了。花英應該無法拒絕這些客戶老闆兼朋友的邀約，他們三人之中肯定有人會載花英過去，所以奎元打算直接離開，但姜勇佑抓住了奎元。

「奎元啊。」

聽到年紀比自己大的姜勇佑叫他，奎元轉過頭。不曉得為什麼，現在李基煥跟姜勇佑都對奎元採取特別待遇。他們不把他當成花英的臣服者，而是花英的戀人，這反倒讓奎元覺得比之前忽視他時還不自在。除了花英以外，絲毫不在乎其他人怎麼看待自己的奎元，每次聽到李基煥或姜勇佑叫他「奎元啊」都覺得很尷尬。

「是。」

「你也一起去吧。」

聞言，奎元含糊其辭地說：「我要去店裡……」

這時，具成俊開口道：「一起去吧，你不想看看那個部長長什麼樣子嗎？」

奎元是想看，可是他沒把對方當成情敵，只是好奇那個部長是什麼樣的人、長什麼模樣。他想知道騷擾花英的男人長什麼樣子。

花英看到奎元望著自己，十分慌張。那是尋求許可的目光。

花英跟奎元解釋：「不，他只是一個有點管理能力的四十幾歲上班族，長相很符合『朴部長』這三個字。」

可是奎元沒有退讓，他直接開口請求花英的允許。

「……不行嗎？」

「不是，也不是不行啦。」

就算去看了，那個人真的只是四十幾歲的大叔啊。花英撓撓頭，他喜歡看奎元嫉妒的樣子，既然奎元說要看，他也不想阻止他。

李基煥倏地站起身，不等露出乳頭的臣服者把T恤整理好就環住奎元的腰。

「走吧。」

其實他本來是想攬上奎元的肩膀，可是這對個頭矮小的李基煥來說是不可能的事，所以他最後把手臂環到腰上。在李基煥的催促下，奎元不由自主地被拉著走，回頭看向花英。

「基煥哥？」

花英喚了基煥一聲。

「你搭成俊的車吧。」

但李基煥揮揮手。搞什麼啊——奎元聽見花英用傻眼至極的嗓音低語，乖乖跟著李基煥走，因為他覺得李基煥應該是有話要跟他說。

李基煥先坐上姜勇佑的車，奎元跟著坐上去，最後是姜勇佑坐進駕駛座。

「花英的表情真難看。」

勇佑透過後視鏡確認花英的表情，露出苦笑。

「但是那傢伙如果真的不樂意，他會追上來砸爛你的擋風玻璃。他沒這麼做就代表沒事，走吧。」

聽見李基煥的話，姜勇佑回了句「說的也是」，然後踩下油門。

突然要去地牢，奎元先拿出手機，打了電話到店裡。

「是我，我今天會晚點去上班，店裡沒什麼事吧？」

李基煥露骨地轉頭看著跟店裡通話的奎元，姜勇佑也透過後視鏡瞥了一眼。這男人長相凶狠又有壓迫感，但是在他壯碩的身材和看似冷酷、面無表情的外表底下，其實是一個非常恭敬有禮的人，對尹花英就更不用說了。這個名叫金奎元的男人，是只要尹花英說一句話，就什麼做得到的人。

不過，不只是對花英如此，這個人對待其他人的態度也比一般人還恭敬，撇開性癖不談，只看為人也會對他相當有好感。而且……

「你們最近相處得好嗎？」

李基煥一問，剛掛掉電話的奎元回答道：「是的，很好。」

而且他是尹花英愛得死去活來的對象。前陣子花英跟這男人吵架時，花英不僅辭掉工作，還瘦得像枯枝一樣。結果兩人一和好，花英的身材又馬上變回原本的狀態。

即使認為花英真的是個單純的人，李基煥也無法討厭花英，姜勇佑也是，具成俊想必也是。

李基煥不得不喜歡花英這個人。他脾氣暴躁又恣意妄為，和藹可親又有些傲慢，即使如此也有吸引人的一面。

大家都喜歡尹花英，雖然有時候看到那傢伙對這份情誼毫不在意會覺得火大，但李基煥還是無法將花英當成陌生人。

「別吵架，我們都以為真的得幫他辦喪禮了。」

聽見李基煥的話，奎元露出苦笑。也許李基煥會喜歡花英，不對，也許大家會喜歡花英也是因為這樣。花英不會算計別人，即使有可能受重傷，花英還是把全身心投入愛情裡，這樣的尹花英讓人不得不佩服。他不僅是同性戀，還是SM玩家，他沒有屈就於自己的特殊性向，遇見自己喜歡的男人後轟轟烈烈地愛著對方，是給予其他人希望的存在。

「對不起。」奎元道歉。

「嗯，下次吵架前記得先通知我們一聲，至少讓我們做好心理準備。」

說完，李基煥把手機遞過去，「輸入號碼。」

奎元搖搖頭。

「我不會再這麼做了，而且那不是吵架……」

「什麼分不分手就是吵架的表現。你們就是那種夫妻吵架，全村都會跟著遭殃的傢伙。快輸入號碼。」

「不會的。」

奎元搖了搖頭。他已經見過宛如死屍的花英了，花英還問他「是否做好了乾脆一起赴死的覺悟」。他當時點頭了嗎？奎元至今依舊想不起來自己是怎麼回答的。不過有件事他很確定，就是他再也無法離開花英了。下次不是兩人一起跨越難關，就是兩人一起死，除此之外沒有其他選項。奎元如今明白，那反倒是讓花英幸福的選擇。

「我不會再這麼做了。」奎元堅決地說。

見狀，李基煥噗哧一笑。

「你在做出『那種事』之前，就預想到了自己會這麼做嗎？所以才這樣下定決心嗎？」

猝不及防的奎元愣愣地看著李基煥，而姜勇佑嘲笑道：

「他是不想把手機號碼告訴你，哥，你怎麼像在勾引什麼小女孩……」

他是不想點破，你要聽懂人家的弦外之音。姜勇佑挖苦道，李基煥就皺起眉頭。

見狀，奎元嚇了一跳說：「不、不是的，沒有這回事。不是那樣，我現在就輸入號碼。」急忙輸入電話號碼。

他們抵達地牢時，正好成俊的車也開進停車場。跟成俊一起下車的花英一臉不爽地朝他們走來，抬頭看著奎元問：「哥，沒事吧？店裡呢？」

奎元沉默地笑了笑，花英就用手掌摩娑下巴。奎元是個過於理性的男人，不會惹事生非，但花英就是不想看到朴部長，他討厭朴部長看過來，也討厭他看見自己就渾身顫抖的模樣。

花英承認他當時下手有點狠，但那個人不也利用上司跟下屬的垂直關係，一直騷擾他嗎？只有他是受害者的態度真的令花英感到煩躁。沒看到他的蠢樣就還好，但朴部長表現得非常明顯，因此只要花英一出現，大家就會忙著觀察朴奎元的反應。

今天也是這樣，他們一踏進地牢，大家就用興致昂然的目光來回看著花英跟朴奎元，讓花英嘆了一口氣。都已經辭職了，為什麼還得和那男人糾纏不清？

「聽說這種情況，大部分都會發展成戀愛的感情。」

姜勇佑對具成俊低聲道。

成俊聽了，不屑地笑出來：「少胡說八道，你不了解尹花英嗎？」

喜惡分明的尹花英，跟這種亂七八糟的感情發展成愛情的情節隔了一百萬光年之遠。

花英這個人連對暗戀他十年的具成俊都不假辭色，對內心完全沒有一絲動搖的花英而言，朴奎元不過是個棘手的存在。

花英真的很討厭朴奎元。他會毫不掩飾地露出輕蔑的目光，但朴奎元是個受虐狂，看到那種眼神也會勃起，因此花英更加討厭朴奎元，形成惡性循環。

一行人從前廳入場，奎元理所當然似的消失在臣服者的候客室裡。

「那個人也是個狠角色。」具成俊低聲道。

金奎元跟花英的朋友們一起來，是受到花英朋友們認可的戀人。這值得他建立起一點自尊心，可是那男人似乎完全沒有這種想法。

金奎元的世界分為兩個，尹花英，以及尹花英以外的一切。不論花英的朋友是否將他當作臣服者，或者是誰用輕蔑的眼光看他，他都老老實實地作為尹花英的奴隸行動，彷彿那才是他人生中的一切。

「這個嘛，我覺得不是壞事。」

姜勇佑嘟囔說完，走進大廳。

「我也沒說那樣不好。」

聽具成俊這麼說，姜勇佑轉過道：「比起十多年來一直白費力氣的臭小子，看見如此熱情的男人真讓人心生好感。」

「哥！哥你還不是想用詐賭毀了我！」

「我那時候一時眼瞎了啊，你這種臭小子哪裡可愛了……」

姜勇佑開玩笑地補道：「當時我太飢不擇食了。」然後在櫃臺說：「我想看目錄。」

成俊跟基煥也在旁邊說要看，十分理所當然地拉上花英。

四人不是走進有主人的臣服者等著的那間候客室，而是另一間在無主狀態下來這邊玩遊戲的臣服者們聚集的房間。

姜勇佑仔細觀察著這些臣服者，而成俊讓一個符合喜好的白皙男人趴在地上，確認對方充滿皺褶的後穴。完全不把對方當成人看的態度已經讓那位臣服者興奮了。

成俊喚了一聲花英：「花英啊，這個怎樣？還可以嗎？」

成俊完全把對方當成物品對待。花英不得已上前一步，然後悄悄別開視線回答：「隨便，還不錯。」

「你難道不覺得厭倦嗎？」

聽到姜勇佑這麼問道，花英轉過頭。

厭倦？花英的表情寫著「這他媽是什麼鬼話？」。

姜勇佑又問了一次：「再怎麼炙熱的愛情都會在三年後結束。你真的只滿足於一個人嗎？」

那一刻，臣服者之間的空氣微微震盪。

有非常多人想跟花英玩一次，可是花英只對自己的奴隸感興趣，其實這一點又動搖著臣服者的心。

「遊戲也有極限。你應該也跟那男人玩到極限過吧？後來應該也沒有進展，你卻這樣就滿足了？調教不是一項期待升級的勞作作業嗎？」

姜勇佑的話讓花英暫時陷入思考。昨晚花英跟奎元做愛了，當然，兩人的性愛中伴隨著遊戲。在喝完啤酒後開始的性愛途中，奎元頻頻動著身體。花英早就知道會這樣，於是隨口問道：

「你想上廁所嗎？」

含著花英的性器並進行愛撫的奎元抬起水潤的雙眼。

花英幾乎沒有喝啤酒，所以他完全不想上廁所。故意玩遊戲、灌奎元喝下啤酒的花英笑著說：

「想尿尿的話就快點舔。」然後侵犯至奎元的喉嚨深處。

奎元拚命把嘴巴張大，努力滿足花英。

看見奎元的腰不斷顫動，拚命忍住尿意的同時努力想滿足他的模樣，花英非常滿意。然後花英抓著奎元的項圈，帶他到廁所。花英對奎元說「試試看」，奎元就滿臉通紅地抓著性器，瞄準馬桶。

「咪咪啊，我們從今天開始做排尿訓練吧。」

花英這麼說完，眼尾帶著一點笑意。聽見花英的話，奎元臉色蒼白地看著花英，可是花英沒有收回這句話，低聲道：

「如果我叫你停，你就要停。知道嗎？」

因為忍了很久，奎元無法活動臀部，腰肢不停發抖。

花英輕輕摸著奎元結實的屁股，命令道：「尿。」

這時，黃色的液體馬上從奎元半勃起的性器中流出。花英說「停」，但奎元停不下來，因此花英說要練到奎元可以控制為止，不斷讓奎元喝下啤酒，然後不斷重複這樣的行為。

練到第五次的時候，奎元總算成功在途中停下來了，但只有成功一次。因此，奎元從今天開始只要想上廁所，就必須獲得花英的許可。這個許可不是只有允許他上廁所，而是在排尿的過程中都必須保持通話。這是為了訓練他，當花英叫停的時候就能停下來。

他差不多想尿尿了吧。花英笑著心想。雖然一小時前，奎元曾詢問過上廁所的許可，可是花英沒理會他。雖然奎元看起來一臉沒事，可是隨著時間過去，他應該會忍不住。他們明明玩得這麼愉快，居然說什麼厭倦。

「還有很多可以玩的呢。」

花英聳聳肩。他想到如果遇到一個新對象，要把對方調教到如今奎元的水準，反倒覺得眼前一片漆黑。

花英雖然喜歡羞恥遊戲，但也跟其他虐待狂一樣，喜歡逼迫對方的身體。不過即使要逼迫對方的肉體，也得拿捏在享受遊戲的範圍內，不能真的對對方的身體造成傷害。為此，就需要訓練對方。現在奎元的身體幾乎可以玩大部分的玩法，花英也能盡情享有奎元的身體，玩得很開心。雖然排尿訓練是一種羞恥遊戲，但只要花英樂意，他也可以讓奎元坐在反省臺上，用鞭子抽打他的背或臀部。

藉由鞭打達到高潮說起來很容易，但其實是非常困難的事情，如果臣服者沒有一點程度根本做不到。大部分的支配者不可能會虐待臣服者到自己滿意為止，因為這麼一來，臣服者會受到很大的傷害，那種行為已經不算是玩遊戲了，而是毆打。

「但你是支配者，偶爾也要跟其他臣服者玩玩遊戲吧？不一定要做愛，有很多可以守著貞操玩遊戲的玩法啊。」

「哥，我不是在守貞。」花英搖頭道：「我是覺得其他人很無聊。」

聽見花英的話，勇佑問了一句：「是嗎？」然後打上臣服者的屁股。

拍打聲響起的那一刻，臣服者「唔！」地呻吟出聲。

「怎麼這麼沒規矩？你只會叫嗎？」

勇佑這麼說完後，又打了幾下臣服者的屁股。臣服者咬著自己的手背，忍下呻吟。

成俊似乎已經選好今晚的玩伴了，他把手指插進今晚玩伴的肛門裡。
「夾緊。很好，放鬆。很厲害嘛，我喜歡。能玩拳交嗎？」
突然聽到高難度玩法，臣服者滿臉害怕地搖搖頭。成俊說了句「真可惜」，然後又問：
「你喜歡鞭子嗎？」
臣服者回答道：「我喜歡手拍……」
「浣腸呢？」
「做過了。」
「浣腸遊戲如何？」
「我喜歡。」
「肛交可以吧？」
「可以，可以。」
「體內射精也可以嗎？」
聞言，臣服者搖搖頭，「我、我對那個有點……」
花英說了句真是新鮮呢，冷著臉率先走過接待室，朝臣服者的候客室走去。
候客室裡有幾位等待著主人的臣服者，全身赤裸、只戴著項圈跪在地上。在其他男人間，奎元特別顯眼，那具有威脅性的壯碩體格不可能不顯眼。

花英對奎元瞭如指掌。奎元喜歡哪種玩法、討厭什麼遊戲、對什麼話會有反應、聽到哪些話會冷掉，又會怎麼哭喊。他不用問奎元喜不喜歡肛交，因為奎元的一切是由花英親手烙印上去的。

花英拿起候客室裡附有流蘇的肛塞。看到花英手上的東西，奎元很自然地擺出浣腸姿勢，花英便將肛塞塞進奎元的後穴裡。不曉得是不是已經有點期待了，奎元的肛門有點溼潤。

「啊、哈啊……」

多了一條長尾巴後，花英漂亮地彎起眼尾道：「走吧，咪咪。」

花英說完，用牽繩勾住奎元的項圈，把牽繩的握柄套上手腕，走在前面，而奎元慢條斯理地跟了上去。大家看到許久沒帶奴隸過來的花英，此刻習慣性地把目光轉向奎元。

真令人厭煩——聽到花英小聲說道，奎元輕聲笑了笑。

就如成俊所說，也有人會像這樣在意起對方，然後發展成戀愛的感情，但花英依舊一臉極其討厭朴部長的樣子。

花英想坐上大廳的沙發時，「啊啊」了一聲並站在原地。

「話說回來，咪咪上廁所的時間過了呢。」

那個聲音不大也不小，奎元瞬間滿臉通紅，能感覺到大家的視線都聚集在他的屁股上。

花英在奎元面前單腳跪地，撓撓他的下巴問：「要上廁所嗎？」

花英問完，奎元就小聲地「喵～」了一聲。如果他在這時因為害羞而無視花英的話，那接下來的一小時應該會無法上廁所。他今天一整天都沒被允許上廁所，剛才奎元要走進候客室時，花英也威脅道：「就算你浣腸了，也不能小便。」

他本來就想小便了，花英卻要他浣腸的時候憋尿，真的非常難受。可是如果他無法忍住，花英這次好像真的會進行排尿訓練，所以奎元拚命忍耐。

「今天能好好表現嗎？」

聽見花英的話，奎元再次「喵～」了一聲。他沒信心，他覺得膀胱就快炸開了，可是如果在時候稍作猶豫，花英不曉得又會多焦急，所以奎元不管不顧地「喵喵」叫著。

在眾人面前說想去小便之後，花英慢悠悠地走向廁所。

地牢有三間廁所，支配者專用洗手間、臣服者專用洗手間以及遊戲專用洗手間。支配者專用洗手間是最平凡無奇的，臣服者專用洗手間則是隔間比較寬一點，洗手臺上理所當然似的擺著刮鬍刀、刮鬍泡、小手鏡、浣腸劑還有保險套等等。然後，遊戲專用洗手間的隔間都是玻璃，正中間還有一個隔間，人們能理所當然似的欣賞裡面的景象。其他兩間洗手間如果沒有要上廁所是不會進去的，但遊戲專用洗手間就像在大廳裡看其他主僕玩遊戲一樣，可以進去愉快地觀察其他人。

花英牽著奎元走進第三間洗手間，也就是遊戲專用洗手間後，大家都跟著走進去。兩人一走進空著的隔間，人們都圍在外面。奎元感覺自己被當成了動物園的猴子，淚水從眼裡掉落。看到奎元不是因為覺得悲慘，是因為感到丟臉而流下眼淚，花英開心地笑了。

「這有什麼大不了的，居然哭了。」

說完，花英替奎元擺好姿勢。

他分開奎元的雙腿，讓奎元跨在馬桶兩側後，抬起奎元的右腳。右腿被抬到臀部的高度，踏在玻璃牆上時，觀眾們一起蹲了下來，仔細看著奎元露出來的地方。

花英在奎元稍微傾斜身體的姿態下命令他：「抓住你那可愛的小東西。」

奎元握住自己的性器。因為身體傾斜的關係，他必須抓著性器，精準地瞄準馬桶。

「濺出一滴就懲罰你。」

「喵～」

「讓我看看你的訓練成果。你不會讓我在這裡丟臉吧？」

聽見花英的話，奎元的眼裡再度流下淚水。

「……喵～」

黃色液體從奎元性器滴落的那一刻，人們露骨地發出呻吟。

花英一喊「停」，奎元就咬緊嘴唇忍住。如此反覆四次，展現出「成果」的奎元按照花英的命令，用衛生紙擦拭性器，到洗手臺用水清洗。在這場遊戲進行的期間，花英聽到身後的其他支配者說要這樣訓練他們的臣服者。

有幾個人像在看奎元洗手一樣，看他用水清洗性器。奎元用放在一旁讓人洗手的洗手液，把性器洗得乾乾淨淨時早已直挺挺地勃起了。被花英手中的牽繩拉著來到大廳，奎元在花英身旁坐下。

姜勇佑跟具成俊之間有張椅子空著，椅子下面已經鋪好了奴隸用的坐墊。李基煥獨自一人，姜勇佑讓某個男人趴在大腿上，拍打著對方的屁股，而具成俊正在接受口交，要坐在他們中間非常令人難為情。

奎元猶豫片刻後坐下來，花英開心地笑道：「你好像害羞了？」

說完，他拉起項圈道：「過來。」

花英指著自己的膝蓋。如果奎元比花英瘦弱嬌小，坐到花英的腿上或許不會感到難為情，但奎元的體格比花英更像男人，要坐在花英的腿上會令人害羞得不得了。可是這是花英要求的，他沒有權利拒絕，奎元小心翼翼地坐到花英的腿上。

花英單手環住奎元的腰，舔舐著奎元的耳朵。

「在我們前面，左邊數來第三個，正在被打屁股的男人。」

聽見花英的低喃，奎元的目光僵硬地環顧前方，然後在舞臺上的幾對主僕中，看到花英講的那名男子。

「是那個人。」

突然聽見花英切換成尊敬的語氣，奎元頓時瞪大雙眼，看著那男人。

「您是說……朴奎元先生嗎？」

聽見奎元的疑問，花英「嗯」了一聲，然後狠狠咬上奎元的耳朵。

哈啊！——已經成為奎元的個人特色，模仿女人的高昂慘叫聲劃破天際。

男人正遭到玩弄，他即使受到其他男人支配，仍一直望著花英。對方大概也很了解朴奎元，乾脆讓花英參與他們的遊戲。他讓朴奎元在花英面前張開雙腿自慰，在朴奎元的視線無法離開花英的狀態下打他的屁股。

奎元皺起眉。花英似乎真的很厭惡那男人，那男人卻看著花英自慰。單方面被當成模擬做愛對象的花英應該心情很糟。

「咪咪啊。」花英用慵懶的聲音喚著奎元，「你也試試吧。」

奎元轉過頭，看著抱住他的花英。

花英露出了他最喜歡的神情，帶著冷酷凶殘目光的花英好看極了，奎元「喵～」了一聲，花英再度讓他回到地上。

奎元在花英面前跪坐下來，從他屁股延伸出來的長尾巴碰到地面。

花英一命令「試試」，奎元就用嘴唇咬著花英的拉鍊，把拉鍊拉下來。

奎元一開始就深深含住花英半勃起的性器，緩慢地前後擺動頭部，用舌頭在前端畫圈。奎元用花英最喜歡的方式愛撫性器，而花英的身體緩緩沉入椅子裡。

朴奎元看著眼這幅景象挨打。那個叫金奎元的男人正在舔花英的性器，這手法熟練，可以含至喉嚨深處的男人令他感到厭惡。

花英慵懶地皺起美麗的臉龐，說了些什麼後，金奎元沒有停止口交，將手伸進雙腿之間。他細細地撫摸含著肛塞的皺摺，然後鬆開手，將自己的手放上後穴。花英再度扯過金奎元的項圈，然後講了什麼，金奎元就把另一隻手也深入雙腿之間，用力將後穴往兩旁打開，肛門因此不斷收縮。

「看到你心儀的男人玩遊戲，開心嗎？」

拍打朴奎元的男人嘲笑他，而朴奎元像要看穿他們一樣直盯著看。

金奎元充滿肌肉的壯碩身軀渾身發紅，接著慢慢地，插在金奎元後穴的肛塞動了。看來是花英叫他用力擠出肛塞。呼、啊嗯——金奎元奇怪的嬌吟聲傳來。

肛塞逐漸被擠出來，最粗的部分卡在穴口時，花英打了一下金奎元的屁股。金奎元的臀部用力一夾，肛塞再度滑回後穴裡。這個行為一直反覆，金奎元那奇妙的哭聲更加高昂。這個過程重複好幾次後，奎元「喵～喵～」地叫著，扭動他的腰，像在請求花英繼續。

毆打朴奎元的男人發現朴奎元的注意力全放在花英那邊，他嗤笑著低聲道：「你坐到那邊自慰吧，尹花英最近很少過來，搞不好不會再有這種機會了。」

朴奎元沒有拒絕，他在臺上張開雙腿，撫摸自己的性器。

此時，花英看著朴奎元咬牙切齒。看見奎元含著他的性器一直哭，花英低聲道：

「再給你一點吧？」

奎元熱情地喵了一聲，花英就命令奎元面朝自己趴下。

奎元趴下，擺出臉頰貼在地上，雙腿大大張開，用力翹起屁股的姿勢，後穴用力想擠出肛塞。花英再次拍打金奎元的屁股，使肛塞被夾回去。不停如此重複，最後花英在奎元達到高潮的前一刻抓住那條尾巴抽出來。

「呼啊啊啊嗯！」奎元像貓咪一樣蜷起身體，氣喘吁吁。

此時，朴奎元已經達到高潮，噴濺出精液。而金奎元拱著背喘息，花英在他的肛門闔上前拉著奎元的後頸，讓他坐在自己身上。奎元跨到慵懶坐著的花英身上，穴口一碰到花英的性器就用力往下坐。自己往下坐之後，發出不曉得是慘叫還是嬌吟的尖銳叫聲，奎元沒擺動身體，渾身發顫。

「想動嗎？」花英問。

從剛剛的排尿訓練開始，不，從之前夾著尾巴肛塞開始，奎元就興奮了。在眾人面前接受排尿訓練，又在別人洗手的地方擦拭性器時，他就已經高潮了，只是一直忍著而已。

奎元用紅彤彤的臉蛋發瘋似的點頭。

「要讓你堵上嗎？還是要直接來？」

奎元正要開口之際，花英又道：「如果讓你堵起來，想必會花更多時間。」

他想快點射精，他已經忍到極限好幾次了，忍著猶如浪潮襲來又退去的高潮感。可是，忍過一波浪潮，接著會有更大的浪襲來，但如果不堵著，然後犯錯的話，花英會狠狠地教訓他。被找碴挨罰的遊戲跟真的犯錯挨罰是完全不同的感覺，奎元雖然喜歡玩遊戲，可是他害怕被懲罰。

花英的處罰很狠毒，光是最近排尿訓練失敗，就已經讓奎元失去了排尿自由。

「請、請您……」

奎元啜泣著說。明知道會痛苦又難受，他還是提出請求。

「請您讓我堵上，花英先生。拜託您讓我堵上。」

聽見奎元的話，花英兩旁正在受折磨的臣服者們一臉呆愣地看著奎元。大家都知道奎元已經超越極限好幾次了，可是，奎元現在卻請花英讓他把前面堵上。看到這樣的遊戲會讓他們興奮，但也感到害怕。他們都有聽說花英對自己的奴隸絕非寬宏大量的主人，但沒想到這麼狠，綁起來或是堵住尿道反倒比較慈悲。如果是奎元哭著求花英鬆綁還比較好，可是花英居然讓奎元自己堵上，而且還是他主動央求花英。

「好，堵上吧。」

花英這麼說的同時，頂進奎元的甬道裡。

奎元的壯碩身軀在花英的腿上瘋狂搖擺，哭著緊緊握住自己的性器。手都爆出青筋了，奎元的手也溼漉漉的，但他顯然正在盡全力忍耐。

「想讓我快點射嗎？」

花英氣喘吁吁地問，同時不停侵犯奎元的甬道。

奎元的壯碩身軀大幅晃動。

「腿再張開一點，裝什麼端莊？腿再打開一點，讓那不要臉的混蛋看清楚，看看你有多淫蕩，多美味地吃著我。腿再張開，屁股再夾緊一點！這種緊度我射得出來嗎，嗯？」

呼啊！啊唔、啊嗯！哈啊啊啊！奎元哭著發出慘叫的期間，花英更加殘暴。

「別一直流個不停，為什麼這麼下流？努力不要讓自己流出來啊。用你的手拉扯乳頭，就算把乳頭扯掉也不能射出來。就叫你把屁股夾緊了！鬆垮垮的啊！怎麼？想被我頂弄一整天嗎？」

隨著花英越來越興奮，斥責的聲音也越來越激昂。奎元拚命虐待自己的肉體。雖然短暫的疼痛阻斷了奎元高潮，但那很快就化為另一波更強烈的浪潮襲來的原動力。

某一刻，花英頂進最深處並開始噴濺出精液時，奎元「啊啊啊啊！」地發出慘叫，朝花英倒去。只失去意識短短一秒的奎元發現自己鬆開手，達到了高潮，立刻面如死灰地不斷向花英求饒。

奎元的屁股被打到皮開肉綻，沒使用潤滑液就用後穴吃下花英的整隻手，在痛苦與快感之間徘徊之後失去意識。

花英把奎元扛到肩膀上，朝房間走去時，對朴奎元說：

「怕什麼。」

不知什麼時候，朴奎元的性器軟綿無力地垂了下來。他把自己帶入金奎元的位置自慰時，從某一刻起失了神。那與其說是遊戲，更接近虐待。若換作朴奎元，他會忍不住喊出安全詞。

「這點程度都做不到，就請別對我死纏爛打。」

朴奎元出神地望著花英說完後消失的身影。

他第一次看到花英的公開遊戲時，不了解這是多可怕的行為。朴奎元是新手臣服者，所以還不太了解遊戲的強度。可是如今他也體驗過許多種玩法，似乎可以明白奎元忍受著什麼樣的遊戲。

啊啊，真的好了不起。

臣服者們一起用憧憬的目光望著花英的背影。能做到這樣的金奎元很厲害，可以把奴隸調教到這個地步的尹花英也很厲害。即使感受到大家內心澎湃的憧憬目光，花英仍冷漠地轉身走進房間，然後砰地一聲把門關上。

「果然。」姜勇佑喃喃自語道：「他連厭倦是什麼意思都不曉得呢。」

聽見姜勇佑的話，跟他配對的臣服者抬起頭。姜勇佑說了句「沒什麼」，粗暴地侵犯臣服者的喉嚨內側，拉扯對方的性器，臣服者一邊咳嗽一邊哭了出來。

在姜勇佑更粗暴地侵犯臣服者的喉嚨之際，具成俊也跟自己的臣服者糾纏在一起，而李基煥從座位上站了起來。

‡

昨天也是這副情景吧？

花英踏進事務所，手扠著腰。昨天確實也是這副景象，然後一群人一起去了地牢的情景還記憶猶新，但這些人怎麼又跑來這裡玩了？

李基煥拿著不曉得是刺青雜誌還是穿刺雜誌——也許兩個都是——的書看著；姜勇佑對著電話另一頭的某人大吼；拿著筆電，看似在做業務工作的具成俊，還有「怕有客人來」而留在這裡的奎元，都是昨天的成員。

「花英啊，歡迎回來。」

宛如這裡是自己辦公室的姜勇佑先開口，之後大家都跟花英打了招呼，然後埋首於自己該做的事——你們去其他地方做啊！

即使花英很煩躁，哄他的人卻只有金奎元，其他人都理所當然似的專注在自己的事情上。

花英搔了搔頭，而奎元遞來一張履歷表。看著履歷表上外表令人有好感的女孩照片，還有讓人非常滿意的工作經歷，花英開心地笑了。

希望這位小姐的膽子大一點。花英這麼心想，拿起電話撥出去。

「喂？請問是金智慧小姐的手機嗎？」

『對，有什麼事嗎？』

「我是尹花英稅務會計事務所的負責人尹花英，您今天有來投履歷。您留下的履歷……」

花英愣了一下，聽對方說完後嚥下一口嘆息。見狀，奎元咂嘴一聲。真是的，對方剛才看過辦公室，離開時的表情不是很好。

這也難怪。接待她的人是給人糟糕印象出名的奎元、滿臉打洞，掛滿飾品的李基煥、長相凶狠的姜勇佑跟具成俊，小小的辦公室裡就有四個黑漆漆的男人，誰會想來上班？

「不、不會。是，這也是沒辦法的事。好，謝謝您。那就這樣，再見。」

花英頂著就快氣炸的表情掛掉電話，梳起頭髮。

「啊——又沒有要吃了她們，這些人到底為什麼這麼……」

擠滿小小辦公室的幾個人聽見花英這麼說，都看了花英一眼，然後咂嘴一聲。

奎元心想，如果那女人親自見到花英，也許會願意來這裡工作，但這也是沒辦法的事。

花英的辦公室裡沒有員工，不得不獨自包辦所有外勤工作。花英沒在就業網站上刊登徵才，只有貼在大樓前也是他找不到員工的原因。然而，花英十分迫切地想找一個住在事務所附近的員工，堅持不妥協。因此，他當然不可能找得到員工。

「就說了不一定是我們的錯啊。」

看見花英掛掉電話後咬住嘴唇，成俊搖了搖頭說：「在這個時代，你居然只在大樓外貼徵人啟事。這就跟你沒有要找人一樣啊。」

成俊的公司是一家大企業，也會在徵才網站和公司官網上公布徵才訊息。可是花英只在大樓正門貼了一張徵人啟事，然後找不到員工，將這些事都怪到他們頭上，成俊覺得這樣很不像他。但是年紀比成俊大的其他兩人，也就是勇佑跟基煥覺得這樣果然很像尹花英的風格，只是笑了笑。

「工作有稍微增加嗎？」在花英爆炸之前，基煥溫柔地問道。

「光是處理哥你們的事情就夠忙了。」尹花英嘟囔道。

實際上，花英有非常多客戶，其中規模最小的是李基煥的穿刺店，其次是成俊的紅酒吧，再來是勇佑的賭場跟茶室，而奎元的夜店算是中等。考慮到 Fake 是江南生意非常好的夜店，這都只能算中等規模的話，大規模的客戶更是超乎想像。

他的客戶裡，規模最大的就是尹震英管理的討債公司。尹震英那家跟日資公司差不多時期快速成長的討債公司，規模大到超乎想像。除此之外，尹震英手裡的酒業公司、尹驥英持股比例極高的某家報社等等，都是花英的客戶。花英的事務所算客戶很多，所以忙得腳不沾地。

「忙很好啊，幹嘛這樣。」

聽見姜勇佑的話，花英閉上了嘴。

這時，奎元站起來道：「我要去上班，先告辭了。」

聞言，花英對他抬起手示意。見到奎元對其他人行注目禮，接著鄭重地向他彎腰鞠躬後離開，花英一屁股坐到椅子上。

「我在想要不要去旅行。」

聽見花英的話，剩下三人同時「啊」了一聲，另一方面，大家心裡都浮現一個疑問——就算花英有空，奎元究竟能否空出時間，跟花英一起去旅行呢？金奎元是一位非常忙碌的人，忙到讓人很訝異他有時間跟花英談戀愛。花英也不是不曉得這一點，但還是很惋惜他跟奎元相處的時間。

看到花英想跟戀人談場普通戀愛，成俊跟勇佑露出苦笑。這時，本來在看雜誌的基煥突然抬起頭，從口袋裡拿出震動的手機，然後突然瞪大雙眼，接起電話。

「我是李基煥。」

聞言，花英、成俊跟勇佑同時看向基煥。李基煥講電話大多都是說「嗯」、「是我」這樣隨口回應，可是他居然語氣尊敬地說「我是李基煥」？對方到底是誰？

在眾人感到訝異時，基煥接著道：

「啊啊，您在藥局買了消炎藥？那個直接擦就可以了。不是，這、睪丸也……當然小便的時候會有點不方便。難道您自慰了？我不是跟您說不要自慰嗎？不過——話是這麼說沒錯。」

自慰？睪丸？小便會有點不方便？

——看來是他們這個圈子的人。從他的通話內容來判斷，應該是臣服者或奴隸。但他的語氣也太鄭重了吧？

姜勇佑走到花英身邊低聲道：「基煥哥戀愛了？」

花英搖搖頭道：「我沒聽說啊。」

兩人同時看向成俊，成俊也搖搖頭。

李基煥瞞著他們談了戀愛？他們以為對彼此的戀愛史都瞭如指掌，真令人意外。三人看著基煥你一句我一句地咬著耳朵時，基煥站起身道：

「不是店裡……啊，是花英的事務所。是的，花英開了一間稅務會計事務所。這個嘛，好像不是那樣。他不是一個愛記仇的人，應該不會。嗯，您想跟我再見一次面嗎？不，我昨天當然直接離開了。」

昨天直接離開了？該不會是一夜情吧？

勇佑跟花英互看一眼。基煥玩一夜情？光是玩一夜情就很神奇了，他還在一夜情對象的睪丸上打洞？然後，對方今天還打電話給他？

勇佑喃喃自語：「是名符其實的受虐狂。」

花英搖了搖頭，居然在睪丸打洞……當然，李基煥是很熟練的穿刺師，想必能比地牢裡的任何人都安全地替對方穿孔。可是就算很安全，打在那裡不可能不會痛，李基煥敢這麼做讓他很訝異，受到這樣對待還打電話過來的人也讓他很吃驚。

不過，接下來的事才讓他驚訝。花英詢問掛掉電話的李基煥對方是誰後，基煥猶豫片刻，最後給了一個答案，令他大開眼界。

「朴奎元先生。」

霎那間，花英大喊了一聲「什麼！」，倏地站了起來。

「怎麼？你對他有興趣？」李基煥問。

基煥雙眼皮的雙眼淡然地看著花英，而花英搖搖頭道：

「我對他沒有半點興趣，可是哥！居然是朴部長……」

「你不是說對他沒興趣嗎？你不會是在氣我撿了你不要的東西來吃吧？」

「沒有，我不是生氣。」

他當然不會生氣。這圈子那麼小，他怎麼可能會因為自己拒絕的男人去找別人而生氣。但是就其他層面來說，花英不得不皺眉。朴奎元是一個齷齪的男人，基煥為什麼會跟一個只因為自己喜歡對方，就對下屬性騷擾的男人在一起？

花英沉默不語時，李基煥噗哧一笑。

「因為我覺得他被你的遊戲嚇得垂頭喪氣的模樣很可憐。」

「……你不是應該說，他那副沮喪的模樣勾起了你的興致嗎？」姜勇佑問。

他們之中年紀最大的李基煥選擇了那個以「明顯對花英送秋波的男人」出名的朴奎元，讓姜勇佑滿臉不悅，但李基煥一臉心平氣和。

「總之，我們昨天就一起開房間了。我問他要不要讓他哭，他說好。所以，我就馬上幫他打洞了。」

「只打蛋？」

成俊問得很輕浮，而李基煥微微皺起眉：「當然，後穴也有。你以為我是那麼沒種的人嗎？」

居然有這麼沒節操的畜生。他不是到昨天還口口聲聲說喜歡花英，對花英依依不捨嗎！

當姜勇佑跟具成俊這麼想的時候，花英在想別的事情。

花英暫時低下頭來，突然低喃道：「這麼說來，哥跟朴部長差了六歲呢。」

在這種情況下，你還在講年齡？具成俊皺起眉頭後，花英聳聳肩。

「這個嘛，我是很驚訝，可是哥喜歡他啊。」

「果然很爽快，尹花英。」

李基煥燦爛一笑。感覺他真的很喜歡朴部長，因此花英沒有再多說什麼。

‡

「所以花英先生的煩惱是，要不要告訴基煥哥，朴部長曾對您性騷擾的事情嗎？」

隔天早上的飯桌上，花英講完李基煥的事情後，奎元像在整理重點似的問道。

花英稍微沉思片刻，然後點點頭。

「我不曉得該不該跟他說。」

花英曾用金奎元來思考過。假如金奎元看上了李基煥，過去還曾性騷擾過李基煥，然後當花英跟奎元順利發展的時候，李基煥跟花英講那件事的話會怎麼樣？花英應該感到不悅。那如果基煥知道他隱瞞了那件事，會怎麼樣……想必也會爆炸。花英實在無法得到結論，所以詢問奎元的意見，結果奎元低吟了一聲，陷入沉思。

「還是告訴他會比較好吧？」

「您果然也這麼想嗎？」

「是的。」

聽見奎元的話，花英說了句「啊，真討厭──」然後嘆了一口氣。

花英應該在基煥埋怨他之前坦承這件事，可是這樣好像在插手干涉別人的戀愛，真的很彆扭。

花英皺起眉，奎元就安慰道：「也許出乎意料地，他們其實沒什麼關係。」

可是，這是花英第一次看到李基煥如此快速地與某人建立起關係，所以很難欺騙自己他們之間沒什麼。李基煥發生了一夜情，還替對方穿刺打洞？單憑這點，花英就能認為李基煥對對方一見鍾情了。身為第一代穿刺師，在這個圈子極為有名的李基煥有很多徒弟跟員工，從未替自己不喜歡的人打過洞——算是李基煥其中一位徒弟的花英很了解他。

「感覺是一場孽緣啊。」花英嘖了一聲，「我離開公司後又在地牢遇到他，好不容易才甩掉他，他卻跟基煥哥在一起……這是怎麼回事？」

哥也覺得彆扭吧？花英問。

奎元曖昧一笑。花英是一個好惡分明的人，其實奎元不會像花英說的一樣感到彆扭，奎元反而比較擔心花英之後被惹毛了，捲起衣袖要揍人該怎麼辦。對方如今不是花英的上司了，他能夠更毫無忌憚地揍人才對。不管怎麼說，奎元覺得如果兩人同時站在他眼前，他更該盯著花英。

但花英完全不曉得戀人兼奴隸的貓咪在想什麼，他拍了拍自己的胸膛說：「您不用擔心！我心裡只有哥一個人。」

奎元又但笑不語。

最後，花英拿著手機走進書房，看起來是要打給李基煥。奎元開始收拾餐桌。當奎元把餐桌收拾好，也洗好碗盤時，花英回來了。

「事情談得……」

奎元笑著回頭看去，只見花英咂嘴一聲後說「可惡」。看來事情談得很不順利。

花英搔著頭開口：「基煥哥好像真的在跟朴部長交往。」

「他們不是只見過一次面？」

「他說昨天也有碰面。」

唉，該死的，這到底是怎麼回事？

花英喃喃自語地皺起眉。

奎元在毛巾上擦乾手，走到花英面前，望著他的臉問：「您有跟他說了嗎？」

「根本沒辦法開口，他突然跟我說他非常喜歡對方，還告訴我『我覺得我好像遇到了命中注定的另一半』，我要怎麼跟他說？跟他說『哥，你那命中注定的另一半，是幾個月前性騷擾我的人』嗎？」

看著花英眉頭深鎖，奎元什麼也沒說。

花英抬起手玩弄奎元的性器。花英不允許奎元在家裡穿衣服，所以如今他們已經很習慣一個人穿著衣服，一個人裸體的生活了。其實，別人看到這個場景會覺得很可笑，但花英跟奎元完全不覺得好笑。

花英一碰上性器，奎元就「呼」了一聲。看著奎元有如馬匹肌肉的大腿用力變硬，花英露出美麗的笑容。花英一臉新奇地用打量似的目光，環顧奎元的身體。

奎元的左乳頭戴著閃閃發亮的乳釘、殘留著鮮明鞭痕的結實胸膛、留有些微自殘傷痕的大腿。花英的手挪到奎元的大腿上。

「擅自離開我，又擅自傷害我的東西……」

聽見花英這麼說，奎元緊閉上嘴。花英說起那時候的事情，奎元就百口莫辯。他感覺到罪人完全無法辯解的心情，想起當時的花英。

什麼都吃不下、骨瘦如柴的身軀；說著「不如死在我手裡」的絕望臉龐；即使如此，也沒有消失的溫柔。花英從一開始就很特別，隨著時光飛逝，他變得更特別了。就算花英是過去曾犯過錯的人——不論是性騷擾、殺人還是什麼——奎元覺得他都無法放棄獻給花英的心。一開始收不回來，現在也不可能，是天方夜譚。

「我當時非常氣哥，可是就算這樣，我還是無法討厭您。」

也許花英也有一樣的想法，他帶著嘆息喃喃自語。

「第一次見到您的時候也是……不論哥做了什麼，我都無法放棄您。」

花英第一次見到奎元就對他一見鍾情。發現那個人和自己有相同的性癖時，花英覺得這是上天的祝福。奎元瞬間吸引了他，他的整顆心都跑到奎元的身上，僅剩下一顆冷冰冰的心臟在他的胸口裡。

假如基煥也是這樣，那花英應該也無計可施。
「要不要請具成俊先生或勇佑哥幫忙？」
「不能讓更多人知道這件事。」
花英搖搖頭。如果跟李基煥以外的人說這件事，無論如何都會成為茶餘飯後的話題，花英不希望變成那樣。這只是李基煥的個人私事，是要私下解決的問題。花英嘖了一聲。
「希望他們就像您說的，不是什麼特別的關係。」
「可是您說，他本人說『遇到了命中注定的另一半』。」
「是這樣沒錯……」
花英很少會這麼猶豫，奎元一臉新奇地低頭看著他。
花英說了句「不行」，然後咂嘴一聲。
「得先朝他沒跟基煥哥交往的方向思考。這樣的話，如果基煥哥跟朴部長合不來就可以不提起這件事，但如果他們在一起了……這個到時候再決定吧。」
花英嘟囔說完，讓奎元跪到地上。花英一扯奎元的頭髮，奎元就溫柔地含住花英的性器。感受到酥軟湧上的快感，花英一臉滿足地踩著奎元的性器。每當花英輕輕踩踏，奎元的肩膀就會發顫。

不過，事情不如花英所願。

隔天，花英打開事務所的門，皺起眉頭。似乎正好有人剛走進來，正背對著門口脫下大衣。一脫下大衣，花英就看到滿是鞭痕的背，大嘆了一口氣。

李基煥回頭看向花英，開心地笑道：「花英，你來啦？」

然後，姜勇佑跟具成俊一臉吃癟地轉頭看著花英。

在宛如傲慢雙胞胎的兩名男子皺起眉時，乍看之下像這群人首領的奎元走到花英身旁，接過花英的大衣。

「我介紹一下，這是成為我奴隸的朴奎元。」

如果李基煥像具成俊一樣，喜歡幫他的奴隸們取名字該有多好。如果他說「這是我的奴隸洞洞」之類的話，聽起來或許會舒服一點。花英如此心想，瞥了朴奎元一眼。

這個只是擦肩而過，就會糾纏上來的孽緣男人正直視著花英。不過慶幸的是，男人的目光很清澈。男人對花英輕輕行注目禮後，坐在李基煥腳邊靠著他的腿。

花英用「早就知道」的表情說了句：「恭喜。」

深知花英煩惱的金奎元接過大衣後沉著嗓音問：「您想喝什麼？」

花英搖搖頭。

「今天元有話想說。」

聽到「元」這個愛稱，具成俊跟姜勇佑都皺起眉。居然才認識四天就稱他為「元」，以基煥獨特的癖好和清白的男人關係來說，發展得太快了。

花英的臉一僵，基煥輕笑著說：「又不能叫他奎元，因為已經有一個奎元了。」

「那當然。」

那是一個差點逼瘋花英，說出「反正都是奎元」這種話的男人。如果基煥在花英面前喊「奎元啊」，花英一定會煩躁到忍無可忍。

花英用力地點了一下頭後，朴奎元跪在地上。

「之前……」朴奎元用顫抖的聲音道：「對不起。」

花英用冰冷的目光低頭看著這個在自己面前磕頭的赤裸中年男子，他無法忘記這個人每天把自己叫過去，要他斥責他。只因為擁有特殊性癖，他在這男人眼中特別顯眼，每天都會被叫進那間辦公室遭到人格侮辱，可是花英從未抗議過。

花英是支配者，他是臣服者，所以事情才能輕鬆結束。如果花英是臣服者，他是支配者的話，事情一定會鬧得比當時更悽慘。

花英抬起頭，看著基煥，「您是針對什麼向我道歉？」

看到花英望著自己詢問朴奎元，基煥咧嘴一笑。花英用頭指向朴奎元後，基煥點點頭。

基煥一臉什麼都知道的表情，花英咂嘴一聲。

「我對你做了不該做的事。」

李基煥面帶微笑。他看起來真的知道發生了什麼事，但花英不得不懷疑他是不是真的都知道。

花英每次被朴奎元叫過去都十分煩躁，每天都被搞壞心情，被逼著玩遊戲。雖然花英沒有屈服於朴奎元的淫威，和他玩過遊戲，但朴奎元甚至以人事考核威脅花英。雖然花英選擇辭職不幹、一走了之，但如果對象是無法這麼做的人，事情一定會變得更難看。

尹花英非常清楚自己只是運氣好，實在沒辦法只以一句對不起就原諒過去的一切。

「不該做的事情是什麼？」

「我對你……」

朴奎元的聲音顫抖。

姜勇佑跟具成俊互看了一眼。他們不是沒想過以前曾經發生過什麼事，可是他們沒想到那件事嚴重到朴奎元必須趴在地上磕頭，還是讓凡事都船過水無痕，向來不會放在心上的花英無法輕易原諒的大事。

「我為自己性騷擾你的行為道歉。」

那一刻，金奎元忍不住看著朴奎元。他聽花英說這件事的時候沒有生氣，因為花英說得雲淡風輕。花英說他只是一直纏著花英，想跟花英玩遊戲，所以金奎元之前對他沒有任何情緒，可是，現在花英一臉凶狠地瞪著這男人，奎元頓時發現花英是真的受到了傷害。

「用人事考核來威脅我的人，道歉還真隨意。」

聽見花英的話，具成俊低語道：「真是個混帳。」

作為財閥家族的成員出生長大，努力在集團內站穩腳跟，一直在公司裡努力工作的成俊臉上表露出赤裸的輕蔑。如果你不跟我玩，我就對你的職業生涯造成不好的影響——又不是財閥會長，區區一介部長竟然使出如此骯髒的手段，成俊皺起眉頭。

而姜勇佑瞥了李基煥一眼。他搖了搖頭，指向朴奎元，用眼神問「你真的要收這個男人當奴隸嗎？」。

李基煥果斷地搖搖頭，意思不是「我不會收他當奴隸」，而是「你這個非當事人別插手」。

「對不起，我知道我百口莫辯。」

尹花英低頭直視著這麼說的男人，嗤笑一聲。他聽到朴奎元說要妨礙他升遷時很火大，大致是覺得朴奎元既麻煩又令人煩躁，極其討厭這男人，可是他並沒有真的受到很大的傷害。他只是運氣好，所以沒有受到傷害，但也不是沒有受傷。而且，花英辭職不幹的時候，還把這男人痛毆了一頓才離開，算是替自己出了一口氣。

「基煥哥。」花英轉過頭看著李基煥，「很遺憾，我無法原諒他。」

聽見這句話，朴奎元的身體一顫，李基煥則平心靜氣地淡淡回問：「是嗎？」

「不，與其說原諒，我就是無法喜歡這個人。哥要跟這男人交往就隨便你，但不要要求我善待他。」

「不會的，別擔心。」

李基煥擺擺手。

姜勇佑跟具成俊都用訝異的眼神看著李基煥。他們搞不懂李基煥到底在想什麼。

在兩人如此互看時，朴奎元抬起頭道。

「尹花英先生。」

花英冷若冰霜的目光落在朴奎元的臉上，朴奎元承受著這道目光說：「你要不要來我的公司工作？」

花英無言地嗤笑一聲。這個人要花英原諒他，卻又突然提起公司……如此心想的花英聽見「我的公司」這四個字，眼睛緩緩眨了眨。花英之前任職，由朴奎元擔任部長的那間公司可不是朴奎元的公司，那不是朴奎元可以稱為「我公司」的公司。

這麼說的話——

「您要獨立出來開公司嗎？」

「我已經這麼做了。」

「我拒絕。」

朴奎元竟然自己出來開業，這樣的話，是李珠熙接手他的位子嗎？李珠熙的能力非常好，但想到必須忍受公司內部差別待遇的主管，花英嘖了一聲。像蛇一樣的崔理事會讓李珠熙升遷嗎？雖然已經離開了那間公司，可是還是有點替李珠熙感到惋惜的花英暫時陷入沉思。

看見花英果斷拒絕後陷入沉思，朴奎元像忽然想起什麼似的開口：

「李珠熙分公司社長也會一起工作。」

李珠熙……分公司社長？

花英歪過頭。不是李珠熙部長，而是分公司社長？分公司？

朴奎元依舊跪在地上，開始冷靜地解釋：

「你應該也知道，K&L Logistics。他們在香港開了一家會計公司。」朴奎元提起總公司位於香港的知名國際物流公司後，緩緩說道：「他們想在韓國開分公司，韓國這邊跟香港有貿易往來的公司都會成為主要客戶，但業務應該會繼續擴展。」

「……K&L，他們現在不是公司的客戶嗎？」

花英皺起眉頭。這圈子也有一套明顯的商業道德規範，可是他挖角下屬、搶了公司的客戶……花英投以嚴厲的目光後，朴奎元冰冷地抬頭看著花英。

「李珠熙在那間公司絕對坐不上部長的位子。」他說得非常果斷，「我也絕對無法升上理事。你知道李珠熙為什麼在那間公司絕對坐不上部長的位子嗎？是因為她跟崔理事之間的那些糾紛？怎麼可能，那是因為她是女人。

而我為什麼無法升上理事？因為那個位置是像崔理事那樣貪汙公款的人才能坐上的。我跟崔理事不一樣，我沒有娶有權勢者的女兒為妻，特殊性癖的傳聞傳得沸沸揚揚又未婚。」

聽見朴奎元的話，花英嘖了一聲。

朴奎元的話完全沒錯，雖然上次李珠熙升任部長時會落空是因為崔理事暗中阻撓，可是假如沒有崔理事，她就能當上部長嗎？並非如此。她這次升任失敗是崔理事的問題，不是因為性別歧視，可是她絕對無法擺脫性別歧視。就像劉泫雅無法從代理升上組長一樣，李珠熙的升遷之路總是比她的實力還慢。假如李珠熙升為部長，那職位搞不好就是她職業生涯的終點站，因為理事會得到公司合夥人的待遇，而公司內部從來沒有女人爬到合夥人的位置。

「不是有句話叫『委屈的話就出人頭地』嗎？」

「如果李課長擔任分公司社長，那您是要去香港總公司嗎？」

聽見花英的話，朴奎元點點頭。

「首先，香港境內的外國企業，尤其是韓國公司的分公司會成為我們的主要客戶。」

花英低頭看了一下朴奎元。也許朴奎元勤跑業務的結果，就是韓國公司的分公司都會成為他們的主要客戶。朴奎元曾在香港待了八年，在那段期間與朴奎元建立起信賴關係的企業將會成為新公司的客戶。也就是說花英過去任職的那間公司的香港辦公室，大部分客戶都會被搶走。

事情進展得這麼快速，公司還沒創立就大談客戶，看來朴奎元從很久以前就開始準備這件事情了。他回到韓國時沒有特別找房子，搞不好也是因為他不打算在韓國待太久。進入韓國總公司後立刻找房子才是正確的做法，但他一直住在飯店裡。

花英暫時垂下眼。

「您會這麼執拗地逼近我，也是因為您打算馬上就回香港嗎？」

跟公認非常有能力的海歸人才不一樣，朴奎元沒特別做什麼事。花英只知道朴奎元會把他叫過去，讓花英看他身體發燙的模樣。但是朴奎元的心已經離開了公司，如果他完全沒有打算工作的想法……

「我對你深深著迷。」

「然後你覺得不管你怎麼追求我，不論你的樣子多麼可笑，反正之後都會去香港是嗎？」花英咬牙切齒道。花英的表情讓朴奎元的臉色黯淡下來。

他第一次在地牢看見花英時，無法相信世界上竟然有這樣的人。然後在飯店再次相遇時，朴奎元以為花英就是命中注定的另一半。當時他正準備獨立，卻突然被調到總公司讓他很慌亂，可是他甚至覺得，這一切或許都是神為了讓他遇見尹花英而做的安排。

「那麼，基煥哥呢？」花英問。

姑且不論過去的他，他是打算跟李基煥締結愉虐關係，搬去香港嗎？

聞言，李基煥笑著道：「我打算跟他一起去香港。」

「哥！」花英大喊一聲。

基煥對想要開口阻止他的花英搖搖頭，說：「反正我也想去海外發展，香港很好啊，很適合試我的技術。」

「哥想去的不是歐美國家嗎？」

姜勇佑這麼說，像要基煥別找藉口。結果，李基煥說：「香港也不錯。」然後聳聳肩。

以穿刺技術聞名的地方是英國，他卻突然說要去香港。正當具成俊想走近李基煥一步，要叫他別胡說八道時，李基煥輕輕摸了一下朴奎元的頭。

「你們不懂。」李基煥道，「可是花英，我覺得你應該懂。」

李基煥看向花英道：「就像你遇到奎元一樣，我也遇到了。我無法退讓。世界的一半是男人，另一半是女人——我們談的不是一般情侶的事。我三十九歲了，我在十七歲的時候成為SM玩家，現在過了二十幾年，才第一次遇到這種對象。」

如果現在錯過他，這輩子搞不好都不會再遇到了，他不想錯過。李基煥道。

就在具成俊跟姜勇佑說「你才認識他不過三天，這決定太倉促又太冒險」的時候，花英跟基煥望著彼此。四人中，基煥的年紀最長，花英的年紀最小，可是李基煥莫名地疼愛花英。連姜勇佑或具成俊這兩個傲慢的人都無法隨意對待李基煥，說話都很恭敬，但花英對李基煥說話十分隨意，而李基煥也沒有刻意制止花英。

花英望著基煥好一會兒，嘆了一口氣道：「好吧，既然你決定這麼做了。」

聽見花英的話，基煥燦爛一笑，然後抱住花英道：「謝謝，我就知道你會理解我。」

花英彎著腰，被比自己嬌小的基煥抱在懷裡，低喃道：「不，我不一定能理解。」

但基煥就像沒聽到似的，拍了幾下花英的肩膀。

花英擺出能理解但是不滿的態度站著不動時，基煥道：「你想想奎元，他來到韓國，身邊就只有你一個人，不也吃得很好，睡得很好？不用擔心我。」

「奎元哥是特殊案例啊。」

花英忍不住對想安撫自己的基煥說。

奎元當然是特殊案例，他一回到韓國就馬上擔任花英的保鑣，之後從驥英手裡接下夜店，其實是個運氣很好的案例。夜店是尹幫為了把他放在眼皮底下給他的，雖然奎元還沒有在花英面前表露聲色，不過他時常承攬尹幫大大小小的事情，但奎元現在是以自己的名義持有江南的知名夜店是事實，而且那間夜店是直接受到全國性黑道組織尹幫的保護，卻無需繳交保護費的金雞母，是一個非常、非常特殊的案例。

聽到花英說「我們是不是該比能比的部分？」後，奎元補充一句：

「而且我父母都在這裡，情況不一樣。」

什麼？尹花英轉頭看向奎元。

冷下來的氣氛讓奎元不禁後退了一步。他完全搞不懂為什麼氣氛會變得冷颼颼的。奎元心想，是他講錯話了嗎？瞥了一眼眾人的臉色，但花英一把抓住奎元的手臂問：

「您說誰在韓國？」

花英的聲音大了起來，使奎元大吃一驚。金奎元光看名字就知道是韓國人。當然，聽他一口流利的韓語，想必也是韓國人。雖然母親是瑞典人，但不管怎麼說，父母親都在韓國。

和心想「他們又沒有過世，這不是理所當然的嗎？」的奎元不同——其他人都瞪大雙眼。先開口的是具成俊。

「您不是孤兒？」

「不是。」奎元搖搖頭。

誰是孤兒啊，他前天才跟父母通過電話啊。

聽見奎元的話，姜勇佑問：「親生父母？」

這問題非常失禮，但此時此刻沒有人這麼認為。包含春節在內，他們從未見過奎元回家，可是他說父母都健在？難道他們的關係就像仇人一樣嗎？因為不是親生父母……？

聽見姜勇佑的話，奎元皺起眉。

「那當然。」

「你跟父母親的關係……好嗎？」

如果是親生父母，難道他們之間已經恩斷義絕了？李基煥一問，奎元老實地點頭。

奎元算是跟父母親關係很好的兒子，父母總是對奎元感到抱歉。

『竟然把你生成這副模樣，這都是我們的錯。』

他母親曾這麼說，為此哭了許多次。他們確實曾經斷絕關係，得知兒子性向的父母冷漠地把他趕出家門，之後奎元就跟著傭兵部隊四處漂泊，後來回到韓國。

由於分離時鬧得很難看，他也沒想過要跟家裡連繫，可是有一次他偶然遇到了父親，從那之後偶爾會連繫彼此。雖然他父母聽到兒子說交到男友了，連叫他帶回家的話都說不出口，可是他們依舊是會擔心兒子的健康、仔細關心有沒有吃飯的父母，有時他們也會隱晦地提到花英，小心翼翼地問他跟「那位朋友」相處得怎麼樣。

奎元蹙起眉頭，覺得他們在對這樣的父母口出妄言時。

「他們住在哪裡？」花英直截了當地問。

「住在道谷洞。」

看來他們甚至住在首爾。天啊，花英傻眼到說不出話。

奎元的父母竟然還健在。奎元至今都沒提過父母的事，他當然以為他們應該不在了，或是斷絕關係了，還很努力地不去觸碰奎元的傷口，花英此時覺得自己就像個笨蛋。

看到花英的表情僵住，奎元輕聲喚道：「花英先生？」

花英帶著受到背叛的心情望著奎元時，具成俊輕拍了拍花英的肩膀。

具成俊做出「你還好嗎？」的手勢，花英就甩掉具成俊的手並開口：

「那真是太好了。」

聽見花英的話，奎元反問了句：「什麼？」

「趁這個機會，我們好好聊聊吧。」

然後花英抓住奎元，打算把他拖出去，但又停下腳步。

該離開的人好像不是他吧？其他人都用一副「慢走」的表情目送兩人離開。

花英皺起眉頭。

「這裡是我的事務所！」

其餘三人嚇了一跳，就像被奎元父母還健在的消息嚇到一樣，他們也對這裡是花英事務所的事實感到驚訝。

花英對這樣的他們道：「我跟奎元哥有話要說，你們回去吧。」

聞言，其他人都皺起眉頭。

李基煥指著朴奎元道：「他還得穿衣服，你離開不是比較快嗎？樓下有間咖啡廳，你們去那邊談，談完再回來不就好了。」

花英像要把朴奎元生吞活剝似的瞪著他，最終還是抓著奎元的手，離開了事務所。

他「砰！」地一聲甩上門，李基煥笑著說：「看這脾氣。」

姜勇佑看著關上的門，又問李基煥：「您真的要去香港？」

看到姜勇佑露出非常擔心的表情，基煥就笑著說：「是啊，也到了該改變生活的時候。我差不多也該去看看店裡、你們幾個和地牢以外的人事物了。」

「您的店打算怎麼辦？」成俊問。

李基煥一副理所當然地回答道：「我打算交給花英。」

那一刻，成俊跟勇佑都沉默了。

他們無法理解李基煥剛才那麼感動地說「我就知道你會理解我」，現在又理所當然似的想把店交給花英的想法。但不知為何，他們覺得花英會碎念著把店接下來。

花英雖然脾氣差，但他基本上是一個很有誠信的人。高三的時候他雖然會進出地牢，卻沒有疏忽自己的課業，最終考上理想的大學；德州撲克不是他想學的，是被哥哥拉著勉強學的，但他依然成了德州撲克的高手；玩遊戲時，他也不會只顧著滿足自己，因為他會確實考慮到臣服者的感受，所以在這個圈子被大家視為偶像。雖說他本人非常討厭偶像這個說法。

「可憐的花英。」

成俊喃喃低語後，勇佑噗哧一笑。

「之前是哪個臭小子拜託花英幫忙，把自己賠掉的十四億韓幣拿回來的？」

也對，他曾這麼做過。

成俊想起那個時候，摸了摸下巴道：「話說回來，這對情侶就是兩個平常不常吃虧的人，然後為了幫助別人，吃了不少苦。」

聽見成俊的話，勇佑打斷他道：「這就是那對情侶的魅力啊。」

李基煥點點頭，成俊說了句「確實」，也跟著點頭。不管是尹花英還是金奎元，他們都是十分包容他人的人。這種人本來應該要與不太能包容別人的人交往、幫助他們活下去才對，但既然他們都湊在一起了，幫幫別人也可以吧。

花英如果聽到這番言論，一定會把辦公室掀翻。但花英抓著奎元的手臂離開辦公室，來到一樓的咖啡廳。直到兩人在連鎖咖啡廳隨便點了咖啡，找到位子坐下來之前，花英完全沒講過一句話，讓奎元感到不安。

「全部老實招來。」

「您是指什麼？」

「父母親住在道谷洞，你該不會有兄弟姊妹吧？」

奎元點點頭後，花英用驚訝到麻木的表情揮了揮手。看見花英做出「快點說」的手勢，奎元開口道：

「我有三個姊姊，一個弟弟。」

「……您居然有這麼多兄弟姊妹？」

「我母親畢竟是外國人，大概是太孤單了，所以一直生孩子。」

花英再次喝了一口咖啡。

「伯母是……外國人？」

「不，現在是韓國人了。她在瑞典出生，大學在美國唸書的時候遇到我父親……」

花英用傻眼的眼神看著喋喋不休的奎元。如果遭到騙婚，大概就是這種心情。他還以為奎元在這世界上孤苦無依、孑然一身，結果別說父母健在了，奎元還有個相當健全的家庭。為什麼不告訴他？為什麼不告訴他關於家人的事？彷彿他們的關係沒有親密到可以跟對方分享這些事情。

花英問：「您不想跟我說家人的事情嗎？」

花英頂著像在問「我們的關係沒有那麼親密嗎？」的表情凝視著奎元，奎元就驚訝地搖了搖頭道：「不、不是的。不是那樣！」

奎元甚至揮了揮手。身高高，外型又像頭猛獸，高壯如山的男人揮著雙手否認著什麼，使人們的目光一齊投到他身上。意識到那些目光後，奎元才把手放下來。

「其實我以前曾跟家裡斷絕過關係，重新開始連絡還不到一年，也只會偶爾打個電話……」

「為什麼會斷絕關係……？啊啊，因為『那個』？」

聽見花英的話，奎元點點頭。他至今想起當時的事情，依然覺得很鬱悶。

當時高三的奎元沒有什麼才能，就在他即將作為體育生保送大學的前夕，因為一本SM雜誌被家人發現他是同性戀。雜誌裡滿是男人們屁股裡插著手臂大小的按摩棒的特寫照、被用亞麻繩捆綁的照片，他因此被攆出家門。因為無處可去，他就去當兵，後來當軍人當久了，就開始了傭兵生活。

他被父親痛打一頓、趕出家門的那天下著雨，天空陰暗，奎元看著那樣的天空，覺得那就是自己的未來。奎元心想，如果他當時知道會有個如此美好的未來，應該能對生活抱有一絲希望。

花英盯著奎元好一陣子。一想起奎元完全沒提過父母跟家人的事，之前明顯散發出「沒有父母或家人」的氣息，心臟就隱隱作痛。

花英一路走來也很辛苦，當他發現自己是同性戀的時候，真的忍受了一段非常殘酷的時間。可是，他不曾認為自己沒有家人，花英的周遭也沒有人認為他沒有家人，不，觀察力優秀的人反倒還會猜說「你是老么吧？」。

「總之……」

奎元對家人絕口不提，讓花英感受到強烈的背叛感，但是——

「就算這樣，哥現在是我的妻子了。」

那一刻，隔壁傳來嗆咳聲，一個女人從鼻子噴出咖啡。

花英看著那女人皺起眉，替奎元擦掉濺到衣服上的咖啡。

「但哥是我的老婆，我得去跟他們打聲招呼。」

花英開朗地道。

……什麼？

奎元露出沒聽清楚的表情，沒發出聲音，只用嘴型反問。

從被騙婚的受害者切換成狡猾求婚者的花英說：「我們去打聲招呼吧。」然後拉起奎元。

金奎元拉住花英，跟他說最好別去。奎元的父親是一位非常嚴厲的人，那個人這輩子做過最出格的事是跟外國女子結婚，單憑這項事實，他就覺得自己是個「大膽的男人」了，所以當他看到兒子在看同志SM雜誌，他甚至說出「他一定是瘋了，不然就是被鬼附身」這種話。

他說那種傢伙就該用亂石砸死。奎元知道父親說的是真心話。

當然，父親也變了很多。聽母親說，父親似乎非常後悔。當時，向來對父親言聽計從的姊姊們跟弟弟似乎也強烈地反抗過父親。大姊宣布家事罷工，跑去找工作，讓父親餓肚子；二姊揚言要離家出走，後來真的離家出走後被抓了回來；三姊甚至把整間禮拜堂砸壞了；而弟弟說與其跟父親一起吃飯，還不如餓肚子，最後不得不獨自在醫院吃了一個月的飯。

父親也是第一次把兒子攆出家門，他越來越後悔，每天把自己關在祈禱室裡，不斷乞求上帝保佑奎元。母親說，當初父親很愚蠢，這段時間以來非常後悔。但是奎元完全沒有這種感覺，他認為只是父親年紀大了，才會有這種轉變。

其實，奎元的父親是一位重度恐同的人，但花英竟然要跟這樣的父親見面。雖然奎元勸阻了花英，但其實不可能攔住太久。花英趁玩遊戲的時候跟奎元說，如果想射精，就說「請和我一起去打招呼」央求他，因此奎元只能說出這句話。

接著，花英讓奎元坐在他身上，以騎乘位瘋狂擺動臀部，嬌聲說著「請跟我結婚，啊嗯！請用巨大的東西插我、啊嗯！」，還讓他叫「老公」、「親愛的」，甚至玩起裸體圍裙，之後奎元就再也沒有心力阻攔花英了。

‡

讓金奎元胃部隱隱作痛的決戰日，星期天的早晨來臨了。

一如往常在奎元的口交中醒來後，花英吃了一頓飽飽的早餐，穿上燙得整齊的潔白襯衫，更衣都由奎元在一旁服侍。

花英說他現在不是奴隸貓，是奴隸妻子後狠狠折磨了奎元，因此奎元沒辦法再說出「我們別去了吧」這種話，只能不斷向花英求饒，說他錯了。

只要沒聽到花英的妻子言論，奎元就鬆了一口氣，可是真的來到家門前時，奎元就感到退縮。

「花、花英先生。」

「哇，您家是教會啊？太酷了。」

花英笑得很燦爛——原來您家是教會，所以哥才這麼正經啊。

花英愉快地說完，奎元垂頭喪氣。

偏偏是星期天早上，那是教會最忙碌的時段。在其他人忙著做禮拜的時候，花英逛了教會庭院一圈，笑著跟奎元說：「原來您是富家公子啊，怪不得品味這麼高級。」

要說有錢人家，花英家裡更有錢才對，花英卻泰然自若地笑著這麼說。

「哥！」

身後傳來呼喊聲，奎元轉過頭。那一刻，一個長成大人的男子跑過來抱住奎元。

看著不停流下淚水的男人，花英「嗯～」地低吟一聲。奎元的弟弟是一位俊俏的美男子，但他跟奎元不同，沒有絲毫魄力。看著這個弱不禁風的男人，花英心裡有點失望。

這個弟弟沒有令人特別驚艷啊。

「啊，抱歉。這位是哥的朋友嗎？」

「不是，我是他的戀人。」花英泰然自若地道。

那一刻，奎元弟弟的表情徹底僵住，轉頭看向奎元。

「唔、哥！！」

「那、那個……」

奎元為難似的想說點什麼又說不出口，之後低下頭道：「對，是戀人。」

奎元老實地承認後，弟弟一臉慘白。竟然偏偏在星期天的時候，把同性戀人帶到教會來！

即使看到對方快要昏倒的樣子，花英依舊掛著和藹可親的笑容。

弟弟對奎元說：「哥，爸如果知道了，這位先生無法安全離開啊！」

那一刻，尹花英「啊哈哈」地笑了。

「不會的。」

……到底哪來的自信？奎元的弟弟金奎彬看著這個男人。

這個說是哥哥戀人的男人很高大，美得讓人驚訝，甚至讓人心想背後帶著光芒大概就是這麼一回事吧。他還以為對方可能是個小白臉，沒想到男人的聲音意外沙啞，有著爽朗的笑聲。

哥好像很幸福。金奎彬是高興得快哭了，可是他覺得如果父親知道了這件事，那天他大概就得在大哥戀人的葬禮上哭喪，心臟頓時揪緊。

對方想到的父親可能是一位普通的父親，但奎彬跟奎元的父親可不是普通的父親。那個人可是會拿高爾夫球桿揍哥哥的戀人，不，就算拿十字架都算收斂了。

「他說想跟家裡打聲招呼，所以……」

奎元沉著嗓音說完，金奎彬推了奎元一下說：「哥，你瘋了嗎！」另一方面，金奎彬也覺得這男人很奇怪，提高警覺。

明明是同性戀，怎麼會有人說要到對方家裡問候！還是跟一位牧師打招呼！

但是，奎元似乎是真的想帶著這男人到後面的屋子裡，因此讓奎彬鬱悶不已。正當他叫奎元清醒一點，連打奎元好幾下的時候，男人一把抓住奎彬的手腕。

那一刻，奎彬不自覺地發出「啊啊！」的慘叫，他的手腕痛到要脫臼了。

奎彬一發出哀嚎，男人就鬆開手警告他：「你最好別在我面前打你哥。」

「您、您在說什麼？我沒有打他……」

「總之，我最討厭別人在我的東西上留下傷痕……啊，我說這些話不是針對你，我們都還沒向彼此問候呢。我叫尹花英，是經營一間小型會計事務所的平凡人，今年三十一歲。」

嘴裡說著「我最討厭別人在我的東西上留下傷痕」，散發出冷酷光芒的目光像寒冰再度融化般帶著笑意，看著奎彬，令奎彬寒毛直豎。

「我……我叫金奎彬，今年二十九歲，是奎元哥的弟弟。」

花英燦爛一笑。仔細一看，奎彬的眼尾跟哥哥有點像，又有點不像……花英很失望，他還期待能看到迷你版的金奎元，結果是個弱不禁風的傢伙。啊，我家奎元哥果然是人中龍鳳啊，連家人身上都完全找不到相像的地方。

此時，有人喊了聲「奎元啊！」，一名纖瘦美人穿著高跟鞋飛奔過來，撲進奎元懷裡。

「奎元啊！」

花英看了一眼美人的臉，是個混血兒，但似乎比較像母親，是一位每說一句韓文，就像在聽電視劇配音的西洋美女。跟金奎彬相比，這個美人還比較像奎元。

奎元尷尬地笑著，他把美女放下來後回頭看向花英。

「花英先生，這是我大姊金奎熙。姊，這位是尹花英先生，現在跟我住在一起……」

奎元的介紹聽起來就像在介紹室友，尹花英再次露出燦爛的笑容道：

「我跟奎元哥正在交往，我們住在一起。我叫尹花英。」

「……這、這樣啊？」

金奎熙細細打量花英。跟金奎彬看著「神奇的同性戀」的目光不同，金奎熙用打量「弟弟帶回來的戀人」的目光看著花英，花英當然覺得這目光令他自在不少。而且，這位女性的眼睛和嘴形跟奎元有點像。

「天啊，奎元啊！」

接著，又有一位美人大喊。奎熙對她揮揮手，叫她快點過來後，她馬上跑了過來。

「我們家奎元，這麼久沒見還是能一眼就認出來。你過得好嗎？身體……這位是……？」

聽見美人的話，奎元正打算開口，但奎熙打斷奎元說：「說是奎元的戀人！」

「天啊，是嗎？」

哎呀，這個人露出明顯的敵意呢。

花英依舊用他討喜的臉蛋笑著回答：「是，我叫尹花英，我們正在同居。」

這位美人不曉得是第一眼就不喜歡花英，還是非常厭惡弟弟的同性戀人，她說：「花英？這不是女人的名字嗎？」

說完後咂嘴一聲，一副連名字都不喜歡的表情。

「是的，聽說我母親非常想生個女兒。」

「是嗎？不好意思，請問您現在的工作是……？」

「我在經營一間小事務所。」

「小事務所的意思是規模很小嘍？員工呢？」

「目前沒有。」

那一刻，女人露骨地露出厭惡的神情。

「是做什麼的事務所？」

「三姊。」

奎元抓住她的手臂，但奎貞沒有停下來，繼續問。

感覺就像被人調查戶口一樣，但花英絲毫沒有不悅，接著道：「稅務會計事務所。」

「您是事務長嗎？」

稅務會計事務所大多是由會計師本人或稅務師出資，但令人意外的是，也有很多事務所是會計師跟稅務師販賣技術，由事務長出資，金奎貞指的是這個情形。花英笑著搖搖頭道：

「我什麼都做。不論是事務長、員工還是會計師。」

「……您有證照嗎？」

「是的，有。」

「CPA（註冊會計師）？」

「CPA跟AICPA（美國註冊會計師）都有。」

「如果你有CPA，那你應該在四大會計事務所工作超過兩年吧。你之前在哪間事務所工作？」

「S會計事務所。」

奎元再也忍不下去，大喊道：「三姊！」

「你給我乖乖待著，這個傻子！」

花英在心裡吹了聲口哨。奎元說她砸了禮拜堂，果然是位有話直說、性格火辣的女性。

其實，花英最討厭的女人是會裝模作樣，盡做一些狐媚之事或裝無力的類型，他不討厭奎元三姊這類型的女人。當然，對方對他表露出明顯的敵意，讓他沒辦法喜歡她，可是他也不想討厭她。

『是誰啊？』

接著，一名看似奎元母親的女性朝他們走來。

是一位穿著衣襬飄逸的美人，金色頭髮在陽光底下閃耀的中年女性真的很美。看見對方像冰塊一樣光滑白皙的肌膚，花英心想「雖然不是我的菜，但是是位美人」。

花英喜歡像貓一樣的人。

其實，雖然花英對女人沒興趣，不過就像他喜歡的男人條件，他也喜歡皮膚黝黑、有點肌肉的女性。花英對對方的印象就是像一個模特兒走來，花英朝她深深彎腰鞠躬。

不管她是模特兒還是世界上最醜的女人，她都是把「金奎元」送來這世界的第一功臣。單憑這點，她就是花英的恩人。

『幸會，初次見面，我叫尹花英，正在跟金奎元先生交往。』

奎元第一次見到花英如此鄭重地彎腰鞠躬。花英恭敬地打招呼，讓奎元不自覺看向母親。

十年未見的母親看到奎元就哭了，可是她一看向花英，眼淚就像瞬間吸了回去一樣，一臉拘謹。

花英直起身後，她搖搖頭道：

『你不能待在這裡。』她阻止花英：『我先生不會放過你的。』

就在她如此預言時，有個男人朝他們走來，所有人的表情都僵了。

比起牧師，男人更像一名軍人。就像花英的父親尹秀鋏一樣，這輩子是靠自己打出一片天的，因此看起來就像會無條件相信自己是正確的那種人。

當金奎元的父親金學道走到兩人面前時，花英再次彎腰鞠躬。

「我叫尹花英，正在與令公子交往。」

花英的策略很有效。金學道聽到花英說的話時，看起來想要撕碎花英，可是他們正站在教會的中庭，人來人往，而金學道是牧師，今天又是星期日。

禮拜剛結束，金學道聽見教徒們紛紛對他喊著「牧師」，他無計可施，真的氣得渾身發抖，只低聲說了聲「滾」。

然而，花英厚著臉皮笑道：「我在這裡吃一頓教會的餐點就離開。」

花英確定金學道無法對他動手，所以毫不害怕。

第一，沒有牧師會在星期天早上的教會中庭打人。第二，就算他要打花英，只要花英不被打到就好了。花英沒有軟弱到只是因為跟男人交往，就讓陌生人打他，即使對方是奎元的父母也一樣。

「你知道我父親是多可怕的人嗎？」金奎貞尖銳地問道：「你剛才差點就死了。」

「我不這麼認為。」花英這麼說完，咧嘴一笑，「哥，您覺得呢？」

聽見花英的話，奎元一臉為難地回答：「當然，花英先生不會有事的。」

熟知花英脾氣跟實力的奎元這麼說完，花英開心地笑了。

如果發生了金奎貞說的那種事，奎元該擔心的不是花英，而是他的父親金學道。事實上，即使金學道是一位可怕的父親，他也只是個平凡人，對接受過專家訓練、預防綁架及各種突發情況發生的花英來說，金學道只是一個站在大人面前的三歲小孩，花英怎麼可能會懼怕一個一手就能折斷手臂的對象。

「因為我會保護您，我不會讓人碰到您一根手指的。」

奎元這麼說完，花英頓時瞪大眼睛，然後大笑出聲。

他還以為奎元是在嘲諷他，但那是他的真心話。他的意思是他會保護他，不會讓他父親碰到花英的一根手指。啊啊，我的老婆，我的小母貓，總之可愛死了。如果奎元的家人聽到這番內心話，大概會引發爭吵，花英一邊如此心想一邊點點頭。

「奎元，你快叫這男人離開！」

金奎貞低聲喝斥，但奎元沒有給予任何回答。接著換金奎熙嘆了一口氣，道：

「吃完飯就離開吧，尹花英先生。」

請別在他們家引發無謂的風波。

金奎熙警告花英。聽見這位纖細美人的話，花英但笑不語。

這下傷腦筋了，花英想一輩子都跟奎元在一起，既然奎元的家人都知道奎元的性向，那訂下名分很重要。就算今天有點強人所難，他也要把名分定下來，再漸漸讓他的家人認同他們。然而，即使沒辦法獲得奎元家人的認同，吃頓飯再離開也差不多算是把名分定下來了吧。

說著說著，一行人抵達後屋。一起回來的奎元母親雅娜說：「我頭痛，先進去了。」然後走進了臥室。

菜色很樸素，白飯、小菜還有海帶湯。姊姊們不只準備了花英的份，還準備了奎元的。奎元跟花英並肩坐下來吃飯。吃下一口飯的那一刻，奎元皺起眉。

「是教會的飯啊。」

「你又不在，哪有人會做飯啊。」金奎熙不曉得是覺得丟臉還是在責怪奎元，笑著對奎元道，

「你從小就挑剔，長得那麼壯真是太可惜了，金奎元。你就將就著吃吧，真是的。」

奎元沒有舀起飯，轉頭看向花英。正好吃下一大口飯的花英抬起眼，露出詢問「幹嘛？」的表情，奎元見狀就開口問：「合您的胃口嗎？」

「嗯，很好吃。」

「尹花英先生，你看起來年紀有點小，請問您幾歲？」金奎貞問。

似乎是對看起來很年輕的花英對奎元說話時而尊敬、時而隨意，比較年長的奎元對他說話卻十分尊敬的情況看不順眼。

「三十一歲。」

「我家奎元三十三歲。」

「我知道。」花英頂著開朗的表情回答。

金奎熙一直看著奎元一臉惜福地吃著飯，接著拿起花英喝光的湯碗，不慌不忙地又幫他盛了一碗湯。花英說了句「謝謝」，再度開始吃飯。

「金奎元，你犯了什麼錯嗎？為什麼要對這男人那麼尊敬？」

「……那個嘛……」

他就是個不會說謊的男人。花英細細咀嚼嘴裡的食物，吞下去之後替奎元回答：

「我們第一次見面的情況很特別，我們是因為奎元哥來當我的保鏢而認識的，所以大概是那個時候的說話方式一直延續到了現在。」

聽見花英沒有說謊，但也不全然是事實的說法，金奎貞瞇起眼問：「保鏢？」

「那段期間我受到跟蹤狂糾纏，奎元哥為了救我，吃了不少苦。」

「看來您家裡有點錢呢？」

聽見金奎貞的話，奎元低聲喝斥道：「三姊！妳從剛才開始就太過分了！」

即使壓低了音量，但奎元喝斥起來魄力就是不一樣，金奎貞的肩膀稍微僵住，而待在臥室裡的母親衝出來問：

『發生什麼事了？奎元，你為什麼大吼？』

『媽，天啊，奎元竟然在我面前護著這男人！』

『什麼？你時隔十年才回家，就對你姊姊大吼嗎！』

奎元的母親雅娜對奎元發脾氣。奎元覺得，母親對十年未見的兒子發脾氣也非常過分，毫不掩飾地在花英面前皺起眉。

『那是因為你們都對花英先生太過分了。我之前從未提過家人，花英先生還以為我是孤兒，所以一聽到我父母還健在就說要來跟你們打招呼，結果你們這是什麼態度？』

『說真的，我怎麼可能喜歡他！跟你一樣是男人，又固執地闖進我們家！這不是想要來分一杯羹嗎！』

嗯？

花英吃飯吃到一半抬起頭。分什麼羹？

花英無話可說時，奎元紅著臉說：『那怎麼可能！請你們不要胡說八道。』

然而，母親雅娜沒有退讓。

『那麼，這男人喜歡你的哪裡？喜歡你的臉嗎？我問你他喜歡嗎！』

『是的，我很喜歡。』

花英講得斬釘截鐵，奎元的母親雅娜、大姊金奎熙、三姊金奎貞、小兒子金奎彬都看向花英。

花英一臉「這不是理所當然的嗎？」的表情，又說了一次：

『我喜歡他的每個地方，不過我是對他一見鍾情。既然是一見鍾情，如果說我不喜歡他的長相，那會是說謊吧？』

花英的話讓奎元的臉忽然發燙。

『你騙人！』雅娜大吼。

「尹花英先生，您看起來不像這樣的人，但沒想到您的臉皮這麼厚。」大姊金奎熙輕蔑道。

「真是笑死人，怎麼會有這種人！」三姊金奎貞感覺都想上前打花英一頓了。

「你越是這麼說，我哥只會越不幸啊！」弟弟金奎彬用悲慘的聲音大喊。

花英一臉呆愣地看著奎元的家人，這一刻，他真的覺得這家人都瘋了。當著他的面說他覬覦他們家的財產，而花英說是看到奎元的長相後一見鍾情，他們又把他講得像個人渣。

難道這間教會是邪教？

花英一看向起居室，就聽到雅娜大喊：『你們看，果然是覬覦我們家的財產！』

那一刻，金學道走進來道：『財產？妳說財產？果然是財產嗎？這臭小子，你死定了！』

金學道挽起袖子，花英也從椅子上站起身。奎元哥明明是位完美、為人和氣、善良、可愛又討喜的美人，雖然這家人的外表不是他喜歡的類型，卻真的像瘋子一樣。

媽的，花英的手抓住領帶，罵了一句。他只是聽說他們是奎元哥的家人，才想來見一面，可是這根本是一群瘋子吧！奎元哥真可憐！就在花英要翻白眼的時候，一名女子跑了進來。

『財產？你們說奎元的戀人怎麼了！』

女子的身材高大，身高跟花英差不多，擁有一副堪稱游泳選手的身材，即使身穿套裝也掩飾不了肌肉。黝黑發亮的肌膚怎麼看都不像是日晒，而是天生的，眼神十分鋒利。

喔——花英凝視著她的臉時，她大喊道：

『怎麼樣?你想問我是不是男扮女裝嗎!』

聞言,花英再次覺得這家人沒有一個是正常的。

他搖搖頭道:『不是,只是您長得很美,是我喜歡的類型,所以我看得比較仔細。如果讓您感到不悅,我向您道歉。不過您說什麼男扮女裝,這笑話一點也不好笑喔。』

由於花英對他們已經轉為半對立的態度,所以說話也沒多加修飾。

「您現在是在耍我……等等,您是認真的?」

這女人大概就是奎元的二姊金奎妍了,花英老實地點點頭道:

「如果我不是同性戀,我大概現在就會跪在地上跟您求婚了。」

花英至今不曾見過像金奎妍一樣,這麼符合他喜好的女性,所以如果他不是同性戀,他應該會跟對方求婚。

聽見花英的話,金奎妍愣了一會兒,滿臉通紅。

金奎妍至今從未遇到男人向她求婚,但是眼前的男人太美了,這麼美的男人竟然用百分之百認真的表情說出求婚兩個字,讓她不自覺地小鹿亂撞。

『您說,小妍很漂亮嗎?』雅娜用懷疑的目光問。

『是的。』

『您覺得我大姊怎麼樣？』金奎貞推了金奎熙一把，問道。
因為金奎熙突然被推過來，花英向後退了幾步後回答：『是一位美人。』
花英的眼神冰冷，跟剛才看到金奎妍的時候完全不一樣，讓金奎貞眨了眨眼。
「你覺得奎貞長得怎麼樣？」
金學道突然問道，花英沒什麼誠意地回答：「是一位美人。」
「美到讓你想向她下跪求婚嗎？」金奎彬問。
花英毫不遮掩地皺起眉：「我不會隨隨便便向人下跪求婚的。」
聞言，金學道來回看著金奎貞跟金奎妍。金奎妍用雙手摀著臉，滿臉通紅，不曉得該如何是好地說：「我、我、我先回房間了！」然後飛快地跑走了。
看著金奎妍的背影，花英一臉慌張地補道：
『當然，我的意思不是要向她求婚。我只是稱讚她美到如果我不是同性戀就會向她求婚……』
花英環顧四周，氣氛變得有些微妙。他緩緩眨了眨眼，想掂量這到底是什麼情況，但金學道雙手抓住花英的肩膀道：
「講清楚一點。」
「……您……您是指什麼？」

花英的目光來回望著金學道抓住他肩膀、滿是皺紋的手跟他的臉。

「你覺得奎妍漂亮還是我漂亮？」

那一刻，金奎元真的很想昏倒。父親問得非常認真，這句話要是被本來就對外表很自卑的奎妍聽見，她一定會哭著跑出去。因為奎妍跟她的外表不同，是一位非常敏感、少女的女性。

花英稍微打量了一下金學道的長相。金學道的五官鋒利，一看就知道奎元長得像誰。雖然個子矮小是個缺點，可是跟金奎妍相比，金學道是男性，線條更鋒利又粗獷。而且，也許金學道有在運動，手臂上鼓起的肌肉也很好看。

雖然不曉得對方又想找什麼麻煩，但花英覺得如果他們繼續發瘋，他就不理會所有人，直接拉著奎元離開這裡，然後再也不過來這裡就好了。

金奎熙把金學道的問題翻譯給雅娜聽後，雅娜就像即將聽到醫生宣告一樣，一臉緊張地握住金奎熙的手。

「伯父。」

花英說完後，因為有點擔心剛才金奎妍的反應，又補道：「如果您說的『漂亮』是指『符合個人喜好』的意思的話。當然，客觀標準的回答是……」

花英還沒說完，金學道就熱情地抱住花英。

「女婿！」

金奎貞舉起雙手摀住臉，她因為太過感動，就快落淚了。又看到金奎熙跟雅娜抱住彼此流淚的模樣，花英的表情扭曲了。

這地方真的沒問題嗎？不是邪教嗎？花英如此懷疑之際，奎元的弟弟奎彬安慰奎元道：

「哥，太好了，真的太好了。」

再度開始進行戶口調查。花英受到熱烈歡迎，坐在起居室的正中央。

很快地，茶几上就擺滿了茶點，多到茶几的桌腳都快折斷了。這跟剛才吃飯時的情形相比差太多了，不管奎元有沒有臉紅，花英來者不拒地吃下他們提供的餐點。花英本來就很愛吃，而且什麼食物都吃得津津有味。

跟剛才不同，這家人紛紛叫他多吃一點，用自己的叉子扠起水果或年糕給他吃。

不過，花英的表情有點戒備。因為在花英看來，奎元的家人太過喜怒無常了。他們剛才那麼討厭他，為何現在都對他如此親切？啊，難道是想對他傳教？他們真的是邪教？

花英先吃著所有食物，等著他們對他傳教，可是每個人都不提上帝也不提耶穌。

剛才態度那麼冰冷的金奎貞，用如春風般溫柔的嗓音問：「您剛才說您是會計師吧？」

「是。」

「您是在S會計事務所實習，但最後沒有轉正嗎？」

聽見金奎貞的話，花英搖頭道：「不，他們有僱用我……可是因為太忙了，我想要休息一下，就自己開了一間小小的會計事務所。」

「天啊，天啊，原來是這樣。」

看著金奎貞燦爛的笑臉，花英心想他的回答明明跟剛才沒有什麼不同，她為什麼這麼高興？感到有些彆扭。不過，在他還來不及感到更加彆扭，問題接踵而來。

「你爸媽是從事什麼工作？」問的人是金學道。

「我母親過世了，父親在做一點小生意。」

「兄弟姊妹呢？」金奎熙用非常親切的態度問，又扠了一塊蘋果給他。

花英用目光道謝，接過蘋果並回答道：「我有兩個哥哥。」

聽到花英有兩個哥哥，金學道的雙眼發亮。

「哥哥們都結婚了嗎？」

「不，還沒有。他們工作都很忙。」

「你、你哥哥喜歡哪種類型？跟你一樣嗎？他們跟你一樣是同性戀嗎？」

「不，他們不是同性戀……不過我跟他們喜歡的類型不太像……」

花英想起喜歡清純可憐型的大哥尹震英、喜歡酒店公主的二哥尹驥英，搖了搖頭。

見狀，金學道明顯露出惋惜的表情。

『你們都給我說英語！我聽不懂你們在講什麼！』

雅娜鬱悶得發火，眾人顫了一下後繼續說：

『你跟奎元現在住在哪裡？』

『論峴洞。』

『你們住在租來的別墅嗎？』

『沒有，就是住在家裡。』

『是月租還是全租？』

『啊，就是我家。我本來就有房子了。』

『那棟房子是你爸爸買給你的嗎？』

『是的，父親有補貼一些，我自己也有存款。』

花英很疑惑他們為什麼一直提到錢，可是花英決定理解他們。看來他們是把他誤認為覬覦他們家財產的混混了。他們想到得到十足的保證，確保就算花英沒有覬覦他們家財產，也能過得很好。

『看來你們要養活自己並不難。』

然而，在這方面受到戒備會有點受傷是人之常情，花英泰然自若地接著道：

『是的，首先，奎元很會賺錢……』

眾人的目光聚集在奎元身上。

等等，那些錢，那個……

奎元還來不及開口解釋，花英接著道：『奎元不是在江南經營一家夜店嗎？我負責處理他們的帳務跟稅務申報事宜，畢竟這個產業特殊，收入也很高。』

『你說奎元有一家江南的夜店？』

當花英心想父親是牧師，兒子卻是夜店老闆，感覺好像有點失衡的時候，金學道說：

『奎元出人頭地了啊！』

不是，那個……

奎元想說點什麼，但那些話被家人接連不斷的話語蓋過了。

『江南的夜店？叫什麼名字？』金奎貞問。

看著金奎貞期待的目光，奎元回答「Fake」，奎貞就大喊說：『我去過耶！』

她笑咪咪地說「下次我去看你」，然後挽著花英的手臂道：『到時候花英也一起去吧。』

此時，花英輕輕把手從她的手裡抽出來。

『抱歉，我不太習慣跟別人有肢體接觸。』

對奎元來說，姑且不論瞬間擺出親密態度的家人，可是花英明明快要爆發了卻忍住脾氣，被迫保持善良青年的形象，甚至說出「我不習慣肢體接觸」這種話，讓奎元苦澀地低下頭。

有時候舞臺劇會把不知情的觀眾叫上臺，讓他們一起演出，他現在就有那種感覺，不曉得大家為什麼能笑得那麼開心，只感到佩服。

『原來是這樣，你不習慣肢體接觸？那你跟奎元沒問題嗎？』

『奎元是戀人，所以……我母親很早就去世了，家裡只有男人。我對女性不熟悉，也不曾跟女性要好到會有親密肢體接觸的程度。』

『你一直以來都只跟男人交往嗎，還是奎元是第一個？』

『他是我第一位交往的對象。』

『原來如此！原來花英這麼純情！』

不是把他當成十惡不赦的壞蛋，就是把他當作純情男……如果不是在金學道的臉上看到奎元的影子，他們翻臉的速度甚至讓人懷疑起他們跟奎元的關係。奎元以外的家人們看起來相處得非常融洽，唯獨奎元像是個外人，是因為奎元離家十年的關係嗎？

而奎元聽到奎貞說「花英是純情男」時，一口水差點從鼻子噴出來。純情男……當然，花英對奎元來說是一位忠誠的戀人，而且是溫柔又強悍的主人。然而，純情男？地牢的所有人聽到都會驚訝得啞口無言吧。

『原來我們家奎元是花英的第一個交往對象啊。』

這句話讓花英感到有點不對勁。花英甜美地笑著問道：

『是的，奎元是我的第一個交往對象……但奎元似乎不是第一次和人交往？』

『奎元以前曾經交過女朋友啊，叫什麼名字？慧珠？』

金學道哈哈大笑，挖了一個坑把兒子推進去。

「喔～慧珠。」

花英回頭看向奎元。

原來是這樣啊？看到花英的眼神，奎元想回答他們不是那種關係，但是──

『他們交往很久呢。』

『他們肯定交往了兩年，慧珠還送巧克力給爸爸啊，情人節的時候。』

『那孩子也是一個非常善解人意的孩子。他跟慧珠分手後，突然看起那種雜誌，我不曉得有多驚訝。』

『我還以為他是因為跟慧珠分手，一氣之下才變成同性戀的！』

奎元還沒開口，家人們的證詞就不停湧現。就在花英點點頭，露出溫和的表情時，奎元對那張美麗溫柔的臉龐感到膽戰心驚，結結巴巴地辯解道：

『就說我們不是那種關係了。』

『哪裡不是了，對吧？』

『你們不是還接吻了嗎？』

『才沒有呢！』

『你們看看他在戀人面前矢口否認的樣子。』

家人撻伐奎元的時候，花英直望著奎元。

那天晚上，美其名曰玩遊戲，奎元承受了相當大的痛苦。他對善妒的主人坦承了所有自己和那個沒有印象的同學之間的一切，不斷哭著求饒，似乎把這輩子的眼淚都流完了。

當奎元清醒過來時，天已經亮了。

昨晚真的是殘酷的一夜……

奎元一邊努力睜開無法完全睜不開的眼睛，一邊想起昨天晚上的事。

雖然遊戲本來就是那樣，可是花英昨天特別不願意原諒他，因此他必須更努力地撒嬌。不只又穿上裸體圍裙，還要求他把酒瓶插進屁股倒酒。奎元打從心底苦惱，就算他拿酒瓶沒輸，是不是把圍裙丟了比較好——

這時，花英彷彿看透了奎元的想法，說：「如果您把圍裙丟了，我就幫您買一款粉色荷葉邊的圍裙回來，或者買一條遊戲專用的圍裙。」

現在是條黑色的圍裙，就算光著身體穿也沒那麼丟臉，但如果換成粉色荷葉邊圍裙，穿在衣服外面都會覺得丟臉吧。奎元下定決心，要無條件誓死保衛這條圍裙。

花英湊近頭可以正常轉動，嘴巴卻幾乎張不開的奎元，輕輕吻上他的脣。

「您睡得好嗎？」

「花英……」

奎元本想說「花英先生昨晚也睡得好嗎？」，可是聲音太沙啞了，無法問出口。

見到奎元說不出話，花英就用冰冷溼潤的手摸摸奎元的頭。看來花英先去沖澡了，體力真是驚人。奎元閉著眼睛細細感受花英的手，同時這麼想。

雖然玩遊戲會消耗臣服者的體力，但同時也會消耗支配者的體力。最重要的是，在臣服者忍受虐待的期間，支配者必須掌控整體狀況，雖然需要體力，但也是一場精神力的比賽。可是為什麼花英每次玩完遊戲後，總是這麼神清氣爽呢？

「你的聲音都啞了，還發了低燒。」

花英這麼說的同時，把被子掀開，再次檢查奎元的身體。

「以防萬一，我們再擦一次藥吧。昨天的寵物訓練進行得有點久，膝蓋不會痛嗎？」

「我沒事。」

「其他地方看起來沒有什麼事。」

花英喃喃低語，開始替奎元的傷口擦藥。

「擦完藥再喝點粥，然後得吃個藥才行。」

「花英先生，公司呢……？」奎元看了一眼時鐘問道。

花英道：「這就是當老闆的好處。」然後把奎元扶起來。

花英在奎元的背後塞了一個抱枕，讓他稍等一下，接著端著托盤過來。托盤上有個白色瓷碗裝著滿滿的粥，上頭還用松子裝飾。看見熱氣蒸騰的粥，奎元瞪大了眼，花英則咳了一聲。

「要冷掉了，請快點吃。」

聽見花英的話，奎元笑著說「我要開動了」，然後舀起一口粥，笑了。

「怎麼了？味道很奇怪嗎？」

花英一臉寫著「不可能吧」的表情，奎元搖搖頭，再次道：「沒有，很好吃。」

不過，他之後就沒再多說什麼了，因為他已經知道這碗粥是從哪裡來的了。花英跟奎元住的公寓入口有一家叫「本粥」的粥店，花英一定是在那邊買的。撒松子大概是那家店的阿姨叮囑花英的吧。不過這對不拘小節的花英來說是難得的關懷，奎元覺得內心十分溫暖。

「當然，這碗粥不是我煮的。」

花英老實地說完，奎元大笑出聲，「是，這是本粥的鮑魚粥。」

「您怎麼連店名都知道！」

花英瞪大雙眼，奎元但笑不語。依照花英的個性，他一定是去離家裡最近的粥店。就像花英了解奎元一樣，奎元也很了解花英。不，奎元對花英的了解應該比花英對他的了解更深，因為花英的日常生活全是奎元親手打點的。

「啊——是阿姨叫我裝作是自己煮的，我被說服後試了一下……」

既然要他裝作是自己煮的，那就應該選個好煮的粥啊，居然勸他買昂貴的鮑魚粥，還讓花英講這些話。花英連泡麵都不會煮，怎麼可能會煮鮑魚粥。奎元在心裡這麼想，但他沒有特地把話說出口，而是說了一句「真的很好吃」，花英燦爛地笑了。

「總之，太好了。」

花英在奎元身旁坐下，把奎元的頭髮往上梳。為了喝粥而低頭的奎元抬頭一看，花英微微一笑。他笑了一會兒，有些猶豫地開口：

「我昨天……」

聽見花英的話，奎元的表情一僵。

他該不會又要提起慧珠了吧？奎元真的不了解她，也不曾想起她，頂多記得她是他高一的同班同學，高二時在隔壁班而已，他連她比自己矮還是比自己高都想不起來——當然，她想必比他矮。如果她長得比他高，奎元不可能沒印象——她就是如此模糊不清的存在。

奎元苦惱著「如果花英又提那件事情該怎麼辦？」時，花英道：

「哥的家人……我相處起來覺得有點不自在。」

花英喃喃低語。

是花英自己硬要去打招呼的，現在卻說他們讓他覺得尷尬，奎元如果生氣也是理所當然，可是從骨子裡就是奴隸的奎元只跟花英說了對不起，低下頭來。

見狀，花英接著道：「我想，您跟我的家人相處起來，是不是也這麼不自在？」

沒有非常輕鬆，可是也沒有那麼不自在。不過，奎元沒有硬逼自己說出「我不會不自在」這種話。花英暫時想起了昨天的事，然後嘆了一口氣。

花英抬起頭道：「我大概知道您之前為什麼說想整型了。」

「大家都是俊男美女吧。」

奎元又笑了，而花英搖搖頭道：「在我眼裡，哥是最漂亮的，漂亮到我擔心有人會把你偷走。當然，如果有哪個混帳要把你偷走，那天就會是他的忌日。」

奎元始終聽不慣這種話，紅著臉低下頭後，花英抬起他的臉。

「哥，您有在聽我說話嗎？」

聞言，奎元點點頭道：「我有在聽。」

「哥很漂亮，很帥氣，真的。」

聽見花英的話，奎元再度別開視線時，花英抓住奎元的下巴，讓他看著自己。

「我是說真的。」

奎元的家人以為他是覬覦他們家財產的人，之後顯然把他當成眼睛的人，一臉沒想到有人會喜歡奎元。他們都真心地認為奎元的長相低於正常值，對他感到同情。

他們一開始對花英表露的敵意不算什麼，有哪個家庭會在兒子、弟弟或哥哥的同性戀人到家裡拜訪時熱烈歡迎？花英對此確實做好了心理準備。可是，之後的熱情款待讓他感到噁心。

一開始，花英還以為他們是邪教，或是想向他傳教——可是越是跟他們相處，就越明白他們的心思。他們在鄙視奎元的容貌，認為不可能有人會對奎元展開熱烈追求，所以花英的存在真的讓他們很高興，那是在歡迎愛著沒有人會愛上的奎元的某個人。

花英明白這一點的時候，感到一陣反胃，反胃到按照他的脾氣，他不只會踢翻茶水點心，在起居室翻桌，甚至想把他們家都拆了。

他之所以沒辦法那麼做，是因為他們是奎元的家人。

「花英先生，您別……」

「我對你是一見鍾情，我當時真的覺得看到了理想型朝我走來，無法回過神。」

一大早聽到炙熱的告白，奎元滿臉通紅發燙，但花英依舊真摯地說：「是真的。」

聽見花英的話，奎元想起了幾年前，當時花英也是這麼說的。

花英聽到他說想要整形後跳了起來，威脅他說「絕對不能整形」、「如果整形就哭給你看」。當時的奎元是什麼反應？他的手心裡一直都是汗，甚至無法伸出自己的手指，勾住花英伸出來的小拇指。

父母親曾說過好幾次「應該讓你整形的」。如果高三那年沒有被家裡趕出來的話，大概二十歲左右就會動個大手術了。二姊奎妍是蟹足腫體質，所以沒辦法整形，但奎元不是，所以他肯定會整形。

我想要最真實的你，我對最真實的你一見鍾情——花英這麼說，用比幾年前更溫暖、熱烈的目光望著他。

奎元突然衝動地用力抱住花英。

「我知道是真的。」

奎元低聲道。

「我知道。」

被奎元抱在懷裡的花英也緊緊抱住奎元。

「我很喜歡花英先生的家人。」

奎元用沉穩的嗓音低聲細語，讓花英皺起眉頭。

花英推開他問：「你喜歡他們哪裡？」

奎元回答：「他們都很喜歡花英先生啊。」

如此過度保護的家庭應該很少見。這個家，會擔心年過三十的小兒子會不會發生什麼事，雙手不停顫抖；這個家，只要小兒子的安全有一點風險，都會全家出動；這個家，沒有半個人能改變小兒子的固執。

即使他們是鼎鼎有名的犯罪者，面對花英時，卻是願意為他摘星摘月的家人，所以奎元不討厭他們。別說討厭了，他更覺得他們是同道中人。

他深深愛著的主人如花朵一般，不論是四肢還是眼睛，奎元都願意獻給他。

那些人過於深愛花英，是奎元的同好。每當他們滔滔不絕地稱讚花英時，奎元都會打從心底感到高興，不論誇獎到什麼程度，奎元都能有所同感。

花英的家人跟奎元，是可以一心一意熬個三天三夜，不停稱讚花英的人們。

花英再次抱住奎元。

媽的，花英在心裡咒罵。

明明像花英這種內心黑暗的人都能得到家人的愛，奎元的家人到底是怎麼回事？為什麼看不到奎元的價值？為什麼他們不覺得奎元是世界上最棒、最優秀的人？

花英抱著奎元的手臂收緊，他真的傷心極了。他去見奎元的家人，心情卻搞成這樣，令他煩躁不已。

「哥。」花英輕輕低聲道：「哥，您當我老婆吧。」

「是，花英先生。」

「當我老婆，嫁給我就可以了。那麼，哥最親近的家人就會變成我。」

花英的聲音越來越低沉。

忽然間，奎元發現花英是真的很傷心。再次意識只有花英是獨一無二的存在，奎元把臉埋進花英的頸窩。

遇到花英之前，從沒有人對他說過這種話，沒有人喜歡原本的他。

他的身高接近兩百公分，長得一臉凶神惡煞，連連續殺人犯都會哭著逃跑。他身材粗獷，還有同性戀ＳＭ玩家這種特殊的性癖，奎元覺得自己身上都是缺點。

遇到花英之前，奎元曾經由衷認為自己沒有活著的價值。可是花英是真心喜歡著奎元的一切，所以現在才會這麼難過。如果有人對花英說他是個沒有存在價值的人，奎元一定也會又氣又難過。

「好，花英。」

奎元靠在花英身上輕笑。

雖然花英感到難過，奎元感到高興的情景很奇妙，但奎元就是很開心。

就算世界上的所有人都厭惡他，只要花英像現在這樣存在，其他事情都無所謂。

如果能在這不論夜晚多漆黑，早晨都會充滿明亮陽光的家中成為花英的家人，奎元就別無所求了。花英的懷抱很溫暖，奎元希望自己也能把體溫傳遞給花英，就像他從花英身上奪走體溫一樣。

‡

「搞得好像半夜跑路一樣。」

姜勇佑看著搭深夜航班前往香港的朴奎元跟李基煥，忍不住碎念一句。

他身旁的具成俊也緊皺著眉，他們似乎怎麼樣都沒辦法祝福朴奎元跟李基煥。兩人對於向花英性騷擾，還說要影響人事考核的男人，毫不掩飾地表露出厭惡。

相較之下，花英沒有說什麼，只靜靜地望著朴奎元。

前幾天，花英接到李珠熙的電話，說想邀請花英加入他們公司，但花英最後沒有回答她。

朴奎元看著花英道：「尹花英先生。」

花英雙手抱胸，對朴奎元點點頭。

「你當然很討厭我。」

朴奎元這麼說後，大口吸了一口氣，而朴奎元身旁的李基煥對花英露出燦爛的笑容。

花英等著朴奎元把話說完，表情看起來像知道基煥為什麼會笑，又像不知道。

「但我的公司很不錯，會成為你生涯中最好的工作職場。」

「……」

「我幾乎不會再回來韓國，你以後會跟李分社長一起工作。這是個很好的工作機會，公司給的待遇一定會是你工作以來最高的薪水，也是最好的機會。」

朴奎元說得沒錯。雖然必須做好會被同業痛打一頓的覺悟，但那也是一間不錯的公司。這是花英盡情發揮長才的機會，對方給出的薪資待遇也很足夠。

花英回答前，看著朴奎元。

朴奎元穿得整齊的西裝站在那裡，在他身旁的是整張臉都打滿洞的李基煥，他確實吸引了周遭來往人潮的目光，可是朴奎元沒有慌張，也不想避開那些目光。

他承認自己的性癖，似乎也做好了準備，要用這個狀態起飛。

「我聽說，有很多人都想去坐那個位置，您為什麼選擇我？果然是為了贖罪嗎？」

花英問。

這時，朴奎元笑了出來。

「不是。」朴奎元搖搖頭，「公司不是我一個人的，我怎麼可能會利用公司來贖罪。而是我是覺得，你是最適合我們公司的人選。你不是一直都待在二組嗎？我需要你的工作經歷和那些相信你的企業。」

朴奎元認同花英的工作經歷，同時毫不掩飾自己覬覦那些信任花英的企業的野心。看著這樣的朴奎元，花英輕笑出聲。

雖然他不覺得自己有一天可以輕笑著面對朴奎元，但人生果然世事難料，花英開口道：

「我曾經跟您說過，我不接受別人選擇我。」

聞言，朴奎元喃喃低語道：「是嗎？」
「這個機會很難得，你最好再想一想。」
朴奎元的話讓花英鬆開手，摩娑著下巴。
他重新思考了一遍，但還是沒有改變心意的想法。
「我會親自向李珠熙課長，不對，我會親自婉拒分社長的。不是因為那是朴社長的公司，我是想更悠閒地享受生活。」
「你還不到那個年紀。」
朴奎元尖銳地斥責花英。
唯獨此時此刻，他看起來真的就像人生的前輩，也像業界的見證人。
花英咂嘴一聲後笑了。好吧，既然他們這樣也不錯，那就接受吧。
「不過，話雖如此，我覺得就這樣繼續下去也不錯。我一直瘋狂奔跑到現在，現在想慢慢走一會兒。」
「在這個行業，有空窗期絕對不是什麼好事！」
「就算將來會後悔。」
花英瞥了一眼靜靜站在身旁的金奎元，然後再次看向朴奎元道：

「我還是不想改變自己的心意。」

「尹花英先生！你真的覺得這樣——」

正當朴奎元驚慌地想要抓住花英的肩膀時，金奎元抓住他的手臂。朴奎元慌張地抬頭一看，金奎元沉著嗓音說：

「請別對花英先生動手動腳的。」

朴奎元一臉氣急敗壞地著急大喊：「這位先生，您知道您的戀人現在在說什麼嗎？放著這麼好的機會不要，為什麼——！」

「請別讓我說第二次，請別對花英先生動手動腳的。您這輩子，都不准，再碰到花英先生的一根頭髮。」

忽然間，具成俊覺得自己好像看過這種構圖。

他好像曾站在朴奎元的立場，那是什麼時候的事？啊啊——具成俊想起那是什麼時候，一臉頹廢地笑了笑。

是花英的監控錄影外流的時候，當時那男人也是這副神情，就像令人心生畏懼的法官。具成俊敢打包票，朴奎元要是在這時拒絕，金奎元會輕鬆折斷朴奎元的手臂。

「金奎元先生，我現在不是要勾引尹花英先生。」

「不管您要做什麼，您今後都不許再碰花英先生的一根頭髮。我不是在開玩笑。」

深夜的機場裡，奎元冷冰冰地低喃。

朴奎元莫名心生寒意，身體微微顫抖。

金奎元面無表情，宛如決戰前夕的猛獸，彷彿想要面無表情地麻痺一切。

「奎元啊，放開他吧。」李基煥道。

奎元稍微扭動朴奎元的手臂，同時看向李基煥。

「他因為特殊的性癖受了很多苦，升遷受到阻攔，好不容易才開了一間公司。他是想為同在這個圈子的後輩讓出他竭盡全力開創至今的道路，結果卻被後輩當面拒絕了，心裡覺得委屈才會這樣的。放開他吧。」

聽見基煥的話，奎元放開朴奎元的手。

尹花英看著朴奎元問「原來是這樣？」，朴奎元道：

「你會這麼說是因為你還年輕，你想想自己用這個狀態老去的未來。當然，你可以跟金奎元先生過著一輩子幸福的生活，可是萬一只剩下你一個人，你打算怎麼辦？你至少得有一份穩定的工作吧！你不曉得我在說什麼嗎？如果老了之後孤單又沒有錢……！」

雖然完全不曉得他這番話是在對花英說，還是在對自己說，但朴奎元非常迫切。可是，其他人都一臉「你在說什麼？」的表情。

「元。」

李基煥不得不喚了朴奎元一聲。

基煥發現朴奎元對花英有天大的誤會而喚了一聲，朴奎元便轉過頭道：

「主人？」

朴奎元察覺到氣氛很奇怪，回頭看去後，李基煥回答道：「這件事情大家都知道，所以不是要特意瞞著你……花英家裡有點富有。」

聽見「有點」兩個字，成俊噗哧一笑。

「有點？他家的現金可不知道比我家多多少。」

「朴奎元先生，您知道成俊是古今半導體的公子嗎？」姜勇佑懷疑地問。

朴奎元再次轉頭看著花英，花英搔搔頭。

確實，認識花英的人們大多都不會認為他是有錢人家的兒子。最近他都是穿奎元精挑細選的服裝，所以感覺不太出來，可是大部分的人都會覺得花英是小康家庭的寶貝長子。

大概是花英的個性隨和灑脫，才會讓身邊的人產生這種誤會，但是花英家非常有錢。雖然不是像古今半導體這種大搖大擺的財閥，但有錢的程度是足以與古今半導體進行家族往來的。

「但是，我也不是非要沾家裡的光。」

花英笑著咂嘴一聲。

金奎元想起花英的家人，懷疑地心想花英沒辦法不沾家裡的光吧？他家明明有那些急切地想在精神跟物質層面上給予幫助的家人，他怎麼有辦法不沾家裡的光。

「總之，我就不去您的公司了。」

花英最後還是拒絕了。

金奎元靜靜望著花英的側臉，花英看起來不怎麼惋惜。

面對這個想用自身權利操縱他的前上司，花英的臉上看不出半點憎恨，咧嘴一笑。花英穿著斜鈕扣設計的紅色高領毛衣，看起來華麗又高貴，吸引了金奎元的目光。

朴奎元從皮夾裡拿出一張名片，遞給花英。

「這是我的名片，如果有什麼事需要幫忙的話……」

「基煥哥。」

花英一開口，李基煥就抓住朴奎元的手。

「抱歉，花英，元有點固執。」

然後李基煥看向朴奎元道：「別再說了，他不是說不要嗎？我說過，你需要聽別人講話。」

即使小自己六歲的基煥對自己語氣隨意地說話，朴奎元也完全沒有不悅。不過，當基煥的手一碰到他，朴奎元就像迷路的孩子，露出混亂的表情小聲道：「可是……」

基煥看起來像知道朴奎元想說什麼，搖搖頭道：

「花英無論如何都會過得很好，而且他本來就比較淡薄名利，跟你不一樣。」

朴奎元又講了一句：「但……」

但基煥再次打斷他的話。

「如果人家拒絕，就不要逼迫對方。你說過，你想知道你做錯了什麼吧？我現在就告訴你了。如果人家說不要，就必須退讓。也許你的執著有利於出人頭地，可是在人際關係上不能這樣。」

朴奎元頓時露出快哭出來的表情。李基煥笑著與他十指交握，然後舉起另一隻空著的手道：

「尹花英。」

聽到李基煥叫他，花英走過來抱住他。比花英矮小的李基煥用力抱了一下花英的背道：

「謝謝你理解我。」

「什麼時候回來？」

「這個嘛，該回來的時候就會回來了吧。」

聽見李基煥的話，花英輕笑了笑。

李基煥年輕的時候，人們比現在還不了解穿刺。可是李基煥一看到穿刺藝術，便一頭栽進了那個世界。同樣的，在十分自然地踏上SM玩家這條路的基煥身上，有一股浪子的魅力。

花英對即將遠走他鄉的李基煥感到惋惜，但沒有抓著對方不放。

李基煥再次喃喃低語：「謝謝。」

他覺得只有尹花英能理解他的心情。李基煥是這群人中年紀最大，也是最窮的一個。雖然他從不覺得自己寒酸，但事實上，他偶爾會覺得自己跟成俊或勇佑有些差距，然而，他從未在尹花英身上感受到他們之間的差距。基煥總是從花英身上感覺到他們是同一類人，即使某天，花英突然迷上猶如猛獸的男人，不再出入地牢時，基煥也不覺得失落。因為他知道花英還是會在這裡。

「偶爾記得回來，我有空也會去找你。」

花英說完之後，從基煥懷裡離開。

「好。」基煥點點頭。

看著李基煥跟朴奎元離開，花英輕輕嘖了一聲。

李基煥跟花英認識非常久了，雖然花英和勇佑、成俊都相處得很好，可是私底下單獨相處最久的人是基煥。他曾去基煥的店裡玩，學習穿刺技術。

基煥把店收起來後，去他徒弟的店裡工作過一段時間。花英就常常跟著他，一起在既是基煥徒弟，也是一位普通ＳＭ玩家的男人店裡免費替客人打乳釘。他不就運用當時的經驗，親手替奎元的左乳頭打了乳釘嗎？

花英想起當時的情景。一個拿著針頭學習穿刺技術的虐待狂，和一個提供專業知識給他當作娛樂消遣，卻從未對此感到不悅的虐待狂前輩。花英心想，真是變態的友情啊，仍無法從基煥的背影挪開目光。

「這個人管得還真寬。」姜勇佑嘟囔道。

似乎還是對朴奎元沒有什麼好印象。

「基煥哥為什麼要跟一個性騷擾犯談戀愛啊？」

具成俊也雙手抱胸，皺起眉頭。

姜勇佑跟具成俊都知道李基煥認為花英很特別。姜勇佑是一個性情冷酷的男人，不常認為某個人是特別的。而具成俊大概是因為自己也覺得花英很特別，對李基煥跟花英最親近的表現也沒有感到不悅。然而，當李基煥真的有了固定的對象——不只是愉虐關係，而是一個真的很特別、近似戀人關係的奴隸——然後為了對方遠走他鄉，兩人似乎都很受傷，心情不怎麼愉悅。

花英別開惋惜的眼光，轉身背對出關口。

「我們也該回家了，明天早上就有約。」

聽見花英的話，成俊皺起眉頭。

「這種日子不一起喝一杯嗎？」

姜勇佑似乎也覺得這種場合當然會去喝酒，對花英投以訝異的目光。

「不行，我明天早上要跑外勤。」

「你是老闆，跑什麼外勤啊。」

「在外面工作就是要跑外勤啊。」

聽到花英這麼說，奎元沉聲問道：「您真的……想這麼做嗎？」

花英笑道：「怎麼了？您不相信我嗎？」

聞言，奎元趕緊否認說「怎麼可能」，然後道：「老實說，他們不是好相處的人，花英先生不也說過覺得不自在嗎？」

「但那是哥的父母啊，我希望能幫上忙。」

——這些都是在投資未來，我緊緊抓住你們的會計帳務，難道你們還能把我趕走？

花英笑了。

這時，姜勇佑與具成俊同時回頭看向花英。

「你該不會……」姜勇佑用詫異的眼神問：「你該不會……去了奎元家？」

「尹花英，你終於闖禍了啊。」

具成俊張大了嘴。

他就知道總有一天會這樣，具成俊是真心這麼想的。自己的性向都得到了號稱大韓民國最強拳頭的尹秀錸的認同，花英當然有辦法去下定決心要共度一生的金奎元家。

姜勇佑聽見成俊的話，皺起眉頭。

「真虧你能活著回來呢。」

「難不成牧師會殺人嗎？」花英信心滿滿地笑了。

「牧師？」

成俊驚呼一聲，而姜勇佑空虛地呵呵笑著。

牧師……他是去找那位牧師，跟人家說「請把令公子交給我吧」這種話嗎？勇佑再度對花英的大膽感到厭倦，只笑了笑。

成俊急忙詢問情況怎麼樣，之後花英燦爛一笑，說：「我決定免費幫他們處理會計帳務。」

那一刻，勇佑轉頭看向奎元。

「你爸爸真的是牧師？」

聽見勇佑的話，奎元曖昧一笑。

「難道……」

成俊看了奎元一眼，正要講話的時候，金奎元果斷回答：「是大韓耶穌長老教會的分會，不是邪教。」

成俊低聲說：「抱歉。」

金奎元苦笑道：「我常聽到別人這麼說。」

到底是怎樣的牧師，會讓別人說他們是邪教？勇佑嘖嘖稱奇，而花英但笑不語。

花英走出機場，朝停車場走去，並抬起頭看向天空。

遠方有一架飛機在空中飛行，基煥應該不是搭那班飛機，然而，花英靜靜看著那架飛機孤單消失的身影，然後低下頭。

「啊，話說回來。」

具成俊順著花英的視線，望向天空道：「我下個月要結婚了。」

早知道會這樣。花英皺起眉頭。

幾個人徹夜喝酒，大家都知道成俊要結婚了。

成俊身為古今半導體的少爺，將與未婚妻成婚是既定的事實。婚期之所以推遲，是因為他的未婚妻留學歸來後，作為某集團的小女兒，在集團內接受了經營管理訓練。如今她在集團裡站穩了腳步，兩人舉行婚禮也是理所當然的事情。

成俊的未婚妻是在讀S女校時，就被成俊母親看中、認定為成俊伴侶的女性。明明知道這一天終究會到來，但是酒喝起來仍苦澀不已。

基煥跟自己心儀的男人雙宿雙飛，成俊卻要在下個月跟自己絕對無法愛上的女性結婚。沒有人可以草率地提出忠告，也沒辦法安慰他，酒會上的氣氛很陰沉。

門外不停傳來節奏分明的舞曲，在Fake包廂裡舉辦的憂鬱酒會仍在繼續。不曉得是不是奎元的吩咐，下酒菜擺滿了桌子，三人把酒當成水喝，幾乎沒有碰下酒菜。

先站起來的是姜勇佑。

「說真的。」

如果是其他人早就喝得爛醉了，但勇佑看起來一點事情也沒有，眼角有些紅紅的，但是也只有這樣。

「我覺得你很卑鄙。」

然後勇佑就離開了。

看到成俊即將邁入自己不想要的婚姻，一輩子掩飾自己的性癖，勇佑別說安慰他了，還往成俊的胸口釘上一記釘子，之後露出爽快的表情。

花英不發一語，在成俊的空酒杯裡斟滿威士忌。勇佑離開時，花英跟成俊連聲再見都沒說。勇佑離開後大約過了三十分鐘，花英也站起身。

花英剛從座位上站起來，成俊就抓住他的手腕。

「你沒有什麼話要跟我說嗎？」

成俊睜著酒後泛紅的眼睛問。

花英嘆了一口氣，低頭看著他。

現在想想，他們四個人中，最脆弱的是成俊。

勇佑不管別人說什麼，依舊專斷獨行，是與其按照家裡的要求結婚，寧可像日本武士一樣切腹自盡的人。不是選擇跳樓自殺，而是選擇切腹自盡的原因，是為了讓自己死得更痛苦，對留在世上的那些人抒發自己的怒火，直到最後一刻。

而花英跟基煥，基本上如果不是自己的選擇，就不會受到他人束縛。雖然跟操控他人的勇佑有點不一樣，總而言之，花英跟基煥都是若非自己的選擇就根本不屑一顧的人，但只要做出選擇，行動力就會非常驚人，也有強大的抗壓性能承擔這個選擇的風險。

然而，成俊不一樣，成俊無法拋棄家裡，無法堅定地做出選擇，也沒有寧為玉碎，不為瓦全的決心——大部分有這種覺悟的人都會拋棄家庭，選擇自己想要的事物——但成俊沒有。而且，雖然成俊沒有表現出來，但剛才勇佑的話一定有傷到他。然而，站在勇佑的立場，他曾經暗戀一段時間的人最後因為畏懼世人的目光，說要結婚，他不可能不失望。

花英能理解兩人的心情，所以艱難地開口：

「你隨你的意去做就好，別太在意勇佑哥的話，他喜歡你。」

「噁心死了。」

「雖然，從『那個意義』上來說也喜歡你吧……」

花英猶豫了一下。

雖然姜勇佑說要放棄具成俊，但花英覺得他做不到。當然，他應該是放棄把具成俊變成自己的奴隸或放棄跟他交往了，可是對他來說，這個叫具成俊的人即使結婚了，依舊是很特別的人。

如果無法擁有就可以把心收回來整理好，世界上哪來這麼多暗戀？

花英續道：「即使不是那個意思，勇佑哥也喜歡你。也許在勇佑哥的人生中，你是唯一一個特別的人。」

「那個人本來就對別人沒興趣，頂多就像一個寂寞的人執著於貓咪而已。但就算如此，貓咪也不會是那個人的戀人啊。」

具成俊譏諷地續道：「還有寂寞的人會因為貓咪死了而自殺。」

花英靜靜道。

「雖然勇佑哥是個冷酷無情的人，但他喜歡你。你大概是因為勇佑哥設計過你，所以才會這樣想，但即使我不幫你，他也不會真的對你動心。他只是……就像眺望著夜晚的大海，突然發神經似的跳進海裡，或是從上往下看後，突然擔心自己萬一掉下去該怎麼辦，只是做出了比較出格的事情。就算你跟他玩遊戲，你也不會勃起，他基於自尊心，也不可能和你在一起啊。」

就算不如他所說，勇佑也不會對自己喜歡的人做出這種事情。他只是一時失控——想要擁有成俊一次罷了。他只是一時輸給誘惑，覺得如果自己這麼做，也許就可以擁有這個人。

如果姜勇佑真的決定要毀了成俊，他可以用的手段多如牛毛。畢竟勇佑沒什麼好失去的，而成俊會失去一切。他們從一開始就不可能在一起，勇佑會這麼做，只是想安慰自己而已。就像夜晚跳進大海的人會立刻轉身離開大海，就算跳下去也不會死，還是會遠離欄杆。

「你別想太多，隨你自己的意去做。」

「你要我對哪件事別想太多？」成俊死死糾纏地問：「我的心？還是我的家人？」

花英嘖了一聲。

「那要看你怎麼選擇啊，拋棄比較容易放手的那一邊吧。」

然後花英甩開成俊的手，離開包廂。這時已超過早上六點了，花英在奎元的辦公室裡稍微睡了一下，接著跟奎元一起回家，到家的時候是七點。花英馬上去洗澡，之後開始打瞌睡。

他本來就不容易喝醉，連麻醉藥都不太容易生效。之前在安山廢棄工廠被日本人打破頭時，花英最後也不得不在沒有被麻醉的情況下接受縫合，但是，花英非常無法抵抗睡意。

「啊，真是快瘋了。」

正當花英一邊打瞌睡一邊打開衣櫃時。

「花英先生。」奎元抓住身形搖晃的花英低聲道：「您就直接睡吧，我已經連繫過我父親了。」

「他沒有生氣嗎？」花英皺著眉問。

畢竟他們是為了工作上的事情約見面卻當天取消，生氣也是無可厚非。

花英帶著擔憂的目光看去，奎元露出苦笑。

奎元打電話過去後，他父親極力勸阻道：『你說尹女婿身體不舒服？哎呀，你跟他說不用過來了。不、不，你跟尹女婿說，等他好了，我再去看他！』

不僅如此，家人們更一一輪流接電話，問花英哪裡不舒服，問他到底是怎麼照顧丈夫的。奎元明明只是說了一句「花英先生身體有點不舒服」，他們卻回了好幾十句。

奎元跟再度躺下的花英轉述這件事情後，花英大笑道：

「我跟你說。」

花英笑著抬起手遮住眼睛，奎元趕緊把燈光調暗。當燈光幾乎快關上時，花英從頭上收回手，喃喃低語道：

「其實我不喜歡哥的家人。」

奎元在床邊坐下，床鋪輕輕晃動。

「可是，我覺得家人果然就是家人。」

「什麼？」

任誰看到都不會認為金奎元是那個家庭的一員。跟身為俊男美女的兄弟姊妹站在一起，奎元跟奎妍總是特別醒目。奎妍還算跟家人非常相似，可是奎元不論行為舉止還是個性都跟家人天差地別。

奎元的家人很溫柔，但會過度侵犯至對方的底線，奎元跟這樣的家人合不來。加上奎元實在不喜歡基督教，他覺得每週做禮拜的行為很空虛，甚至到難以忍受的地步。可是花英到底是看到哪一點，才會說出家人果然就是家人這種話？對奎元來說，陌生人都比家人還親近。

花英咯咯笑道：「你爸不是喊我尹女婿嗎？」

「……？」

「如果非要分你我誰是女婿、誰是媳婦，應該都會認為我是媳婦，可是您的家人完全沒這麼想，讓我很訝異。就連我家的人都問過我，是不是都得看你臉色過生活。最了解我的人都這麼想了，哥的家人卻從一開始就沒有想到這個可能性。」

花英閉上眼。

「應該是因為他們很了解你，比你認為的還要了解你。」

奎元聽了花英的話才明白他的意思。想起他們問他是怎麼照顧丈夫的，然後七嘴八舌地對他嘮叨來嘮叨去的，似乎是因為他們都認為奎元是「妻子」。

是這樣嗎？奎元因為這番意外的話，眨了眨眼睛。他跟家人幾乎沒有交集，還覺得家人對他一無所知，但出乎意料的，也許家人是一段不得不了解彼此的關係。

這時，花英的手臂環上奎元的腰。

「過來。」

聽見花英的話，奎元鑽進床裡。他把臉埋進比自己矮小的花英懷裡，兩隻腳伸出床外。可是花英的體溫很高，連在被子外面的腳都覺得很溫暖。

尹花英是會施展魔法的主人，他送給他遠比想像中還溫暖又平靜的世界。大概是因為花英的人品高尚吧？——雖然大貓覺得這濾鏡有點太厚了，同時沉入夢鄉。

每當奎元稍微翻身，花英就會習慣性地梳梳奎元的頭髮。

‡

那天，尹花英很興奮。

「我第一次處理教會的帳務。」

花英在車裡一直很有精神地說個不停。

「我總是在處理茶室、賭場、夜店、討債公司……這種行業的帳，這次居然是教會，哇～感覺連我的內心都受到了淨化。哥果然是福星，我就知道事情會很順利！雖然我沒跟您說過，可是新來的客戶也都是那種類型。賣淫、室內賽馬……我好像在這個領域闖出了名聲，心情有點不好，可是接了你們家的帳務工作後，那些正當行業的人也會成為我的顧客吧？哎呀～心情真好～」

因為花英太開心了，奎元最後什麼話都說不出口。就在花英說「早晨的空氣真清新」、「不愧是教會啊」這些話之時，奎元心想著這件事情該如何是好，咂嘴一聲。

抵達教會後，花英慢慢眨了眨眼問道：「對不起，您可以再……說一次嗎？」

不忍直視花英充滿期待的目光逐漸破滅，奎元最終別開了臉。

「我們教會已經有稅務師了，他說想把這次新開業的靈骨塔稅務交給你。」

「……是……」

「我們當然會支付費用，稅務師讓我跟你說盡量請款，哈哈！」

金學道愉快地笑著時，花英一臉憂鬱地喝著茶。

茶室、賭場、夜店、討債公司、賣淫、室內賽馬……再加上靈骨塔，那一刻，花英嘆了一口又長又沉重的氣。

尹花英的稅務會計事務所，就像他剛開業時的預感一樣，生意很好。雖說尹花英確實賺了很多錢……但是有點不開心。雖然工作沒有道德與不道德之分，可是為什麼都是黑色產業？為什麼一片漆黑！

那天，花英沒有答應下來。然後那天，奎元完全承受了花英的怒火，哭得唏哩嘩啦的。

Last act.

喵皇，喵皇

那是尹花英與金奎元搬家後，某年春天發生的事。

尹花英是一個只要能遮風擋雨，不管房子怎麼樣都不會感到不方便的男人，而金奎元是一個非常挑剔的人，雖然他不喜歡之前的房子，但那是主人親自挑選的——其實應該說是隨便買下來的房子——他也沒有想過要換房子。然而，兩人突然面臨到必須搬家的情況，因為推遲了好幾年的都市更新計畫突然加快了速度。

其實，這間房子是花英從大哥震英手裡買下來的。經營討債公司的大哥手上擁有許多抵押的房屋，花英就從那些房子裡，挑了一間離奎元夜店最近的房子。

當然，疼愛花英的大哥想直接把房子送給花英，或是只要付一百萬韓幣就好，卻惹來花英勃然大怒，因此震英用比市價……稍微便宜一點的價格，把房子轉讓了給花英。

當時不論是大哥還是花英，都沒考慮到都更的事。一直說要執行卻總是不斷推延的都更計畫，某天突然馬不停蹄地開始迅速執行。

花英覺得搬到附近的公寓就好，但金奎元跟他不一樣，非常慎重。奎元走遍了所有地方，找到一間條件不錯的房子。他覺得附近必須有公園、超市，交通便利的同時，還得離花英的事務所不遠……花英當時開玩笑地勸道：「乾脆自己蓋一間房子吧？」奎元聽了卻搖搖頭。

獨棟住宅不僅需要花一大筆維護費用，安全性也很薄弱，所以他堅持要找公寓或別墅式住宅這種社區型態的房子。雖然花英覺得這條件是強人所難，但奎元最終還是找到了。

「你真的……」

花英張大了嘴。

那是一間築齡兩年左右的公寓，離超市跟公園都很近，走路就可以到花英的事務所，面向坐北朝南……讓花英心生佩服。

看著奎元全神貫注，仔細將這邊打造成一個完整的家，花英覺得自己看到了一個熱愛房屋的狂熱者。

奎元從室內裝潢到家具都一一傾注全力，打造出一個美麗、便利又溫馨的家。明明隨便買一間就好了，花英用遺憾的目光看著奎元每天皺著眉頭，跟房子、設計圖和家具展開十七對一的戰鬥。

之前奎元知道他把家裡的東西都砸爛的時候，沉默地面露絕望。當時花英看到他那個樣子還很疑惑，可是如今，他知道奎元當時為什麼那麼絕望了。他像那樣傾注全力打造出來的家具，一天就全部毀了。他又無法埋怨花英，肯定覺得很心痛。

花英知道奎元對自助室內裝修感興趣，但沒想到他會深深著迷到這種程度。花英在心裡告誡自己「不可以再破壞這些家具」，同時冒出一個疑問——這些家具跟擺設有這麼了不起，甚至讓奎元如此執著嗎？

然後搬進新家一段時間之後，花英發現到，會執著於家具跟擺設的人不只金奎元一個人。

「我是剛搬來隔壁的鄰居。」

男人擁有白皙無瑕的皮膚，面容端正，是一個會莫名吸引人目光的人。雖然年紀看起來比花英大，但總給人一種禁欲又超脫世俗的感覺，連花英也不自覺地多看了他一眼。

花英露出平易近人的笑容回答：「是。」男人就抬起手，摀住嘴邊。

對方不敢與他對視，害羞的模樣讓花英聯想到奎元。花英咧嘴一笑，等男人說完。

「因為施工有點吵……」

「就說不是那樣了！您沒看到這張設計圖嗎！」

男人還沒說完，隔壁就傳來一陣如雷的怒吼。

結果，男人講了句「抱歉」就馬上轉身，跑回家裡。

突然被拋下的花英單純敵不過好奇心，走到隔壁鄰居家門口，瞄了一下裡面的情況。一名長相極具男子氣概的男人指著平面設計圖大發脾氣，施工的工人也不惶多讓，扯嗓大吼：「啊，就跟您說這樣才對！照著設計圖施作是會很漂亮，可是根本無法使用。」

而白皙男子來回看著男人跟工人，慌張地開口：「東、東旭。」

白皙男子喚了一聲，男人就瞥了他一眼，咂嘴一聲。

「李道賢，你都四十歲了，怎麼還那麼邋遢，沾了什麼東西回來。你怎麼沒把草莓送給隔壁鄰居？」

名叫東旭的男人用手替名叫李道賢的男人擦拭臉頰，同時問道。

他的聲音十分溫柔，讓人感覺到他們的關係應該不普通，可是直到當時，花英都沒想過兩人會是那種關係。

名叫李道賢的男人說：「啊，對了，我拿去給鄰居就回來。」

名叫東旭的男人說著「好」，繼續幫李道賢擦掉臉頰上沾到的灰塵。

這時，花英回到自己家。一走進屋裡，就看到奎元在反省臺上呻吟。看到他用雙手把被鞭打到紅腫的臀部撐開到極限，肛門不停收縮的樣子，花英笑了。從肛門流出來的白色黏液宛如一條尾巴，長長地流進放在反省臺下方的銅盆裡。

「再夾緊一點。」

花英這麼說著，用小拇指勾住奎元的乳釘，輕輕一扯。

奎元發出「呼啊！」的聲音，彎起腰。看到奎元連腳趾都在用力的模樣，花英低聲道：

「我照你要求的給你了，為什麼會流出來呢？」

「啊、啊——感覺、感覺快上出來了……」

花英對因為排泄感而腰肢發顫的奎元輕聲道：「你昨晚尿了那麼多，今天得克制一點啊。還是我應該從如何用屁股忍耐排泄感的方法教你？」

奎元的腦海裡想起昨晚的情景。

最近結束排尿訓練的奎元，正在對臀部進行排尿訓練。當然是浣腸後將水注入腸道裡，可是奎元最近的日常就是控制肛門不讓水流出來，然後苦苦哀求花英允許他排泄。

尤其是昨晚店裡出了一些狀況，所以奎元返家的時間比平常晚了一點。作為懲罰，奎元必須在浣腸後的狀態，像狗一樣趴在地上吃飯。這場困難的遊戲隨即以鞭打揭開序幕，奎元不斷哭著請求花英的原諒。

當然，這只是在真的浣腸後，把溫水注入腸道的浣腸遊戲，而狗糧其實是玉米脆片。

「啊啊！啊嗯、我快忍不住──啊、唔嗯……」

奎元哭喊著夾緊屁股。

勉強忍住的屁股不停顫抖，花英用指甲刮過奎元變得很敏感的屁股，笑著說：「差不多該讓你慢慢排出來了吧。」之後咬上奎元的耳朵。

於是，奎元用水潤的雙眼看著花英，一臉哀怨地請求花英下達允許。

花英心想著「該怎麼辦呢？」──拖延時間等著。

差不多該來了啊。

此時，門鈴響了。拿著一盒要送給他們的草莓跑回家的男人，再度拿著草莓過來了。

「有客人啊。」

花英說完，沒有同意奎元的請求，轉身離開。

奎元抓住裝在牆上的扶手，蜷起身體，不停顫抖。

比起禁止他排泄，花英說得像允許他排出來，卻又不能排出來的感覺更讓他著急。肚子絞痛到不行，受盡折磨，眼淚從奎元的眼裡不斷滴落，然後耳裡傳來花英溫和理性的聲音。

「啊，是剛剛那位隔壁鄰居啊。」

「是的，我們的工程似乎會拉長，這是一點微薄的心意。」

「哎呀，居然還送這種東西，謝謝您。我很想讓您進來坐坐，可是家裡有點亂，我家貓咪比較沒規矩。」

聽見花英的話，奎元的身體一震。

「您有養貓啊？」對方什麼都不知道，禮貌性地問道。

「是的，是一隻母貓，很可愛。」

「原來是這樣。」

「雖然……他很會闖禍，但他不會上廁所——所以比較費工夫。」

「您說貓咪不會上廁所嗎？」

男人說了一句「真神奇」後，花英馬上跟他互相道別，傳來門關上的聲音。

一臉神清氣爽的花英，拿著一盒草莓走回奎元身邊。

「要用後面吃草莓嗎？咪咪。」花英笑道。

他扒開奎元拚命夾緊的肛門，把草莓塞進去，然後低聲叫奎元再夾緊一點。

聽到花英叫他把草莓碾碎，奎元就用力夾緊肛門。

李道賢跟花英很快就忘了這場初次相遇。李道賢是為了在家裡對工人大聲咆哮的潘東旭，忙得焦頭爛額，而花英原本就是個對別人沒興趣的男人。

然而，人生就是這麼奇妙。在這一層樓只有兩戶人家的高級公寓裡，他的兩位鄰居其實也是對同性情侶。不過，兩對情侶完全不一樣。

尹花英作為同性戀SM玩家的偶像，遇過多次危機，而奎元一開始就成了他的奴隸。跟在同性戀SM玩家圈出道後，嘗盡人生酸甜苦辣的花英情侶不一樣，另一對情侶一路走來就只喜歡彼此，只跟彼此在一起。因此，他們對彼此的世界有很多不了解的事，也有很多可以互補學習的地方，兩對情侶立刻變得很要好。

然後一年後。這是尹花英三十九歲，其他三人都四十一歲的某年冬天發生的事情。

那天下午接近傍晚時，開始落下幾滴雨。接著晚上時，開始下起冷到會使血液凝結的冬雨。在家裡喝著溫暖熱茶的花英——當然是奎元泡好，放在保溫瓶裡的茶——看著窗外，聽見突如其來的門鈴聲，花英喊了一聲：「請位是哪位？」然後朝大門走去。

接著，傳來一陣細微的聲音道：

「是我，道賢。我有貓咪的事情想問你。」

貓咪？花英先把門打開。

「貓咪？」

打開門的尹花英歪了歪頭。

門外，李道賢一副非常歉疚地回答：「沒錯，貓咪。」

頭髮帶著水氣的中年美男子有種清秀感，加上李道賢這種長年只穿西裝的男人特有的疏離感，讓花英甩了甩頭。這個人如果去地牢，那些支配者一定會為了他大打出手。當花英在心裡這麼想的時候，李道賢慌張地用手摀住嘴。

『他本來就很容易害羞，不太喜歡接觸他人的目光。』

花英的腦海裡響起李道賢的戀人，也就是四人中脾氣最差的潘東旭說過的話。

他暫時分神想其他事情的期間，像要看穿道賢一樣，一直盯著他的臉看。

東旭哥……最好看好自己的戀人。再這樣下去，萬一被哪個不長眼的傢伙搶走該怎麼辦？

花英這麼想著，先讓道賢進屋。接著花英在潘東旭發飆之前，飛快地傳訊息給東旭。

『道賢哥在我們家。』

很快地，花英就收到傳訊息速度比十幾歲年輕人快上兩倍的萬年少女潘東旭的回覆。

『外面在下雨，如果他淋溼了，你就把他趕回家，讓他洗完澡再過去找你。還有，讓他吃點東西。如果奎元在家，就請他幫忙做點東西給他吃，如果奎元不在，你也別白白燒了你家的廚房，你去我家打開冰箱的第三層抽屜，隨便拿東西給他吃。家裡應該有飯，如果你們要點外賣，你問一下道賢要吃什麼。他最近腸胃不好，別讓他吃辣。』

……他怎麼有辦法這麼快就回覆訊息？花英真的覺得很荒謬。

總之，花英照著東旭的交代行動。他讓沒有淋到雨的道賢進屋，然後隨便端出一些奎元做好的飯菜。當花英打算打開瓦斯爐時，熟知花英廚藝的道賢伸出手道：「啊，我來吧，花英！」

這時——

咻！有什麼東西從道賢的懷裡跳下來。

「什麼……喔，是貓咪耶。」

花英這麼說的時候，小貓一溜煙地跑到沙發底下躲起來。

道賢驚呼一聲，開始發發嘖嘖聲響，喊著「咪咪啊，咪咪啊」。

聽見道賢這樣喊，花英乾笑幾聲。這個咪咪不是那個咪咪，可是我認識其他咪咪，這該怎麼辦才好？花英喃喃自語，乍聽之下像在做詩時，道賢站起身道：「不行了。」

「道賢哥，你怎麼不問問東旭哥？他不是出乎意料地很會照顧動物跟人嗎？」

真的很令人意外。雖然是位美男子卻超級凶的潘東旭，出乎意料地會照顧人。花英自行腦補，他年輕的時候應該是一個很可怕的人，可是隨著年紀漸長，才變得如此沉著冷靜。

「……我是因為這小傢伙一直跟著我，才把牠帶回來的……」

意識到東旭會碎念些什麼，道賢嘆了一口氣。

「這我也沒辦法。」

花英說完，拿出手機長按一號鍵。

電話沒響幾聲，另一頭就傳來奎元的聲音說：『是，花英先生。』

無論什麼時候都很恭敬的口吻讓花英會心一笑，問道：「哥，您了解貓咪嗎？」

貓咪？奎元感到疑惑的同時，老實地回答：

『只知道一般人會知道的那些事……就是喜歡牛奶之類的。』
「嗯～貓咪喜歡牛奶啊～」
花英刻意的語調讓奎元大大倒抽了一口氣。
「也是，我好像也聽別人這麼說過。我知道了，您今天也要努力工作喔。」
正當花英想掛斷電話時，奎元立刻補道：『可、可是，為什麼會提到貓咪……』
花英感覺到奎元的語調中摻雜著莫名的不安，心想要不要再捉弄他一下，但是他立刻老實地回答：
「是一隻小貓，好像是跟著道賢哥回來的，但牠現在躲在我們家的沙發底下不肯出來，看來得用蠻力把牠抓出來才行。」
『花、花英先生，那樣不太好……貓會嚇到的。我現在回去，您等等我。』
「現在是週末九點耶，哥可以離開店裡嗎？」
聽到花英的話，奎元思索片刻後回答：『暫時離開不要緊。我現在就回去，您先讓小貓繼續躲著。』
花英將奎元的話原封不動地轉述給道賢聽後，道賢露出安心的表情。

金奎元到家時，李道賢跟尹花英並肩坐在地板上。他們都面朝沙發坐著，似乎是覺得小貓會出來，所以在外頭等著。兩人的手上都拿著什麼，但也許是因為兩人的身高跟體型很像——雖然李道賢感覺比尹花英瘦弱很多——這畫面有點有趣。

奎元說了句「我回來了」，道賢跟花英同時轉頭看向他。

「哥！」花英開心地笑著呼喚奎元。

跟奎元同年紀的道賢說：「歡迎回來。」

奎元點了點頭。

花英對他招手，奎元就靠過去，然後兩人趴在地上往沙發底下看。

嘶啊啊啊啊啊——

「我還以為貓咪只會喵喵叫，竟然還會這樣叫呢。」

花英搖搖頭，而奎元站起來。

外面天色漆黑，還在下雨。雖然不曉得小貓之前躲在哪裡，可是牠一定冷得直發抖。奎元拿著他買回來的牛奶走到廚房，花英跟道賢就跟在他後面。

「果然還是要牛奶嗎？」

道賢喃喃低語時，奎元聳聳肩，「我暫時只想到這個。」

「還是我們開電腦，上網搜尋一下？」

花英這樣問道時，牛奶熱好了。奎元端著碗走向沙發，而道賢問：

「真意外，你們明明有養貓，卻意外地生疏呢。」

「貓？什麼貓？」花英問。

道賢開始認真地描述他跟花英「第一次見面」時的場景。

聽完道賢說的話，花英「啊啊」了一聲，然後笑著瞥了奎元一眼。正背對著兩人、把裝有牛奶的盤子放在沙發前的奎元肩膀狠狠一顫。

「那隻貓啊，嗯，總之那不是我養的貓。雖然牠很可愛，可是讓牠自己待在家不是很可憐嗎？如果牠一直闖禍，我也應付不來，而且萬一牠在家裡到處做記號該怎麼辦。」

「說得也是，原來你們那隻貓也很可愛，這孩子也很可愛。啊，不過當時那隻貓……你不是說是母貓嗎？」

「嗯，嗯。」

花英笑得很開心。

「可是如果到了發情期。」

「到了發情期會怎麼樣？」

「我記得會到處亂尿尿做記號，就算有做過訓練，那也得貓咪肯聽。」

不管在背後隨意亂說的花英，奎元無法克制臉頰脹紅發燙，也沒辦法站起來。

此時，門鈴響了。花英看向逃也似的走向玄關的奎元。

看著那寬大的背影，不對，是那個背脊下方的臀部，花英舔了舔嘴唇。

之前一直對排泄給予羞辱的花英，最近著重在尿道跟乳頭。昨晚，奎元的乳頭上掛著一個秤子，一邊接受鞭打，一邊搖著那對臀部。每當他扭腰擺臀，掛在乳頭上的秤子也會搖晃，鈴鈴作響。每當尿道專用的棉花棒插進去，奎元都會哭出來，不過似乎比第一次習慣多了，會哭著喊「裡面好舒服，請搔刮我的尿道，性器裡面好舒服，呼啊！啊嗯！啊唔！好痛、痛得好舒服——」。

今天就久違地不讓他射精，折磨他吧？花英這麼想的時候，門打開來，東旭走了進來。

「哦？你怎麼沒去店裡？」東旭驚訝地問。

奎元低聲道：「啊，因為貓咪的關係，我暫時回來一下。」

東旭一邊走進門一邊說：「貓咪？」然後看向道賢。

那一刻，道賢羞澀一笑，東旭咂嘴後道：「又跟著你了……？」

像回到自己家裡的東旭脫掉滴著水珠的大衣問：「這次躲在哪裡？」

道賢指了指沙發後，東旭問：「躲在裡面？」然後叫大家等等，轉身回自己家。

至此，花英才問道賢：「之前也發生過這種事嗎？」

「很奇怪的，小動物經常跟著我走。也許在動物的眼中，我是一個還不錯的人？」

道賢笑著問。

剎那間，花英跟奎元看著看起來莫名纖瘦柔弱的道賢，心想著「應該是連動物都覺得你很好欺負吧」，不過兩人什麼話都沒說。

在他們但笑不語的期間，東旭回來了。

「別給貓咪喝人喝的牛奶，有可能會讓牠們短命。」

「真的嗎？貓咪不是本來都喝牛奶的嗎？」

花英皺起眉頭。動不動就對自家咪咪說「我要餵你下面的嘴巴喝牛奶」的花英一問，東旭就告誡道：「不行。要給牠們喝貓咪專用的牛奶，不然就別給牠們喝。人喝的牛奶會讓牠們產生脫水症狀，總之就是對牠們不好。」

突然變成一位沒有概念的主人，花英不滿地咂嘴一聲。這時，東旭在不遠處放下小碟子，其他三人都低頭看著那個小碟子。

「你們家有飼料？」

他們又沒養貓，怎麼會有飼料？奎元低喃道。

「你們有飼料，哥你怎麼還來問我？」一直跟道賢一起苦惱的花英訝異道。
「……我們家為什麼會有這種東西？」道賢慌張地低喃。
聽到最後那句話，東旭冷淡地回答：
「還不是因為你老是帶這些小家伙回來。」
「才沒有！不是我帶牠們回來的！」
「好了，動物們也有眼睛，才會跟著你回來啊。」
東旭打斷道賢的話。
這時，道賢又抬起手遮住嘴巴。
看他這副模樣，奎元跟花英同時心想「就說牠們是在挑好欺負的人吧」。他們知道潘東旭跟李道賢已經在一起很久了，明明一把年紀了，行為舉止跟想法還是非常可愛。
最後，那隻小貓被東旭跟道賢收編了。以往道賢帶回來的小動物，東旭都會妥善照顧後送給別人領養，可是檢查過後，發現這隻小貓的耳朵聽不太到聲音。雖然其中一隻耳朵是正常的，但有一隻耳朵聽不見。獸醫警告他們說，像牠這種情形，另外一隻耳朵說不定也會聽不見。雖然耳聾的貓咪意外得多，可是東旭覺得將帶有殘障疾病的小貓送養不太好，所以最後決定收編。

然後尹花英……

「為什麼牠只凶我？」

在道賢的書房裡替他看稅務資料的花英不耐煩地說完，東旭就放下茶杯道：

「牠只是不喜歡讓你這種人出現在牠的地盤裡而已。」

「這裡為什麼是牠的地盤？」

花英一臉無言，然後碎念說你們要好好教教牠。

東旭噗哧一笑，「貓本來就不能訓練。」

「不然你叫牠別對陌生人這樣。」

「不是，就跟你說了，是你侵犯了牠的地盤。」

「既然要這樣把我當陌生人，那就不要咬玩具過來找我玩啊。」

花英的聲音一拉高，道賢就像在安撫花英似的冷靜道：「牠很快就跟你混熟了，才會想找你玩啊。」

「如果想要我跟牠玩，就有禮貌一點，別勾破我的衣服啊！」

「牠想磨爪子啊，能怎麼辦。」

「哥，你們為什麼這麼寵牠！要訓練牠啊！要調教牠！」花英大喊道。

聞言，東旭皺起眉說：「你以為牠是受虐狂嗎？還調教呢。」
聽見熟悉的字眼，花英閉上嘴。不懂花英為何退縮的兩位哥哥，努力說服花英接受這隻小貓。
剛好來到道賢書房的奎元看到花英一臉不高興，瞥了一眼小貓。這隻小貓對花英的態度莫名變化無常，可是對奎元總是很親暱，現在也裝作沒那回事，蹭了一下奎元的腳就離開了。
看見小貓這副模樣，花英皺起眉道：
「啊，這傢伙到底為什麼這麼善變！」
——不過，真的奇怪的是……
小貓常常從東旭家跑到花英家，然後蜷成一團，窩在躺在床上的花英身旁一起睡覺。
牠看起來不怎麼喜歡花英，但無知的人類無從得知這隻貓——名叫「伽耶」——到底為什麼要這麼做，而且大概永遠都不會知道。
花英對這隻任性的貓咪感到厭惡，也厭倦了「貓」這個物種。
於是，如今奎元也不會再喵喵叫了。

——全文完

高寶書版集團
gobooks.com.tw

CRS057
獨寵 外傳
앙앙 외전

作　　者　그웬돌린（Gwendolyn）
譯　　者　子衿
編　　輯　陳凱筠
設　　計　林檎
排　　版　彭立瑋
企　　劃　黃子晏

發 行 人　朱凱蕾
出　　版　朧月書版股份有限公司
　　　　　Hazy Moon Publishing Co., Ltd.
地　　址　臺北市內湖區洲子街 88 號 3 樓
網　　址　www.gobooks.com.tw
電　　話　(02) 27992788
電　　郵　readers@gobooks.com.tw（讀者服務部）
傳　　真　出版部　(02) 27990909　行銷部 (02) 27993088
郵政劃撥　19394552
戶　　名　英屬維京群島商高寶國際有限公司臺灣分公司
發　　行　英屬維京群島商高寶國際有限公司臺灣分公司 / Printed in Taiwan
　　　　　Global Group Holdings, Ltd.
法律顧問　永然聯合法律事務所
初版日期　2024 年 9 月

國家圖書館出版品預行編目 (CIP) 資料

獨寵．外傳 / 그웬돌린著；子衿譯．-- 初版．-- 臺北市：朧月書版股份有限公司出版：英屬維京群島商高寶國際有限公司台灣分公司發行，2024.09
　面；　公分．--

譯自：앙앙 외전

ISBN 978-626-7362-81-5（平裝）

862.57　　　113010711